氷室の華

篠たまき

朝日文庫

本書は書き下ろしです。

目次

氷室の華

一　白姫澤　盛夏

　青いリュックを背負ってバスから降りると、土道に淀む熱が半ズボンの足を撫でた。巨大に膨らんだ太陽が西の山肌に触れ、道ばたの草がさわさわと揺れる。おんぼろバスのタイヤは土にけぶり、白髪の運転手と客の老女の世間話が続いている。

　白姫澤バス停のトタン屋根の下、ほっそりとして彫りの深い顔の祖父が待っていた。

「ユウジ……、ユウ坊、大きくなったな。小学校さ上がってから初めてだなや」

　もの柔らかな田舎訛が語りかける。細い鼻と細長い目、濃い茶の瞳と銀のまつ毛の整った顔立ちの祖父だ。差し出された手には普通の大人より大きな水掻きが張っている。

　最後にあったのはいつだっけ。そう言えば母の実家にはよく行くのに、父の田舎にはほとんど来たことがない。

「疲れてねえか？　喉、渇いてねえか？　腹、へってねえかや？」

　リュックを持ちながらかけられた田舎言葉は「腹」が「はぁ」に聞こえ、「疲れて」が「疲えで」に響いたけれど心はじゅうぶんに伝わった。

「こんにちは。お世話になります」

他人行儀な挨拶をしたらくしゃくしゃと頭を撫でられた。汗ばんだ耳に触れた指はひいやりと心地良く、かすかなハッカの香りが沁みていた。手をつなぐと祖父の指の間の薄い水掻きが柔らかい。それは汗の湿り気を感じさせないすべらかな皮膚だった。その指触りのなめらかさと冷たさに、つい水掻きを爪の先で撫でてしまう。

「こちょぎたい、こちょぎたい……」

初めて聞く言葉だった。けれどもそれが「くすぐったい」の意味だと、なぜかすんなりと理解した。大木の陰、深い皺をためて見下ろす笑顔が柔らかい。濃い茶の瞳が細められると妙に嬉しくて、続けざまに乾いた薄皮を掻いてしまう。

「こちょぎたい、こちょぎたい……」

祖父が身をよじるのがおもしろい。だから自分も声をあげて笑う。

都会の家では今頃、父と母が言い争っているはずだ。子供に両親の不和を見せてはいけない。夫婦二人で納得がいくまで話し合うべきだ。ありがちな判断のもと、夏休み中、父方の祖父に預けられることになったのだ。仲良しの両親だったのに、父の浮気が発覚しなければ、専業主婦の母が趣味の翻訳で収入を得始めていなかったら、そして、いつも盆と正月を過ごす母の実家に重病人が出なかったら。いくつもの「もし」が重なり、幾多の偶然をすり抜けて、一夏を祖父と共に過ごすことになったのだ。

植物がぬるい湿気を吐き、頭上にしなだれる枝葉が光を乱す。祖父が手の平をこちょこちょとくすぐり返したから聞いたばかりの田舎言葉をまねてみた。

「こちょぎたい、こちょぎたい……」

初めて口にする言い回しが使い慣れた共通語よりも唇になじみ、祖父が目をさらに細めて微笑(ほほえ)んだ。木立が土道を日陰と日向に切り分ける。木陰を抜けるたびに陽光に目が眩み、影に入るたびに視界を失うのすらおもしろい。空には広がり始めた黒い雨雲、振り返ると今来た道に沈む楕円形の夕陽。あの日、歩んだのは幽玄な異界に通じる道だった。心を吸い込む甘い黄泉(よみ)への片道だったのだ。


「ユウジ君、こんにちは。大した田舎でびっくりしたんでないかや」

薄暗い田舎屋敷で迎えてくれたのは華奢(きゃしゃ)でもの静かな中年女性だった。目尻や口元に皺が浮いても、彫り深いきれいな顔の人だった。フミ子さんと紹介された彼女は夕食を作りに来たと言う。食堂も出前もない村だ。男所帯で手の込んだ食事をしたい時は近隣の女達に頼む。彼女らは金を受け取って食事を作り、多目にこしらえて自宅に持ち帰る。村で一番若いフミ子さんは洋食が得意だとかで、土間の水屋には不似合いなバターの香りが漂っていた。

「疲れてねえか？」清楚な女がひっそりとした田舎訛でたずねる。「暑くねかったか？

店屋も料理屋もなんもなくて驚いたんでねえかや？」

「こんにちは。疲れてねえや」

おぼえたばかりの言葉を使ったら大人二人が、とても、とても嬉しそうに微笑んだ。

雨戸の戸袋には昼でも細長い闇、土間に並ぶのは古びた農具。鎌やシャベルなら知っている。鍬（くわ）や鋤（すき）は博物館で見たことがある。その中で先端が直角に曲がった黒い大きな鉈（なた）だけがなぜか妙に怖かった。縁の下の掃除の時、頭にくりつけるという大きなライトが不思議なほど近代的に見えたことを忘れない。

「ユウジ君、何か実ぃをもいで食べたな？」

口元の汚れを見つけたフミ子さんが聞いた。道すがら祖父が熟した夏グミを摘んで口に入れたせいだ。ちり紙で拭かれる時、かすかにハッカの香りが漂い、フミ子さんの薄い水掻きが眼前にひらめいた。彼女の指間に巡る皮膚は後れ毛の首筋や膝の裏側よりも色淡い。よく見るとそこには赤黒い丸い引きつれが刻まれていた。両手の八枚の水掻きにひとつずつ、指を広げるたびチョウの斑紋（はんもん）か隠れ模様のようにひらひらと淫靡（いんび）に見え隠れするのだった。

「あまりフミ子の掻き平（ひら）を見るなや」

祖父がそっと耳打ちした。指の間の水掻きを白姫澤では「掻き平」と呼び、茶色い斑紋はたばこを押しつけられた跡だと聞いたのはフミ子さんが家に戻った後だった。

「フミ子さんは、なんでそんなひどいことされたんだや？」

田舎訛でたずねると、ひらこが珍しいから村の外でいじめられたんだや、と教えられた。白姫澤ではきれいな娘の大きな掻き平を「ひらこ」と呼んで愛でる。そのかわいらしさを妬まれてよそで災難にあったのだとか。女子はきれいな子を妬むからな、と子供なりの一般論を言うと祖父が寂しそうにうなずいた。

夕食はちらし寿司にトンカツにじゃがバターにマカロニサラダ。子供が好きそうな献立なのだろうけれど、トンカツには醬油、キャベツの千切りには塩というあっさりとしたものだった。食べ切れないトンカツは明日、カツ丼にするから、近くの保二さんから卵をもらおう、と残ったおかずを冷蔵庫に入れながら祖父が言った。

夕食の頃、降り始めた雨は夜がふけるにつれて強まった。膨れた雨粒が屋根をたたき、風が雨戸を鳴らす中、蚊屋と呼ばれる虫除けの布囲いを初めて見た。深緑の薄布に囲まれた寝床が気味悪く、ぐずぐずと型遅れのテレビを見ていると祖父が、一緒に寝るか、と誘ってくれた。

添い寝される蚊屋の内側は深緑の巣の中のようだった。蚊取り線香から灰色の煙がうねり、四隅の朱房が夜の黒さを引き立てる。外には風が吠え、屋根を打ち抜きそうな雨音が響く。薄い夏掛けの中でしがみつく祖父の身体は細く、皺びて、そしてひいやりとしていた。手を握ると指の股に張られた掻き平。そのなめらかさについ人差し指と親指で揉みしだいてしまう。

「こちょぎたい、こちょぎたい……」

老いた声が蕎麦（そば）枕のきしりに混じる。あの夜、祖父の指を口に含んだのは掻き平を唇の粘膜で弄（いら）いたかったからか。それとも薄皮の舌触りを知りたかったからなのか。

「母さんのおっぱいが恋しいのかや？」

祖父がひっそりと聞いた。

「違う！」

きつい否定の言葉が出た。違う。母とは違う。乳をしゃぶるほど子供ではない。ただ祖父の肌に舌で触れたくて口に含んだだけなのに。

「指なんぞ舐めたら汚い」

「汚くない……」

指を吸い、掻き平に舌を這わせてつぶやくと、祖父は孫の行為に指を任せた。

あや、ほそこいゆびこだなや。あや、うすこいひらこだなや

あや、しろこいゆびこだなや。あや、やわこいひらこだなや……

枯れた声が古めかしい唄を始める。掻き平を舌でさぐるとまどろむ耳に唄声がしんしんと沁み、恐ろしい雨音も風の響きも眠気の中に遠ざかって行った。

なたこで落とせばゆびこもなおる、花こさなって地さなれば、

はっか地獄の浄土花（じょうどばな）……

まどろみと熟睡の狭間で節回しが変わったけれど、夢うつつで意味を聞けなかった。濃緑の蚊屋の中、祖父に抱かれて見た夢は大きな掻き平の手がさし招くもの。薄皮のひらめく手が、にょろり、にょろり、と地から伸び、天上の雲を破って極楽浄土に突き上がり、花のように指を広げるものだった。

村の住民は十数人だけだった。生協の軽トラックが週二回、生活物資を売りに来て、無人の社務所にはたまに隣町の杉（すぎ）ノ山（やま）医院から医者が訪れる。細身で彫り深い顔立ちの老人達は小さな畑で野菜を作り、邪気も覇気もなくくらしていたと思う。崩れかけた壁に蔓（つる）が這い、屋根に雑草が生えた廃屋も多かった。隣の百姓屋では黒々と開いた戸口の中に蔓草が垂れ、傾いた茅葺（かやぶ）き屋根に小さなカボチャができていた。

「隣にはな、八十過ぎのシゲ子婆さんが一人で住んでてな」夜の縁側でスイカをかじりながら祖父が教えた。「倒れて街の息子が病院さ入れて、家は草木に乗っ取られてな」

「婆さん、退院したらたまげるんでねえかや」

「シゲさんは戻れん。頭の血管が切れて頭も身体も動かんでなや。息子が市営の公園墓地を買ったから先祖代々の山墓にも入れんと」

家に戻れない老婆を思うと屋根のカボチャが不吉な瘤（こぶ）に見え、蔦（つた）に覆われた家屋敷が動けなくなった家主の脳に重なった。

「人の住まん家に入るな」祖父が続けた。「草だらけの家には草の化けが出るからな」

「くさのばけ？」

「蔓で縛って身体の汁を吸う化け物だや。家さ入るこそ泥やいたずら坊主を襲うんだ」

祖父は恐ろしげな声で話し出す。廃屋に茂った植物はそこに残る人の気配を吸って化け物になり、家に来る者を捕えるのだと。

「蔓の先っぽを鼻の穴や耳の穴からつぷつぷと刺して脳みそを吸うんだや。尻の穴には太い蔓が突っ込まれて、小便の穴には針みたいに細い巻きひげがきりきりと入って来て水気を吸う。子供の汁は草の化けの好物だから人の住まない家に決して入るなや」

考えてみれば廃屋で床を踏み抜いてけがをしたり、壁が崩れたりする危険がある。病院も消防署もない村だ。脅してでも人を遠ざける必要があったのだろう。

ひなびた村では人の住む家でも屋根のてっぺんに草が植えられ、アヤメに似た花が夏の陽射しに枯れていた。あれは草の化けにならないのかや？　と草刈りを手伝いながらたずねるとイチハツという屋根固めの花だから大丈夫だと祖父が教えてくれた。

「秋になればうちの屋根には別の花が咲くぞ。浄土花に似た白いリンドウがな、雪が降ったみたいにな。秋に一足早く氷室(ひむろ)の仙女さんが降りて来ると言われたんだや」

「じょうどばな？　ひむろの仙女さん？」

たずね返すと祖父は先祖の家業が氷室守りだったと教えてくれた。冷蔵庫などない時代、冬に池の氷を切り出して氷室と呼ばれる穴で夏まで保つ仕事なのだとか。

「そのうち氷室の浄土花を見て仙女さんを拝もうな。盆が過ぎたら屋根を真っ白にするリンドウも見れるからなや」

俺、秋までここにいれるかな、と言いかけて口をつぐんだら、学校が休みの日にバスで来いや、俵祭りにも一緒に行こう、と祖父が言った。

父と母の決着がついて街に戻っても村に招かれる。それが嬉しくて、祖父にしがみついて腹に顔を埋めた。へそのへこみがシャツを通して肌に触れ、そのくぼみに唇を当てて息を吹き入れると祖父が、息がぬるくてこちょぎたい、と身をよじって抱き返した。

街道脇の若い者、と呼ばれた保二さんが通りがかりにからかった。村には珍しく背が低くずんぐりとしたひょうきんな男だった。

「ユウ坊は爺ちゃんのひっつき虫だなや。一日中、側を離れんなや」

「俺はひっつき虫じゃない！」

祖父に抱きついたまま言い返すと保二さんは村でたった一人の子供を見て笑った。若い者と呼ばれた彼が五十過ぎだったことに当時は違和感すら持ちはしなかった。

「子や孫は田舎を嫌がるのにユウ坊はめんこいなあ。藤色のトウキビをやろうなあ」下の双子屋敷に住む松男（まつお）さんは農事試験場でできたという紫トウモロコシをくれた。「茹（ゆ）

でてかじれや。生で砂糖醤油に漬けてもうまいぞ」と言いながら。村長の孫だという幸彦さんは「ここから学校に通えるようにバス便を増やしてもらおうな」と語っていた。

ユウ坊は爺ちゃんそっくりだなや。街で育ってもこんなに白姫澤っ子じみるんだなや。顔を見るたびに言われるのが嬉しいのか恥ずかしいのかわからなかった。祖父のシャツの裾を握りしめて「だって俺、爺ちゃんの孫なんだや！」と答えると、口数の少ない年寄り達が、ほぉほぉ、ほぉほぉ、と嬉しそうに笑っていたものだ。

小学生になって大人に甘えるのはみっともない。けれども祖父の側にいるのは甘えではない。年の離れた盟友といるような、いや、分けられた半身に吸い寄せられる気持ちと言ったらいいのだろうか。学級文庫で読んだ。太古、人間は頭二つ、手足を四本ずつ持った完全体だったのに神様が二つに分けてしまい、以来、人は離された半身を求め続けるのだと。自分と祖父は元々ひとつの人間だったような、いつか一人に戻るような、静かな山の村でいつしかそう思うようになっていた。

穏やかな夏の日々だった。けれども土間で見た黒い大鉈にも似た禍々しい記憶も残されている。あれは畑で祖父ともぎたてのキュウリをかじっている時のことだった。遠くの草だらけの家から一人の男がよたよたと歩き出て来た。汚れた衣服にひどい猫背で首がホタルブクロの花のようにがっくりと垂れていた。

「爺ちゃん、あの人は誰だ？　俺、初めて見るや」

孫の視線を追った祖父は、焦げ茶の瞳に昏い陰をよぎらせた。

「ユウ坊、見たらいかん」

「なんでだ？　挨拶しなきゃならんだろ？」

「草の化けに汁を吸われて鬼になった者だや」

「草の化け？　そんなの本当にいるはずないや」

問いを無視して祖父は立ち上がり、道ばたの石を握りしめた。ぶん、と半円に振り抜かれた手からビワの実ほどの石が放たれ、うつむいた男の頭に鈍い音を立ててぶつかった。潰れた声の悲鳴。その場に崩れ落ちる姿。ぼうぼうと乱れた髪の隙間に怯えた目がのぞいていた。男はひぃひぃと泣き声をあげ、四つん這いになって廃屋の中に逃げ込んだのだった。

「あれは忌まれた鬼だ。見たら逃げろ。捕まったら草の化けの餌にされる」

祖父がきつく肩を抱き、濃い茶の瞳で見下ろした。弱い者いじめはだめ、暴力は悪いこと、と習いおぼえた道徳を言いかけたけれど見つめられて都会の良識が消し飛んだ。

「あれは畑に虫を呼ぶ者だから石を投げれ。側に来たら鎌で追い払ってもかまわん。穢れをうつされたら今度はお前が石を投げられるや」

「穢れって何だ？」

「草の化けに蔓を挿し込まれてな、汁を吸われて穢れた化け物になるってことだ」

見つめる祖父の瞳は薄い薄い茶色だった。虹彩に黒い放射模様がはらはらと散り、少し離れるとトチの実に似た濃い茶に映るのだとその時、初めて気がついた。シャツからは淡い石鹸の匂い、首筋からはほんのりとした汗とハッカの香りが漂っていた。

「わかったな？　穢れた者に近寄るな」

念を押されてうなずいた。見たら逃げろと言われてうなずいた。石を投げろと言われて「うん」と応えたら「ユウ坊は賢いな」と褒められた。

夏の間、あばら屋から忍び出る男の姿を何度か見た。そのたびに何が怖いのか、何が穢れなのかわからないまま逃げ去った。追われたことはないけれど石を拾って握りしめていた。投げつけたのは一度だけ。水面がきらきらと照り返す川原でぬれた川石を放った時だけだった。

あの日、一人で村を流れる棉糸川の側にいた。川原に生えるドンガラと呼ばれるおひたしになる草を摘み、イナゴを捕ってフミ子さんに佃煮にしてもらって近所に配るつもりだった。向こう隣のハツ子さんはお返しに白姫菜の一夜漬けを、保二さんはトウキビを、ヨウ子婆さんは庭のスモモを分けてくれるだろう。

夢中で川原の緑ばかりを見つめる目の前に突然、原色の塊が飛び出した。

「こんにちは！」

鮮烈な色をまとった幼い女の子が忘れかけていた共通語を発した。草の色になれた目にスカートのピンクと髪飾りの赤い水玉が鮮やかに、同時にひどく毒々しく映る。

「こんにちは」

共通語で返したつもりが訛って「こんにぢわ」に近くなる。幼女は少しだけ不思議そうな顔をしながら続けた。

「お兄ちゃんは村の子？　あたし、あおちゃん。ひい婆ちゃんのおうちに来たの」

俺の名前は……、と言いかけたら原色の子が笑った。

「変なの！」無遠慮に笑う声には悪気のかけらもなかった。「まんがに出て来る昔の子供みたい。お年寄りが喋ると普通だけど子供だとおもしろいね！」

少女が笑うから気がついた。「俺」と言ったつもりがラ行が抜ける田舎言葉では「おえ」に、母音が曖昧だから「名前」は「なめ」にしか聞こえなかったのだと。

「あおちゃんはね、ママと、ばあばと、おばちゃんといとことひい婆ちゃんのおうちで女五人水入らずなの。民放が少なくてチョウチョを捜してたの。あ、お兄ちゃん、名前は？」

「俺はユウジ」共通語の少女が相手でも、短い間に馴染んだ田舎訛で答えてしまう。

「爺ちゃんの家にいるんだや」

「ユウ兄ちゃんのお父さんとお母さんは？」

「俺は爺ちゃんと二人だや」

「あらそう、わかった」

都会の少女は詮索せずに受け流した。盆が近い。大人が何人か里帰りをしている。数日前、小さな女の子を連れた女達が祖父のいとこのヨウ子婆さんを訪れていた。遠目にも明るい服の色が目立ち、甲高い女児や赤ん坊の声が聞こえていた。このにぎやかな子も村の縁者なのだろうか。洋服の色鮮やかさも、口数の多さも静かな村にそぐわない。ただ彼女の指間に咲く白い搔き平が里の血筋を物語っていた。

「あおちゃんね、お盆の灯を見に来たの。その後でパパの実家の海に行くの」

田舎に退屈した幼女は偶然に見つけた男の子を遊び相手に決めたようだった。ヨシの葉で笹舟を作り、ツユクサを盛って流して見せたから気に入られたのだろう。

「ユウ兄ちゃん、毎日ここにいるの？　明日も一緒に遊ぼうよ」

屈託なく誘われて、どうせ数日のことだろうとうなずいた。ドンガラもイナゴも集められそうにない、とあきらめた時だった。ざわざわと草の茂みが左右に割れ、鬼と呼ばれたざんばら髪の男が現れた。やせ細った手足に黒く汚れたシャツ。丸められた背中とうなだれた首。お互いを認めて双方が固まった。饐（す）えた汗と垢の臭いが漂って来る。ヨシに絡んだ豆蔓が眼前に、ゆらり、と流れた時、草の化けへの恐怖が沸き、川原の石をつかんで投げつけた。子供の力でも近距離からの投石だ。威力を孕（はら）んだ石が男の頭を殴打した。濁った悲鳴が上がる。割れた声が怖ろしくて、ぬれた川石をもうひとつ投げる。今度は角ばった石が男の片目にめり込んで赤黒い血をしぶかせた。

「ユウ兄ちゃん、何するの！」幼女が金切り声をあげた。

「逃げれ！」自分の声が叫ぶ。「さらわれんように走れ！」

あおちゃんの手を握ってその場から駆け出した。ドンガラもイナゴの袋も作りかけの笹舟も散らばった。川原では石で打たれた男が吠え、背後からののしり声が耳に届く。ガキまで図に乗りやがって……。明日は我が身だや……。

土手を越えて野原を抜けて足を止めた後、あおちゃんが荒い息づかいで非難した。

「なんであんなことするの？　乱暴はいけないんだよ」

「あれは子供に悪さする男だ。見かけたらすぐに逃げれ」

答えてから、どんな悪さ？　と聞かれたらどうしようと考える。草の化けなど都会の子供は信じないだろう。けれども幼女は意外にも神妙な顔つきで納得した。

「わかった。悪い大人に気をつけろってママも先生も言うもん」と。

夕飯のちゃぶ台でそのことを祖父に告げたら「ユウ坊は勇敢だ」「二度も石を当てるとは豪傑だ」と褒められた。「明るいうちに出歩くなら皆でこらしめねば。畑に虫を呼ぶから」と言う祖父の顔は村の誰よりも整った良い目鼻立ちだった。

蚊が蚊取り線香の煙に巻かれて畳に落ちる。あおむけにもがく蚊が石で倒れた男の姿なかった。

に重なった。「明日は我が身」。その一言が妙に恐ろしく、祖父に意味を問うこともでき

翌日、あおちゃんは一人で遊びに来た。外は危ない、と言うと、すぐ近くだもん、と言い返された。目の大きなかわいい子だったと思う。都会じみた愛らしさも、はきはきとした陽気さも村に似合わないけれど、小さな指を飾る掻き平から目が離せない。薄桃色で淡いそばかすの散るひらこだった。それはふにゃふにゃと頼りなく、口に含んだら唾液に溶けてしまいそうだ。針で突いたらぬるい血を、ぴゅぅ、ときれいに吹き上げてくれそうだ。

「お外が危ないならひい婆ちゃんのうちで遊ぼう。赤ちゃんもいるんだよ」

あおちゃんにそう誘われてついて行ったのは、赤ん坊の手に掻き平があるかどうかを知りたかったからだ。セミの声が降る細道を抜けてヨウ子婆さんの家に行くと、縁側に赤ん坊が眠っていた。脇で婆さんが佐藤石油販売と書かれたうちわを振っている。

「お婆ちゃん、ただいま!」

あおちゃんが声をあげるとシミズと呼ばれる白い普段着のヨウ子婆さんが顔を上げた。

「あお子、お帰り。そっちは氷室守りの家のユウ坊か? よく来たなや」

「こんにちは。赤ちゃんを見に来たや」

「おお、赤ん坊か。見れ、見れ。暑くなかったか？　麦茶でも飲めや。しょっこのない麦茶にするからな」

老女がゆっくりと立ち上がり、台所に向かう。

「俺、しょっこい麦茶がいい！」

「ほおほお、そうかそうか、ユウ坊にはしょっこいのな」

「え？　ユウ兄ちゃんはしょっぱい麦茶がいいの？」

「白姫澤の者はしょっこい麦茶を飲むもんだ」

「あたし、白姫澤の子じゃないもん」

「しょっこ」は塩をさし、「しょっこい」はしょっぱいを意味する。塩入りの麦茶を飲んで吐き出しかけたのは最初だけ。畑仕事をする祖父がうまそうに飲むから同じものが欲しくなった。そして飲んでみるとしょっぱい麦茶は汗をかいた後、喉に沁みるほどにうまかった。今では塩なし麦茶を飲むのはもやしっ子だと思っている。

「ユウ坊にはしょっこいの、あお子にはしょっこくないのをなあ」

ヨウ子婆さんは繰り返しながら麦茶と、赤ナスと呼ばれる酸味の強いトマトを盆に載せて来た。歩くたびにシミズの襟ぐりで皺びた乳の根元が揺れる。その肌からほんのりとハッカの匂いが漂った。眠る赤ん坊からはハッカとクチナシの香り。小さな首もとや肘の裏に天花粉（てんかふん）が白い。くんくんと鼻を蠢（うごめ）かすと婆さんが教えた。

「あせもが出るからクチナシ軟膏（なんこう）とハッカの天花粉をつけるんだや」

祖父にも教わった。あせもを防ぐために重曹とキカラスウリの粉で天花粉を作り、山のハッカで香りをつける。クチナシの実からこしらえた軟膏は指のささくれや虫さされを掻き壊したところに塗る。子供二人が麦茶を飲む側で、婆さんは赤ナスに白砂糖をまぶしながらぽつぽつと昔語りを始めた。

「昔のお大尽は麦茶さ砂糖を入れて甘っこくしたんだや。白姫澤は貧しくて砂糖なぞ誰も舐めたことがなくてな、よそで物持ちの家に手伝いに行った娘はひらこさ砂糖つけて隠れて舐めて、ひもじい時はひらこさ豆や米をくるんで寝床の中で食ったと」

「ひらこに豆を隠すのか？　役に立つもんだなや」

「こそっとやれる娘はいい。しかしなあ」ヨウ子婆さんは声をひそめて語る。「下手な娘は見つかって、ひらこ女は手癖女と言われて罰を受けて」

「罰？　いじめられたのかや？」

赤黒い引きつれのフミ子さんの掻き平が浮かんだ。

「ひらこに釘を打たれたり、ひらこに穴をあけて紐でくくられたり。貧しい村の手癖女、ひらこ女は卑しいとか、醜いとか言われてなや」

「ひらこが大きいのは美人のはずだや！」

「ここでめんこくても他では醜女（しこめ）。白姫澤から嫁は取るなと言われ、近郷でひらこの赤ん坊が生まれるとここいらに捨てられて。だからなあ、よそで悪さする娘には見せしめになあ、手癖女を狩るのも氷室守りの役目でなや」

「氷室守り？　俺の家が罰を当ててた？」

「盗みを働いた娘をつかまえて氷鉈を……」

「いやだ、怖い！」あおちゃんが両耳を塞いだ。「いや、いや。怖いのはやめて。おトイレに行けなくなっちゃう」

甲高い拒絶にヨウ子婆さんは言葉を切ったけれど、昔話をやめなかった。

「氷が取れるようになって村が物持ちになっても見下されて、氷が売れて妬まれて」

老女の話はぞくぞくするほど残酷で恐ろしくておもしろかったけれど、あおちゃんは嫌がった。田舎言葉をうまく聞き取れなかったせいもあるだろう。

「ユウ兄ちゃんは赤ちゃんを見に来たんだよね」少女が腕を引っ張った。「ほら、眠ったままお口をぱくぱくさせておもしろいよ」

赤ん坊は話し声にも目をさますことなく眠り続けている。もう伝い歩きをするくらいだろうか。古い和柄の布団の上にひよこ模様の服が不似合いだ。

かわいいなあ、とお世辞だけは言う。赤ん坊に興味などない。見たいのは、知りたいのは、掻き平がどれほど薄く小さいかということだけだ。

あおちゃんが赤ん坊の頰を指で突いたからまねをした。指先が柔らかな肉に沈む。すべすべした手触りだけれど特にかわいらしくもない。触れ心地なら祖父の乾いた肌の方が良い。気になるのはぷくぷくとした指の狭間だけ。軽く握られた指をそっとこじ開けると、薄桃色の淡い掻き平が爪の近くにまで張っていた。

「ああ……」

その皮膚の広さと薄さに嘆息した。フミ子さんですら指の関節まで届いていなかったというのに。爪を立てると皮がしっとりと指先に張りついた。なんて柔らかな皮膚。ぞくぞくとするほどに広がる薄皮。ヒルガオの花にも似た淡い皮に、赤く細い血管が透けている。そのしなやかさと薄さが不可思議で強く爪を立てると、赤ん坊が、ぱちり、と目を開いた。大きな黒目の中に自分の顔が揺れている。乳児がまばたきもせずに見つめ返している。真っ黒な瞳に吸い込まれそうだ。心の奥が確信した。この赤ん坊は今、自分を見つめ、自分の顔を心に刻み込んでいるに違いない、と。

「まだ赤ん坊だからひらこが張っててなあ」婆さんがにじり寄るとハッカの香りがまた鼻腔（びこう）に忍び入った。「大きくなればひらこも下がって小さくなるや」

「あおちゃんの掻き平は小さくなってるのよ」

少女が自慢そうに両手を開いて見せた。赤ん坊を見た後だとその薄皮は小さくて物足りない。それでも淡いそばかすのひらこも美しいことに変わりはない。じっと見つめるとあおちゃんが恥ずかしそうに両手を身体の後ろに隠した。

赤ん坊の掻き平を大きく広げて細い血管の薄い網模様を見つめ続ける。花びらに似たひらこ。花脈のような細く赤い筋。斑紋のある掻き平も良いけれど、薄赤い筋入りのひらこの素晴らしさには及ばない。血色が皮の白さを引き立て、その対比が網膜に焼きついた。血の色と薄皮の色が悩ましい。ここを針で突いたら吹き出す血の玉はどんな赤色なのだろうか。

　赤ん坊が真っ黒い目で見つめ続けている。掻き平をくすぐられて身をよじる祖父も好きだけれど、何をされても動かない乳児も愛おしい。もしも、とまた考える。この薄い掻き平を鋏（はさみ）で切っても赤ん坊は泣いたりしないのではないかしら、と。ちょきり、ちょきり、と刃物を入れても湿っぽい血など出ず、薄赤いひらこは可憐にひらめいているのではないかしら。なまめいた想いに恍惚（こうこつ）とする側でヨウ子婆さんがつぶやいた。

「ユウ坊は白姫澤の子だなや。その目つきは氷室守りの血筋だなや」と。

　続けて年取った女が小声で唄い始めた。

　あや、ほそこいゆびこだなや。あや、うすこいひらこだなや……

　聞きおぼえのある節だから小声で一緒に唄う。白姫澤の訛に慣れた今ならわかる。あや、は感嘆の意味、うすこい、しろこい、はそれぞれ、薄い、白い、をさす。氷がガラスのコップを打ち、鉄風鈴の音とセミの声が混じる。土間を涼風が抜ける。赤ん坊は手に触れる者をただ見つめ続けていた。

「それ、いけない唄なんだよ」あおちゃんが止めた。「子供が唄っちゃだめだって、ばあばとママが言ってたよ」

その声は婆さんの耳に届かない。老女と少年が低く唄い、赤ん坊が黒々とした瞳でそれを見つめる。あおちゃんだけが取り残されたように頬をふくらませていたのだった。

二　東京　初夏

サッシ窓の向こうを白い花びらが流れる。あれは隣のベランダに咲いたコデマリ。あるいは一階の専用庭のサンザシが吹き上げられたもの。傾いた太陽は薄雲にくるまれ、小粒の花びらはほろほろと手すりにまぶされた。さっきまでうるさいほどだった小鳥の声はもう聞こえない。

洗い髪をタオルで包んだまま静花は寸胴鍋のパスタを掻き回す。せっかくの休日だ。少し早い夕食にしたかった。陽が落ちる前に入浴し、果実酒を飲みながら料理を作るつもりだった。

かさかさ……、かさかさ……

開かずの間。そう名づけた玄関脇の一室から聞こえる音。それは消えた男が薄汚れた洋間の中で蠢いていた音だ。

2LDKの中古マンションを買ったのは数年前。自分は見た目も性格も地味だからどうせ一生独身だろうと三十歳を過ぎてすぐ住居を購入した。超長期ローンが組めたのは上場企業が経営する美術館の正社員だったから。狭い物件だ。新しくもない。防犯カメラやオートロックもないし集合ポストに鍵もない。このつましさが分相応だと思っていた。壁にレプリカの絵を飾り、棚に本を並べ、休日は紅茶を飲みながら古い映画を観る。趣味は刺繍とマニキュアアート。ハンカチやテーブルクロスに淡色の糸で模様やレースの縁取りを入れ、プラスチックケースや陶器に安価なマニキュアで小さな模様を描く。ひとりぼっちが気に入っていたのに転居して一年目に岳志と出会い何のはずみか恋に落ちた。堅物で引っ込み思案で色恋に縁が薄い自分がめずらしく熱をあげ、愛し合って一緒に暮らし始めることになったのだ。

かさかさ……、かさかさ……

岳志が消えても開かずの間の物音が続く。悪い人ではなかった。むしろ思いやりのある、頼りがいのある男性だった。フリーカメラマンとして収入もあり、写真集を上梓した実績もあった。背が高くて力持ちで真面目。料理好きで職人手打ちの肉切り包丁や柳刃包丁を取り寄せていた男。

あや、ほそこいゆびこだなや。あや、うすこいひらこだなや……

薄い壁の向こうから聞こえていた唄。それは岳志が白い花の画像を見ながら口ずさんでいた調べ。どこかで聴いたような懐かしくて忌まわしい節回しだ。

冷えきってしまったのはなぜだろう。彼が仕事を失ってヒモに成り下がったから？

それとも五歳も年上でやせた身体の自分に飽きたせい？　違う。あの花の写真を撮り始めてからだ。山の廃村で白い花の群生地を撮ると言い出してから口数が減り、やがて玄関脇の一室に引きこもるようになってしまったのだ。

かさかさ……、かさかさ……

かすかな音に耳を塞いだ時、甲高いチャイムの音が室内の空気を切り裂いた。

小さな悲鳴を上げる。菜箸が床に落ち、淡色のマットにぽつぽつとトマトソースが散った。小さなモニタを見るのが怖い。そこに映るかも知れない男達の姿が恐ろしい。チャイムが再び耳に突き刺さる。おそるおそるモニタに目を向けると荷物を抱えた配送員が映っていた。ふぅ、と安堵の吐息が漏れる。

「こんにちは。お荷物のお届けです」

玄関ドアを開けると生者の気配が流れ込み、段ボールが差し出された。反射的に受け取ると配送員の指が触れる。ひんやりと冷たくて爪のきれいな指だった。

通路の向こうの小さな公園では、白い街灯が木のベンチを照らしていた。

「今週の野菜です。印鑑かサインをお願いします」

「え？」箱を抱えて戸惑った。「あの……？　今週の野菜……？」

灰色味を増した薄暮の中、通路灯が西側から順に、ぽぅ、ぽぅ、ともって男を照らす。見なれた宅配会社の制服とは違う。目深にかぶった帽子の下には細い鼻筋と細い眉。

奥二重の涼しげな目もとが笑ったように感じたのは気のせいだろうか。

「今週の野菜？　私、おぼえがないんですが」

濃い茶の瞳に長いまつ毛が影を作り、配送員にしては静かすぎる声がたずねた。

「川沼さんあてのお荷物で、有機野菜の定期便なのですけれど」

「ああ、川沼さんは五〇三号室。ここの真上です」

「そうでしたか」彼は慌てる様子もなく妙に静かに、とても品良く納得した。「間違えてしまったようです。お騒がせして失礼いたしました」

整った目もとの配送員だった。額から鼻にかけての端整さと肌の白さが印象的で、妙な既視感をおぼえさせるまなざしだった。荷物を返す時、男の指が、ひたり、と指の水掻きと呼ばれる皮に触れた。配送員の指の腹はとても柔らかだった。そして野菜が詰まっているはずの箱は奇妙なほどに軽かった。

ドアを閉めると玄関に白い花びらが吹き込んでいた。その細かさと白さに死んで行く岳志の上に降っていたなごり雪を思い出す。あの夜、頭上には重たげに桜が咲いていた。カップ酒に混ぜた睡眠導入剤で眠らせた男の上には季節外れの雪と桜の花びらが降っていた。凍死しやすいよう、熟睡する岳志にペットボトルの水をかけた。力任せに大柄な身体を転がして着衣の中をさぐり、身分を示すものを全てむしり取った。春の雪は翌日も降り続き、桜並木を歩く人もいなかったらしい。遊歩道でホームレスの凍死体が見つかったと聞いたのは数日後。周囲には日本酒のカップが転がっていたそうだ。

あれから数ヶ月。まだ開かずの間をかたづけられない。心を病んだ男が引きこもり、古い唄を口ずさんでいた部屋があの時のまま残されている。

かさかさ……、かさかさ……

放心するたびに聞こえる音。耳元を押さえてスリッパの上に座り込むと、ドアポストに挟まれた白い封筒が目に入った。またあの手紙だ。開かなくてもわかる。中の紙には死んだ岳志が見た日常風景が書きつづられているのだ。

連休は勤務先の美術館が混む。静花は九時過ぎに帰ってシャワーを浴びている。冷え性だから風呂に入ればいいのに。新しい職場で経理を押しつけられて辛そうだ。

手やかかとにぬるカミツレオイルは瓶が欠けてプラスチック容器に移した。静花が気に入ってくれたオイルだがボトルが弱い。脱衣所に畳まれたパジャマはつきあい出して一ヶ月記念に俺がプレゼントしたデイジー柄のやつ。胸についたワインの染みは洗っても消えないみたいだ。

日付は約一年前。パジャマの染みやら欠けたボトルやら二人しか知らないはずのできごとが岳志の筆致で書かれている。もう一枚の紙に印字された文はひどく短い。「使い終わったボトルをここに返してください」の一言と日付と駅前のコインロッカー番号と設定する暗証番号だけだ。紙はどこにでもあるコピー用紙、文字はかすれた明朝体。封筒を横にすると、ころり、と小瓶が落ちて玄関に転がった。中味は黄色い液体でラベルには「カミツレ」の文字。「肌あれに、指やひじのなめらかさに」と効用も記されている。これは岳志とくらしていた頃、彼が買って来てくれていたオイルだ。

「俺、すべすべしてきれいな、静花の手や指が大好きなんだよ」

「手が荒れるから洗い物は俺がやる。静花がやる時はゴム手袋を使えよな」

岳志の言葉を思い出すと手紙への気味悪さが噴き上る。同時に甘ったるさにとろけていた自分への嫌悪も爆ぜて瓶をドアに投げつけた。ボトルに亀裂が走り、薬草めいた香りが玄関に広がった。

前も二度、同じような手紙が来た。最初は岳志の日記はなく、カミツレのボトルと「ボトルをここに返してください」の文とコインロッカー番号や日付の書かれた紙だけが入れられていた。気味の悪いいたずらだと思ったから全て廃棄した。けれども指定された日付の数日後、今度は日記風の文章と新しいカミツレオイルが届いたのだ。この手紙は三度目だ。記述はより具体的に二人しか知らない内容になっている。このままだと狂いそうだ。この場から逃げ出したい。なのに出て行けない。それはこの古びたマンシヨンの販売価格が買った頃より下落してしまったから。そしてかたづけるために開かずの間に踏み入るのが恐ろしいから。震える肩を抱いた時、トマトの焦げる臭いが鼻をつき、静花は小走りにキッチンに向かって行った。

着信音が鳴り響き、静花はソファの上で目を開けた。窓の向こうに白い月が浮いている。焦げかけたトマトのパスタをすすり、そのままうたた寝をしていたらしい。

「静花、元気？　あたしだよ！」

通話ボタンを押すと張りのある女の声が流れ出た。

「ああ、葵(あおい)ちゃん？」

「寝てた？　ごめんね。今、話す時間ある？」

ないと言っても無駄だろう。「じゃあまたね」と言った後に「ところでね」が続き、「そう言えば」が連なるタイプだ。彼女は三歳年上のいとこ。大手不動産会社の営業職を経て独立し、小さなインテリアコーディネートの事務所を切り盛りしている。

明日は早いから、と言う前に葵が近況を語り始めていた。経験者募集の求人広告に未経験の高齢者と高校生が応募して来たとか、男性クライアントが脱毛サロンに通っているとか、他愛のない話が続くから「そうなの」と「おもしろいね」を繰り返しながら手もとのタオルをいじる。水色の生地に目立たない薄緑の糸でイニシャルを縫い入れた品だ。刺繍の終わりの小さな玉止めがパイルの中で、ころり、と指の腹に触れる。垢抜けない刺し方だけれどこの止め方を気に入っている。岳志も言っていた。「変におしゃれなのより丈夫でかわいい静花の刺繍が俺は好きだよ」と。ふと気づくとあの音が聞こえない。いとこの生気に死者の蠢きが潜められたのか。それとも彼女の大きめの声にかき消されているだけなのか。

「ねえ静花、しゃれた居酒屋の割引券があるけど行かない？　デート相手にあげるのは嫌よ。男性との食事は経済力を見極める場なんだもん」

断ることはいつもできない。子供の頃、朗らかで賢い彼女の後をついて歩いたものだ。成長するにつれてその華やかさと賑やかさがちょっと苦手になった。けれども今、この明るさが瘴気を消すのなら会話が続いてもかまわない。

「いつがいい？　あたしは来週なら火曜と木曜以外。土曜の午後は講習で七時半以降なら空いてるけど日曜は五時半以降で、次の月曜は……」

「あの、ええと、大体いつでも……」

「忙しくない？　ちっちゃい美術館で経理もさせられて大変なんだよね？」

「企画展の前と最終日の前後は無理だけど。お客さんが多い場所じゃないし」

「あははは」笑い声が平たい電話から流れて月に照らされたリビングに響いた。「うちなんか社長イコール唯一の社員の小さ過ぎる企業！　吹けば飛ぶよ！」

そうは言っても葵の事務所は繁盛している。不況だとか買い控えだとか言われるご時世、会話能力と人脈で確かな顧客を保ち続けているのだ。

「静花が休みの日に早い時間に始めない？」

「あ、休日は……」開かずの間をかたづけたい、と口先だけの予定を出しかけて言い直す。「その、急な出勤要請が来るかも。展示室の監視員が少なくて」

「なんだ、休日だめって言うから岳志くんが戻ったのかと思った」

「帰って来るはずなんて、ない」

乾いた声が出てかみ締めた前歯が唇に刺さった。

「女は終わった恋に執着しないって言うもんね」陽気ないとこは頓着しない。「だったら一緒に婚活しよう！　きっと新しい出会いがあるよ！」

話の飛躍に言葉を失う中、葵は早口で日時を決め、店は後で連絡すると言い、じゃあね、と告げた後、「そう言えばね」とまた日々のことを喋り始めた。

一時間近い通話を終えた後、静花は疲労感に眉根を揉んだ。それでも開かずの間から音が途絶えたのがありがたい。外を眺めると上空に丸い月が浮いている。今、あの部屋の窓を開けたら月光が瘴気を浄化してくれそうだ。けれども踏み込むのが怖い。壁いっぱいの白い花のパネルが恐ろしい。だから今夜も何もできずに寝室に向かう。玄関から淡くカミツレが香る。拭き取ってもオイルはドアに染み込んで香りを放つのだ。あのボトルをどうしよう。戻さなければ次はどんな手紙が来るのだろう。眠れない長い夜を思いながら静花は寝室のドアを開けた。

今回の企画展は『季節の花』。メインの展示室にはベテランと称される日本画家の絵が二点と、気鋭と呼ばれる無名画家達の作品が置かれている。小振りな第二展示室からロビーにかけては近隣の住民の絵が飾られる。住宅街の小さな美術館を訪れるのは近場の主婦やリタイアしたシニア層が多い。斬新な展示や前衛的な作品は好まれず、家族やら花やら生活史やらの企画に偏りがちだ。

照明の絞られた展示室に踏み入ると白いハスやモクレンの絵が浮き上がって恐ろしい。上向きに咲く白い花は開かずの間のパネルを思い出させるから今回は監視員のシフトを減らして受付業務を増やすようにした。午後遅くなって入館者が減る時間帯は会計ソフトの入ったパソコンを受付に持ち込んでいる。経理は月給制、展示室の監視は時給制という勤務形態だ。ボーナスもない非正規雇用者だから受付も監視員の勤務時間にカウントされるのはありがたい。正社員だった前職から大幅に収入を減らした静花に対し、上司は受付での経理業務を黙認してくれているのだ。

「大人一枚お願いします」

終了が近づいた頃、受付のアクリル板の向こうから声がした。もう誰も来ないだろう時間帯だ。戸惑って目を上げると栗色の巻き髪に切れ長の瞳の美女が立っていた。入場料を差し出す指の爪は品の良い藤色に塗られ、左の薬指に銀の指輪が光っている。

「あの、大人一枚お願いします」

なまめいた美貌に見とれているとつややかな唇が遠慮がちに繰り返した。

「ええと、あと四十分で閉館ですが差し支えありませんでしょうか？」

「かまいません。あ、それからこれ会員証」

提示することで二割引になるカードを出した時、女の指先があえかな薫りを放った。誰も気づかないだろう淡い、かすかな匂いだった。

「あ、カミツレの……、オイル……」

こぼした言葉に目の前の女が微笑んだ。

「ご存知なんですか？」

「あの、はい、そのカミツレの香りは……」

死んだはずの男が贈って来る、と言えずにいると優美な女がすまなそうにたずねた。

「もしかして匂いが強かったんでしょうか？」

「決してそんなことは……、ええと、同じ香りのがうちにあるから……」

「あら、あなたも」女は言いかけてネームプレートをちらりと見て言い直した。「草野さん、ですか？　同じものを使っているんですか？」

「同じかどうかはわからなくて、でも香りが一緒のようで……」

「小さな丸いガラス瓶に入ったふたが渋いゴールドの？」

色香の漂う一重まぶたに淡色の上品なシャドウ。大きく盛り上がった胸に細い腰。見とれる静花の表情を彼女は肯定と勘違いしたようだった。

「嬉しい。近所の美術館で同じオイルを使っているスタッフさんがいるなんて。あ、いけない。閉館時間が近いから観て来ます。帰りにご挨拶しますから」

女は言い残して展示室に消え、あらためて声をかけられたのは学芸員の出張旅費の打ち込みを終えた閉館十分前の時だった。

「お仕事中に話しかけてご迷惑じゃありませんでした？　同じものを使っている方がいて嬉しかったんです」

「そんな迷惑だなんて。あの、今は使ってなくて、前にお土産でもらって……」

あれは岳志が撮影先で買って来た品だ。使い心地も香りも好きだと言う静花に、今度は箱で買って来る、と彼が真顔で言い、そんなに使い切れない、と笑いあったものだ。

「どこで買えばいいのかがわからなくて、ラベルの字が細かくてかすれていて……」

「でも匂いだけでわかるなんてずいぶん鼻がいいんですね」

違う。恐怖で過敏になった鼻粘膜が微かな香りに反応しただけだ。美しい女が品良く微笑む前で自分はブラウスの下に鳥肌を浮かせているというのに。

「よろしかったら近くの販売店をお教えしましょうか？」

「あ、はい、ぜひお願いします」

本当は欲しくなどない。けれどもボトルを戻さないといけない。叩きつけてひびが入ったと知ったなら贈り主が怒るようで恐ろしい。女は藤色の爪の指先でバッグを開き、しゃれた筆記用具を出して手を止めた。

「ええと、お店の名前はなんだったっけ。ごめんなさい。長い名前でおぼえていなくて。簡単な道順なら描けるけど」

「あの、気を遣っていただかなくても」口べたな上、隠しごとを抱えてさらに口が重くなる。「どうしても欲しいのではなくて……」

「家で調べて来ますね。この企画展がとてもすてきだからまた来たいんです。特にあの白モクレンの絵が好きで。ああ、ごめんなさい、もう閉館ですよね。お忙しいところに話しかけてすみませんでした」

女は早口に言い、お辞儀をして立ち去った。その話し方は葵のようなお喋り好きの早口ではなく、閉館間際のスタッフを気遣った口調に感じられた。あのあでやかな女性が白モクレンの絵に惹かれたことが少し意外だった。古典的な美貌に今風の化粧を施した女は華やかなボタンやらシャクヤクやらを好みそうに思えたからだ。

「今、あってる人はかなり良い感じ！」ワインを口に含んで葵が笑う。「平凡なお見合いパーティの中じゃずば抜けてたよ。割と見られる顔で、お腹は出てないし、頭も薄くないし、服装が変じゃないし、同居の親もいないし、婚歴も養育費の支払い義務もない」

雑多な料理のある居酒屋だった。ワインは陶器のぐい飲みにつぎ、新鮮な野菜を売りにしていてナスやカボチャも生で出す。

「持ち家じゃないけど親戚から安く借りてるって言うから親族の貧困に悩む可能性は低い。正社員じゃないけど年収は悪くない。連帯保証人になってないかはまだ不明」

以前は「希望が多くない？」「条件を下げた方が」などと言っていたけれど今は「良かったね」と「そうなんだ」を繰り返すだけになった。葵が前の夫と離婚して約五年。「もう一度、結婚したい」「一人の老後は嫌」と言い出して婚活を始めた。若くはないけれど美人の部類で白い肌と豊かな胸が色っぽい。今時、お金を払ってお見合いパーティに行くのは「身分証明書と収入証明書の提出義務のある場で、まずは実物を見て決めたい」からだそうだ。

「今回は優良株だけど確定にはデータ不足。今後もリサーチを重ねるよ。もちろん他の候補も模様眺めでキープして」

「葵ちゃん、データとかリサーチって、彼氏の話、だよね……？」

「当たり前だよ。データの収集と分析はビジネスでも婚活でも重要。感情より条件が大事。好きになってもいい人の中から好きになれる人を捜すんだ」

まるでオーディション、と思う前で葵は次の喋りを開始していた。

「いい年して婚活する男って嫁を介護スタッフや家事代行業者と思ってるのが多いけど今の人は家事は自分でするって。服は安物じゃないけど嫌味な高級品じゃなくて時計と靴は割と高価な海外ブランドだけど年季が入ってたから浪費癖もない」

その観察眼に半ばあきれながら数年前どうして岳志に恋したのかと考えた。小柄な自分より三十センチ近く背が高くて、表情がちょっと気弱で、後ろで結んだ長髪と短いあごひげで野性味を出そうとがんばっていた。スタジオ撮りが主な収入源で、写真集や個展のために古い建造物や山間の村などを撮影に行って……。そう言えば山合いに美しい廃村があると言っていた。未発見の文化財をスクープするのだと意気込んでもいた。あの村の名前は何だっけ。白神？　それとも姫川？

かたかた……、かたかた……

人の声がさざめく空間に岳志の指がキーボードを打つ音を聞いた気がした。

「そりゃ理想は恋愛結婚だよ。でも生物学的に恋愛感情は数年で消滅するって言うから感情より条件面から入った方が無難で……」

開かずの間の音といいとこの声がほろ酔いの中で交じりあう。葵の指がくねくねと黒い塗り箸をつまむ。指と指との間の水掻きが目立つ。薄皮の中に浮く淡い色素が箸の黒さと鮮烈な対比になった時、あの節回しが口をついた。

「あや、ほそこいゆびこだなや。あや、うすこいひらこだなや……」

「ちょっと、なにそれ！　懐かしい！」

甲高い声が上がり、昏い想念が現実に引き戻された。

「静花、なにその古い唄！　すっかり忘れてたよ」

「え？　葵ちゃん、これ、知ってるの？」

「田舎のお婆ちゃんが唄ってたじゃない。若いのによくおぼえてるね」

「私達の祖母はずっと東京にいたじゃない？」

「田舎のお婆ちゃんって曽祖母のことだよ。もう亡くなって村は市町村合併で名前が消えて、あの辺りは涼しくて夏の別荘地に……、いや、インフラ的に無理か」

「葵ちゃん、葵ちゃん」矢継ぎ早の喋りに慌てて口を挟む。「あのね、その、さっきの唄、聞いたことあるの？　私達のひいお婆ちゃんが唄ってたの？」

「そうだよ。真似すると子供が唄うもんじゃないって怒られてさ。どうも女性を口説く唄らしいよ。『ほそこいゆびこ』は『細い指』できれいな手を褒めてるんだって」

かさかさ……、　かさかさ……

物音がまた聞こえる。唄の意味を問いたいけれど言葉が見つからない。

「で、静花はどう？　気になる人いない？　岳志君に未練はないんだよね？」まぶたがひくつくけれど葵は気にしない。「仕事部屋もそのままなんだよね。高価な撮影機材も置いたまま？」

「わからない……」

「ちゃんと見てないの？　仕事道具が残ってるなら事件や事故かもよ」

「あの……、カメラやお金みたいなのは残ってない……」

とっさに嘘をついた時、野菜スティックが折れて自分の指の水掻きに触れた。

「元々は静花の家なのに一部屋占領しちゃってたよね」

「お家賃を払ってくれてたし……」

とは言っても、岳志の収入が途切れてからはもらっていない。正社員だった美術館が人員整理を断行したのが二年前。今の勤務先に拾われたものの収入は激減し、その後、一緒にくらす恋人が仕事を失った。

「その調子じゃ捜索願なんかも出してないんじゃない？」

「もうやめて。嫌になって出て行ったんだよ……」

本当は素知らぬ顔で捜索願を出す予定だった。けれども岳志を死なせた後、警察が恐くなった。手抜かりを見破られそうで交番に踏み入ることもできない。

「次の彼氏を捜そうよ。今度は安定した職業の人が良いよ」

目の前で葵の指の間の薄皮がちらつく。田舎の唄について聞きたいのに質問が出て来ない。居酒屋にざわめきが満ちる。開かずの間の音が途切れない。葵の細く白い指と水搔きを静花は眺め、ただあいづちだけを繰り返していた。


美しい来館者は数日後にやってきた。入館者のほとんどいない午後の遅い時間帯、ウツギの小花がこぼれる小道から現れて入館料と会員証と一緒に小さな紙袋を差し出した。

「こんにちは、草野さん。これ、良かったら使ってください」

袋を開くと薄黄色いカミツレオイルの瓶が入っていた。

「え、これを……？」静花は会員証の『都築繭実（つづきまゆみ）』の名前を確かめて言葉を繋ぐ。

「都築様、そんな……、いただくわけにはいかないです」

「実は十日ほど前にカミツレオイルをなくして新しく買ったんだけど、その直後に引き出しの奥から見つかって。まだ開けていない方を使ってもらえたらと思ったんです」

「いえ、お客様に気を遣っていただくのは、あの……」

もたもたと遠慮したけれど、使用期限が短いから、使い切れないから、と手渡されることになった。「もらってくれてありがとう」と微笑む女の爪はミルク色とサンゴ色のマーブル模様。今日もカミツレの香りがほんのりと指先に漂っている。

「このオイルを好きってことは有機系のものが好きなのかしら？」

藹実という名の女がしっとりとした口調でたずねた。

「すごくこだわっているというのではなく、あの、人工的な香りが好きじゃなくて」

「私も同じ。自然な匂いが好きだから柔軟仕上げ剤が苦手」

「私もです。芳香剤は簡単なのを自分で作ってて」

そう言えば静花が作るポプリを岳志は気に入って車にまで持ち込んでいた。

「私も時々、庭のバラやライラックを乾燥させて作るの。草野さんのおすすめは？」

「ラベンダーが好きです。ベランダでも育てやすいし」

この品のある女性と話しているとなぜかなごむ。彼女の指先には忌まわしいオイルの香りがするけれど、喋るうち凝り固まった感情がほぐれて行く。混雑する時間帯でなければ客との会話は推奨される。美術品や施設に対する感想を聞くのも大切な業務だからだ。

藹実は展示中の絵では特に白モクレンの日本画が好きだと繰り返し語り、もう一度『季節の花』展に来ると言う。静花は同じ画家の展示を増やすよう報告書を作る約束をし、次の企画展は『写真で見る昭和ファッション史』の予定だと教えた。

閉館を知らせるチャイムが鳴った時「長話をしてお仕事の邪魔になってないかしら」と藹実がとても不安そうな顔をした。

「私も都築様とお喋りするのが楽しくて」社交辞令ではなく素直な想いを述べる。「よろしかったらまたお声がけください。私、午後の遅い時間はよく受付にいますから」

「じゃあまたご挨拶させて。昭和ファッション史も観に来ます」
ウツギの小花が咲く小道を去る姿を見ながら思う。人見知りで口べたな自分が彼女と自然に話せるのが不思議だ、と。気後れするような美女を相手に心安く喋るのは好みが共通していたからだろうか。手もとに残された紙袋の中には小さなボトル。忌まわしい匂い。岳志を思い出させる香り。カレンダーを確かめると手紙が指定した日が一週間後に迫っている。このボトルを空にして戻せばもうあの手紙は来ないだろうか。そして開かずの間の物音も潜まるのだろうか。オイルは捨ててしまおうか、それとも他の容器に移そうか。思い悩みながら静花は受付のカーテンを閉じたのだった。

集合ポストの中の封筒を開くと二枚の紙と小さなスクリュー缶が入っていた。ドアポストは内側から塞いでしまった。けれども集合ポストまで塞ぐわけにはいかない。繭実にもらったオイルは別の容器に移して空のボトルをコインロッカーに入れた。これで手紙が来なくなるかと少しだけ、ほんの少しだけ期待をしたけれど今日、また投げ入れられていた。休日の夕暮れ時に椅子に腰かけて開くと、一枚目の紙には今回も岳志の見た日常生活が書き綴られていた。

俺が自殺をほのめかしてから静花は眠れなくなったようだ。眠れないと静花は布団をよくかけ直す。その音が薄い壁の向こうから聞こえる。眠れるようにと夜中にホットミルクを飲んでいたのに。けれども、ここ数日、いびきをかいて寝るようになった。色っぽい寝言も、寝息も、寝返りの音まで聞こえて来る。

撮影先で同室になったディレクターが同じようないびきをかいていた。あの親父はマイスリーを飲んでた。静花も同じ睡眠導入剤を処方されたんだろう。細くて可憐な静花が太った親父みたいないびきをかくなんて悲しい。俺のせいだ。俺がここを出て行けばいいだけだ。けれどもここを離れたらいけない。静花と末永く連れ添わないと眷属(けんぞく)に消されてしまう。

夜中にミルクを飲むとか、睡眠導入剤とか、それは同居した者でなければ知らないことだ。少なくとも自分は誰にも言っていない。

「お願い、別れて」。自殺うんぬんのきっかけは自分が口にした言葉、掃いて捨てるほどありふれた別れの文句だった。「何度言っても仕事してくれないじゃない。もう岳志まで養って行けない。私、転職して年収が半分近くに減っちゃったんだよ」

二年前、大手の美術館勤務から小さな美術館の契約社員になった。無職にならずにすんだと安堵したのは最初だけ。習ったことのある経理を兼任させられ、直後に経理スタッフが退職し、慣れない仕事を一人で行うはめになった。物理的に監視員のシフトは入れることができなくなり収入が激減したのだった。

「金を稼げなくなった俺をもう面倒みきれない？」

あの夜、悲しげに問う岳志に向かって、こくり、とうなずいた。

「俺に出てって欲しい？」

こくり、ともう一度うなずくと、背の高い男が背中を丸くしてうなだれた。

「俺、仕事ができなくなっちゃって。これから冬で、追い出されたら凍死だよ」

「仕事を探して。大人なんだから自分で生きる方法を考えてよ」

言い放った自分の声が冷たかった。大幅に減った収入に家のローン、慣れずにミスを繰り返す経理業務、そして一室に引きこもって仕事もせず心療内科の受診をすすめても拒否する男。全てが重たく、わずらわしかった。心から愛し合っていたはずなのに、などと甘やかなことを考えたのは岳志を消してずいぶん経ってからだ。

「俺、静花に追い出されたらあの村の人達みたいに消されちゃうよ。だったらここから飛び降りる方がましだ」

その声はビールが切れたことを告げるかのような、とてもさりげないものだった。

「え？」

「飛び降りるの。ここのベランダから」

「何それ？　飛び降りるってどういうこと？」

「ここ、四階だろ？　頭から飛び降りたら死ねる。自殺者が出たらまずいだろう？　だから俺を置いといて。仕事しなきゃいけないってわかるけど、あれ以来……、あの力作を消されてから、何もできないんだ。ごめんよ、静花とは末永く一緒にいなきゃいけない。離れたら仙女の眷属が手を下しに来る。頼む、ここに置いてくれ」

「意味がわからない。消されるとか、仙女とかって……」

「静花と縁が切れたらもう完全に終わりだ。軽蔑されても、邪魔にされても、ここに、静花の側にいたい。そうしたらまたいつか撮れるかも知れない」

　言葉を失っていると男が虚ろな動作で冷蔵庫から缶ビールをつかみ出した。庫内灯で照らされた男の腕は不健康に白茶けていた。屋外の撮影を好んだ頃、あの手は浅黒く日焼けしていたはずなのに。

　岳志を消したのは犯罪などではない。自分のくらしを守るための防衛だ。思い出したくない記憶を振り払うと、汗ばんだ手の中で白い手紙がくしゃりと音を立てて握られた。二枚目の紙に書かれているのは前と同じ。容器だけ戻して欲しい旨、そして日付とコインロッカーの番号と設定する暗証番号。同封されたアルミのスクリュー缶を開けてみると乳白色のクリームが詰められていた。素朴な甘い香り。ふたにクチナシの線画が描かれ、ラベルには有機栽培の植物原料で作られたものと書き記されていた。

「静花の手は本当にきれいだ。指が細くて、長くて、水掻きっていうの？　この皮がひらひらして大きいところがものすごく魅力的なんだよな」

口べたな岳志の睦言を思い出す。愛情も恋心も消え果てたのに、なぜ甘い言葉など浮かぶのか。自分の気持ちを忌々しく思いながらスクリュー缶のふたを閉じようとした時、指先が細かく震えて滑り、つぷり、と柔らかな油分に沈み込んだ。

クチナシの香りが立ちのぼる。潤いが毛羽立った指先を鎮め、その感触を心地良いと感じる自分が気味悪かった。煮えるような怖気（おぞけ）と嫌悪。けれども指先の心地良さが否応なく混じり込む。柔らかな香りが心の奥底の郷愁に触れる。どこかで嗅いだ匂い。そして忌まわしい香り。記憶の奥底を探りあぐねて気がつくと指先に白い油脂を塗り込んでいるのだった。

三　白姫澤　盆会

　白姫澤では盆にオガァと呼ばれる麻の茎に火をともす。素焼きの皿にそれを置き、山中の墓と家々の戸口の間に一定の間隔で並べるのだ。祖先の魂はほのかな灯の連なりを家と墓を繋ぐ道しるべとするのだとか。

　迎え盆の夕暮れ時、山から里へと続く灯が天空の半月を霞ませていた。山墓には経を読む声が流れ、セミや気の早い秋虫の声も入り混じる。古い山寺に僧侶はいない。読経するのは村人達。ひらがなの般若経（はんにゃきょう）を電灯で照らしながら読むだけだ。

　墓地の奥の暗がりにあおちゃんの水色のワンピースが浮いていた。

「ユウ兄ちゃあん！」

　少女が声をあげ、大人達が人差し指を唇に当ててたしなめた。彼女は悪びれもせず今度は無言で飛び跳ねて両手を振った。

　都会では夜の墓場を気味悪いと言う。けれどもこの土地の、盆の夜の墓場は美しい。オガァと蠟燭（ろうそく）と線香の灯が揺れ、さざめく読経と挨拶の声が密やかだ。

消えかけたオガァを拾う帰り道、祖父に聞いてみた。

「人は死んだらどうなるんだ？」

「死んだ後はな、魂があの世に、浄土に行くんだや」

いつか同じことを父にも聞いたはず。快活な父は笑いながら言っていた。「死んでしまえば全部おしまい。脳が動かなくなれば物を考えることもできないから」と。その返答を思い出しながら質問を重ねる。

「脳が動かなくて身体が焼かれたらそこで全部、消えてしまうんでないか？」

「人はな、身体が死んだ時に消えるもんではないんだや」

「死んだ時に消えない？　どういうことだ？」

「人は死んだ時ではなくて死んだ後ゆっくりこの世から消えるんだ。心臓や脳が動かなくなった時でなく、焼き場で焼かれた時でもなく、生きてる者に忘れられた時に本当に消えて死ぬんだや」

散らばる迎え火に彫りの深い祖父の横顔が浮き上がる。銀のまつ毛が黒々とした陰になり、目が薄闇にてらてらと光っていた。

「生きてる人間に忘れられた時、本当に死ぬのか？」

「人に忘れられる時が消える時だや」

「だったら爺ちゃんは俺が生きてる間は絶対に死なないってことかや？」

オガァのけぶる細道でしゃがんだ祖父が抱きしめた。白シャツの木綿を通して年取った男の肌の柔らかさが伝わり、昏が薄い胸板に触れた。

「俺のことは忘れてもいい」祖父の声が震えていた。「忘れんでいてくれるんなら、ユウ坊には……、仙女さんを見ておぼえていてもらいたいんだや」

祖父の腕がさらにきつく抱きしめた。両手が震えていた。耳たぶを祖父の吐息が湿らせる。草の中では早生まれのコオロギがぎこちなく鳴いていた。

おぅおぅ、またユウ坊と氷室守りがひっついているぞ。睦まじいなや。年の違う双子みたいな爺孫（じじまご）だや。通り過ぎる年寄り達の声が夜風と夏の湿気の中に漂った。

「ユウ坊、お前さんに浄土花を見せてやろうなあ」

「極楽浄土か？　爺ちゃん、俺を死なせるのか？」

「違う違う、生きたまま極楽浄土を見せてやる。楽しみにしてれや」

闇が密度を増す。山中に淡い靄（もや）が立ち始める。濃密な湿気にオガァがじりじりと音を立て、薄いシャツを通して祖父と自分の肌が溶け合うかのようだ。この夏がいつまでも続いて欲しい。ずっとこの静かな田舎で祖父といたい。あの夜、祖先にただそれだけを祈り続けていた。

山の氷室に潜ったのは翌日だった。山村では盆の後は秋。昼でも山の木陰の風は冷たい。ひぐらしの声が森を埋め、頭上にざわざわと濃緑の葉が揺れていた。生い茂る蔦や小木を祖父が先の曲がったかずら鉈で薙ぐとあるかなしかの獣道が現れた。差し出された手を握ると祖父が端整な顔に笑みを浮かべる。その顔立ちは自分にとてもよく似ている。この子はお父さんにもお母さんにも似てない。そう言われ続けた自分は父を通り越し、母の腹を借りて、祖父そっくりに生まれついていたのだ。

「昔はな、山道を藁積み車でごぉろごぉろと氷を運んだもんだ」

「山から氷を運ぶ？」

「冷蔵庫のない時代には夏の氷は大した珍しくてな、冬に池から氷を切り出して夏まで大切に氷室に置くのがうちの……、氷室守りの役目だったや」

里を囲む山々には澄んだ池が点在する。冬に氷を切り出し、藁に包んで氷室と呼ばれる冷たい洞窟に溜めたとか。どの池の氷がどんな味か、氷室のどこに置けば風味が保たれるか、その知識と技を受け継いだのが氷室守りと呼ばれた祖父と自分の家だった。

冷蔵庫ができてから氷室守りの仕事はなくなってな、俺の爺さんのあたりで氷を切り出さなくなって……。訥々と語る祖父の声を時おり夏鳥の声がかき消した。

目に入るのは山の緑の濃淡と空の青と雲の白。中腹の斜面にしなだれ落ちる蔓草を祖父が薙ぐと、そこに大人の背丈ほどの洞窟が黒々と口を開けていた。闇深い穴から流れ出る冷気がズック履きの足首を舐め、漆黒の深さに後ずさると祖父が振り返って言った。

「これが氷室の穴でな、冬に池から切り出した氷を夏まで溜めた場所だ。ここは真っ暗だが大した清らかな穴なんだや」

　本で読んだ神話を思い出す。大昔、死んで腐った女神の手下に追われた男神が黒い洞穴の中を逃げるというとても恐ろしい話だった。

「氷室守りの仕事はもうなくなった。俺が死ねばここは忘れられる。だがユウ坊には見てもらいでくてな。何とかおぼえておいてもらえばと思うんだや」

　広葉樹の狭間を抜ける日差し。頭上に甲高くさえずる山鳥。黒い穴の前で祖父が闇に半身を浸しながらさし招いた。

「俺は氷室守りの技を教えてもらえんかった。ただなや、氷室の中は見せてもらえた。ご先祖様がずっと守って来た浄土花の花畑を見せてもらってたんだや」

「浄土花の花畑？」

「ハスが咲く暖かい西方浄土と違って、冷たい白い花が咲くひんやりとした浄土だ」

「お父さんもここに来たのかや？」

「ユウ坊の親父には氷室守りの役目も、浄土花のことも教えてはおらねえ」

　父は都会が似合う垢抜けた男。白いワイシャツに渋いネクタイが身についた根っからの勤め人。海が好きでテニスとギターが上手な父はひっそりとした村からもの静かな祖父からも確かにかけ離れた人間だった。

　手を引かれて踏み入った洞窟の中、湿った岩道がなだらかに下っていた。洞口を境に空気は冷転し、陽光は消え失せる。入り口の岩が鋭利に削られていて祖父が「手が切れるから触らんようにな」と注意した。氷室守り以外の者が外に繋いだ縄を握って入り込んでも、開口部の岩が刃状に削られていて縄を切る仕掛けなのだそうだ。懐中電灯だけが丸く黄色く岩肌を照らし上げていた。

灯が消えても怖くはねえからな、と祖父が指を湿った岩肌に導いた。洞窟の片側に細い溝が掘られている。ここに指を当てて進めばいいのだと、灯がなくても窪みを片手でなぞれば必ず出口に辿り着くのだと教えてもらった。岩壁に刻まれた溝には代々の氷室守りが触れて歩き、決して土やら泥やらで埋まらないように保ったのだとか。

「昔は夏の氷は高級品でな、殿様や長者様に納めたと。明治、大正と進んで仏さんが焼かれるようになってからは焼き場の熱さを忘れてけれと残った氷をあげたと」

語りを聞きながら振り返ると入り口が暗闇の中に小さく浮いている。セミの声がいつしか異界の夾雑音(きょうざつおん)に変わり、穴底から吹き上げる風にむきだしの腕が鳥肌を立てた。

洞窟にはいくつかの小部屋が枝分かれしていた。揺れる電灯で祖父が中を照らしながらひそひそと教える。

「これは白姫(しろひめ)の洞、そっちは銀藻(ぎんそう)の洞と練り華(ねはな)の洞、この先にあるのが泡板(あわいた)の洞……」

白姫の洞には澄んだ池から切り出された白銀の白姫氷。一番多く切り出され、一番遠くまで運ぶことのできる氷だ。銀藻の洞や練り華の洞には、細かい水草が混じって微細な模様を織り成す氷。暗い氷室で眠るうちに氷に閉じ込められた植物は不可思議な変化を遂げ、口に含んだ時に甘味だとか清涼な香りだとかを醸したとか。泡板氷は細かな空気の粒を含み、舐めると口のぬくみで泡が弾ける珍品だ。これを小樽ひとつも納めると村の租税がまるまる免除されたとか。

隧道はゆるく下がり、奥に行くほど冷気も増し、保たれる氷も上質になる。遠い昔には洞ごとに清められたスノコとムシロが敷かれ、入り口を注連縄と藁で仕切ったとか。

「溝が一本の方に進め。二本の窪みを伝うと足のつかない地下の湖さ落ちるぞ」

「角の岩はどこも刃物のように削られてるから手を切らんようにな」

氷室を辿る注意が、その都度にひそひそと伝えられる。

銀泥の洞と呼ばれる最奥の一室から狭い枝道が抜けていた。ひときわ細い隧道を四つん這いでくぐり抜けると巨大な空洞が開け、そこには皮膚が凍てる寒気が充満していた。漆黒の闇を丸い懐中電灯の灯が照らす。天上には石灰水を滴らせる鍾乳石が垂れ、淡灰色の地面には葉も茎も蕊もない白い花々が上向きに咲いていた。

「ここが浄土花の花畑だや」祖父が教えた。「これが氷室の奥の浄土でな、氷室守りが代々こそっと守って、祀って来た場所だや」

滴下する雫が、ぽぅ、ぽぅ、と鼓に似た音色を響かせ続けている。花々は奥に行くほど石灰水に固められて輪郭を曖昧にしていた。けれども間近に咲く花は明瞭にその形状を保っている。五つの細長い花筋。張り巡らされた、薄い、白い、花びら。それは開きかけのアサガオに似ていた。茎のないリンドウにも見えた。思わず伸ばそうとする手を祖父が止めた。

「花さ触ればいかん。人の体温で花は傷んでしまうからなや」

引っ込めた手を祖父の胴に回してしがみつくと、頭を撫でられて暗闇に声が続いた。

「ユウ坊、目を上げて仙女さんも見れや」

黄色い光源が上方に動き、岩壁に舞い踊る仙女の姿が照らされた。幾重にも描き上げられた天上の女人はどれも細い肩に丸い頬だった。瞳は細くて横に長い。華奢な肢体（したい）の女達が羽衣をたなびかせ、指の間には白い大きなひらこがひらめいていた。

子供の目にも素朴な筆致なのがわかった。地下水の垂れ跡が亀裂のようにも見えた。それでも仙女達は幽玄に、清らかに、氷室の花々を守るかのように浮くのだった。

「帰りに見てみれや。石壁の色が場所ごとに少しずつ違っているから。色の違う場所から壁を削って粉にして天井から垂れる汁で溶いてな、代々の氷室守りが壁の仙女さんを描いたんだや」

ぽう、ぽぅ、ころり、ころり、と石灰水が滴る中、祖父が教えてくれた。仙女はもう増えないと。なぜなら岩を削って絵の具にする術（すべ）を祖父は教えられなかったから。氷室守りの技は途切れ、極上の氷を保つ手法は絶え、この白い花畑も自分の代で忘れ去られてしまうはずだった、と。

「ユウ坊、おぼえておいてけれや。もう守るのも増やすのもできん。ただ少しでも長く誰かがおぼえておいてければ氷室の仙女さんもご免してけるはずだや」

「爺ちゃん、この花は……？」

出て来た言葉はそれだけだった。

「この花は咲いてすぐに凍らせたもんだ。このめんこい花ももう増やせんよ」

細く照らし上げる灯を受けて、祖父が寒気の中で微笑んだ。皺びた老人の顔だった。けれどこの上なく美しく哀しい笑顔だった。

懐中電灯がぺかぺかと瞬（またた）き始める。電池が弱くなったのか、文明の利器が妖気に負けたのか。壁の溝を辿って氷室を出る頃には手足の先が凍てて感覚が失せていた。

漆黒の洞から光のさざめく外界に出ても黄泉の気配が抜けない。闇に咲く花の白々とした清らかさ、岩壁に舞う仙女のなよやかさが網膜に焼きついて離れない。ぽぅ、ぽぅ、と澄んだ音を奏でる石灰水の滴りが鼓膜に沁みてこだまする。あの日、夏の陽が邪悪な業火（ごうか）に、山鳥の澄んだ声が怪鳥（けちょう）の叫びにしか感じられなかった。

翌日、あおちゃんがやって来た。明日は白姫澤から帰るの、最後に遊ぼうよ、と誘われた。昨日も来たのにお留守だったもん、と少女がかわいらしく膨れ、すまんかったな、と祖父が笑いながら詫びた。愛らしい少女に好かれても心は躍らない。もう一度、赤ん坊の掻き平に触れたいと強く思うだけだ。

「川に行こうよぉ！」あおちゃんがまとわりつきながら誘った。

「俺は赤ちゃんが見たい」

「赤ちゃんなんて眠ってるだけでつまんない！」

「赤ん坊は寝るのが仕事なんだから」

「赤ちゃんは叔母ちゃんとお出かけしたの！　だからあおちゃんに笹舟を作って！」

妙に強い調子で少女は主張した。川原は暑いと拒んだら、この村は涼しいからと口達者に言い切られた。川遊びの後で赤ん坊を見たいと言うと、夜まで帰らないもん、と返された。祖父が赤ん坊は明日になって見れば良いと仲裁し、川に入っちゃいかんぞ、草の化けに気をつけれ、と言いながら二人に麦わら帽子をかぶせてくれた。

大きい笹舟を作るとあおちゃんは張り切っていた。道ばたの花を摘みながら花かごにして川に流したいとはしゃいでいた。中州では脚の長いシギがくちばしで胸元を繕い、ヨシキリが水音を切り裂く声で鳴いている。夏のヨシの葉は荒々しく茂るから巨大な葉を千切るのにはコツがいる。案の定、あおちゃんが葉の縁で指を切って悲鳴をあげた。傷を見せてみろ、と触れた指に血が膨れていた。眼前で紅色の小玉が張力の限界を越え、つぅ、と滴り落ち、赤い筋を作って掻き平に血溜まりをこしらえる。

ヨシキリの甲高いさえずり。絶え間ないせせらぎとシギの声。それらにかぶさる少女のしゃくり上げが鼓膜を愛撫した。指先だけでは物足りない。この子の掻き平の血も見てみたい。衝動が疼く。欲望が背筋から脳髄に駆け上がる。

「よく見せろや。傷が深かったら血止め草を捜すから」

指先を口に含んで塩辛い血を舐めると少女は泣き声を止めた。

「傷は深くない。他に怪我してないか見てやるからや」

目論みが心に浮かぶ。こみ上げる欲求に抗えない。川原にしゃがみこんで幼女の手の指を大きく広げると四枚の斑入りの掻き平がぴんと張り、縁の薄さが際立った。頭の芯が痺れるようだ。肌色の上に吹く血を見てみたい。だから掻き平に巨大なヨシの葉の縁を当てて一直線に切り降ろした。

張り巡らされた薄い皮膚に一条の切れ目が入り、ぴゅう、と深紅の血が吹いた。残念だ、と思う。足りない。もっと深く、指のつけ根まで、できるなら手首の辺りまで切り裂きたかったのに。葉の切れ味の何ともどかしいことか。根元までざっくりと喰い込む鉄の刃物があればいいのに。

何が起こったのかわからずにいる少女があふれる血液を眺めていた。今度は別の掻き平に、もっと大きなヨシの葉をあてがって、さくり、と切ってみる。淡い斑に飾られた掻き平が今度は深々と根元まで切り分けられた。血潮が美しい勢いで幼女の肌を濡らす。

なんてすてきなんだろう。むちむちと短い子供の指はひらこを裂かれて大人の指に近づいた。

掻き平は左右あわせて八枚。全部、切り裂けばたくさん血が出るはずだ。少女から血を抜けば氷室の仙女に似た色白になるだろう。恍惚の中でさらに大きな葉を親指と人差し指の間に当てた時、突然に耳を裂く悲鳴が響き上がった。甲高い声に鼓膜が痺れる。赤い血と緑の葉と肌色の掻き平、それしか捉えていなかった視覚に幼女の赤い口腔と白い歯が割り込んだ。唇は上下に丸く開かれ、静かな川原を引き裂く悲鳴を吐いていた。なんてうるさいんだろう。なんて邪魔な音なんだろう。口などいらない。喉も顔もいらない。身体なんかいらない。きれいな掻き平があればいい。ひらこを生やす手首から先だけがあればいい。

渇望が身を突き動かす。さらに大きな葉を持ち、押さえつけた手首に深々と切り入れた。少女がさらに叫ぶ。真っ赤な口の中で舌がびくびくと震えて喉から悲鳴を絞り出している。ああ、やかましい。赤ん坊は何をしても静かに眠っていたのに、どうしてこの子は叫ぶのか。掻き平に閉じ込められた血管に触れてあげたのにどうして騒ぐのか。

悪意などない。静かにひらこを愛でたかっただけ。だから悲鳴を消すために少女の口に正面から拳を打ち入れた。たたき込んだ手が唇の中に沈み、ぽろぽろと白い歯が散った。ただ静けさが欲しいだけ。騒々しい口を塞ごうとしただけ。たったそれだけなのに小さな身体が勢い良く川に飛んで行った。長い髪が背後から前方に流れ、口元から紅い鮮血と白い花びらに似た歯が舞った。ごつん、とも、ぐしゃり、とも聞こえる音。それは少女の後頭部が川底の石に当たる音だった。

やっと静かになった、と安堵した瞬間、ぽかり、と少女の顔が水面に浮き上がった。髪がヒメジョオンの花びらのように広がっている。小さな身体を流れが呑み込み、ごぼり、と幼女の口から空気の塊が吐き上げられた。

我に返る、というのはあの瞬間のことを言うのだろうか。慌てて細い足をつかんだけれど濡れた肌が滑って手に赤いサンダルが残っただけだった。少女はたぷたぷとした流れに運ばれ始めている。自分の悲鳴が響く。引き上げようとしても川底の石がぬめって近よれない。仰向けになった身体が中州の方に運ばれて行く。ピンクのスカートが漂い、摘まれた花々が周囲に浮いていた。ネジバナの赤紫、ツユクサの青、ホタルブクロの薄紫、小さな色がぱらぱらと女児を飾る。流れてなんか行かないで。流れてしまったらひらこを触れなくなってしまう。もう一度、かわいい搔き平を切り裂かせて欲しいのに。

少女が中州の茂みに消えるのを見届けて、くるりと背を向けた。もうあの皮に触れられない。切り離す悦びは失われた。けれどもあの赤ん坊のひらこが残っている。川原を一歩、二歩と進んだ時、川の草むらに一個の充血した目玉を見た。濃い緑色の蔓の中、ぼうぼうに乱れた髪の、穢れた鬼と言われた男がのぞいていたのだ。薄汚れた男が、にやり、と笑う。片目は血がにじむ手拭いで覆われている。あれは自分が投げた石で目が潰されたせい、と狼狽の中で考えた。

逃げ出したのは鬼に捕まることを恐れたためだったのか、それとも幼女を川に流す場を見られたせいかわからない。走り去れば全てが消える気がした。顔を打つ空気の流れが罪を削ぎ落とすようにも思われた。

村道を駆け抜けて家に戻るとナスをもいでいた祖父に、あおちゃんはどうした、と聞かれた。川原で別れた、と答え、草の化けや河童は出なかったか、と問われたから、そんなのいるわけない、と笑ってみせた。祖父の視線を辿ったら自分のシャツの裾に血がついていた。少女の歯をたたき折った右手にもじくじくと血がにじんでいた。慌てて水屋で洗ったけれどシャツの染みは落ちはしない。石鹸でこすっても指の皮がむけるほど洗っても茶色に変色した血は落ちることなく禍々しいしみになって残された。

あおちゃんがいないと騒ぎになったのは夕陽が山に沈む頃。血相を変えた大人の女二人に少女の行方を問い詰められた。川原で別れたと答えると女達が小道を走り去り、その後を年寄り達が追った。あおちゃんが乗って来た自動車が恐ろしいほどの速度で走り去ったのは暮れなずんだ山々に夕陽の残光が埋もれた頃だった。

中州の端にあおちゃんが引っかかっていたと聞いたのは次の日のことだ。引き上げたら息があったとか。ほどけた髪の毛がヨシの茎に絡まって繋ぎ止めていたとか。

俺は捕まるのだろうな、と考えた。そして牢屋に入れられるんだろうな、と諦めた。けれどもあおちゃんは川に落ちたことをおぼえていなかった。ユウ兄ちゃんと川原に向かった後はわからないと言ったとか、氷室守りの家を出たあたりで忘れてしまったとか、様々な風聞が聞こえて来るばかりだった。

その後、ヨウ子婆さんの家の女達もあおちゃんも見ていない。まとわりつく少女がいなくなり、心を乱す赤ん坊がいなくなり、周囲はまた年寄りだけの静かな山里に戻ったのだった。

送り盆は霧雨（きりさめ）の中で行われた。じっとりとした夕暮れに傘をさし、オガァに火をつけ、今度は家から山墓に向かって木陰に皿を置く。灯が水の粒子に冒されてじりじりと音を立ててけぶっていた。右手にできたかさぶたがふやけそうな夜だっだ。

「俺、また花畑が見たいや」山墓に続く道で祖父の掻き平を揉みながらねだってみた。

「ああ、明日、また一緒に行こうなや」祖父が応じた。

たった一度で山の道も洞窟の中の道筋もおぼえた。一人で行けないことはない。それでも祖父と一緒に行きたかった。あの暗闇で氷室や花畑の話をまた聞かせて欲しかった。

「あおちゃんは自分で川さ落ちたのかなや？」

皿を置きながら祖父がたずねた。霧雨がもやもやと全てをぼやかし、細かな水滴が銀のまつ毛に付着していた。

「あの子は一人で川まで行って足を滑らすような軽はずみでねえし、ユウ坊も小さい子を川原に残すような不親切でねえはずだや」

「知らない……」

「知らんのかや？」

「知らない……」

「そうか」

あおちゃんは流木や川底の石に当たって全身が傷だらけだったと聞く。掻き平の切り傷や歯が折れた原因などきっと気にされなかったに違いない。

「ユウ坊はあおちゃんのひらこを見てたが」祖父が問いを変えた。「ひらこが好きか？」

「うん……」

「あおちゃんのひらこは好きか？」

「うん……。でも爺ちゃんのがもっと良い。赤ん坊のより、あおちゃんのより、フミ子さんのより、俺は爺ちゃんの掻き平が好きだ」

「俺の掻き平と他のひらこはどう違う？」

「爺ちゃんのは触るのが好きだ。あおちゃんや赤ん坊のは……」

「あおちゃんや赤ん坊のは？」

「切り取りたい……」

ぽろりと本音がこぼれ落ち、オガァが霧雨にじりじりとけぶって掻き消えた。

「切り取ろうとしたのか？」祖父がしゃがんで耳元に聞く。

「しない……。そんなことは、しない」

自分の声も身体も震えている。祖父が黙って頭を撫でた。そこに怒りなど含まれていないのだとなぜか明瞭に感じ取れた。

「ユウ坊、明日、また花畑に行こうなや」

「また連れてってくれるのか？」

「ああ、また二人で行こうなや。聞かせてやる、ひらこの本当の愛で方をな。切り取ったりせんできれいに咲かせる話をなや」

「ひらこをきれいに咲かせる話？」

「ああ、きれいにしておく話だや」

消えたオガァの皿を祖父は屈んで持ち上げた。置いた素焼きは持ち帰る。そうしないと先祖が地獄に落ちるとか。

「ひらこは切ったらいかん。咲かせておくもんだや。その話を聞かせてやろうな。代々伝わる花絵記というきれいな絵本も見せてやろうな。大きくなったらはっか地獄のことも教えてやるからなや」

「氷室で見た花を俺も咲かせれるのかや？　花の本もあるのか？」

「ユウ坊にはみんな教えるや。だから大きくなって嫁を見つけたら連れて来い。できれば白姫澤の血をひく、めんこいひらこ娘をな」

「約束する。俺、大人になったら爺ちゃんに見せるためにひらこの嫁を捜して連れて来る。だからもっと花のことを教えてけれや」

嬉しくて祖父に抱きつくと、肌の匂いとかすかなハッカの香りが鼻腔を撫でた。耳たぶに、祖父の低い、低い喜びの声が触れる。

「長生きはするもんだ。ああ楽しみだ。ユウ坊の嫁の、めんこい片手だけはこの爺にくれてけれや」

雨が周囲を満たす。寄り添う二人の側を通る年寄り達が言い交わす。二人して濡れて風邪ひくぞ……、睦まじくて実に見た目のいい爺孫だや……、まるで年の違う双子みたいで……。人々の声にはにかんで傘を持ち直し、辻々でオガァの灯の消えた皿を拾った。傘をさした年寄り達も皿を拾いながら言い交わす。霧だか雨だかわからんがうっとうしい……、あの世さ戻る仏さんも大変だ……、今年はめんこいユウ坊がいてご先祖も大した喜んで……。

「明日、晴れたら山に行こうな」祖父が言う。

「うん……」うつむいたまま、声を出す。

「ユウ坊は氷室守りの家の跡継ぎだからなあ」

嬉しくて繋いだ手を振った。淡いハッカと老いた皮膚の匂いが慕わしい。山も村もけぶる。灰色の靄が重たく沈み、雲の上にいるかのようなおぼつかなさが心地良い。

その夜、蚊屋の中で祖父に抱かれて花畑や花の絵本の夢を見た。けれど願いは叶わなかった。なぜなら翌日、突然に母が朽ちかけた山里を訪れたからだ。少しやつれた彼女は、これからはお母さんと二人でくらすの、と告げた。そして否応なしに自動車に押し込んで街に連れ去ったのだった。

その後、白姫澤に戻ることはなかった。屋根に白リンドウが咲くという秋になっても、氷室守りが氷を切り出していた冬になっても、あの村に行くことはできなかった。

祖父の息子である父は他の女性と所帯を持ったという。母が言った。「お父さんには別の奥さんがいてお爺ちゃんには新しい孫ができるの」「新しい家族に割り込んだらお爺ちゃんに嫌われるよ」と。

秋になったらバスに乗ってあの村に行くはずだったのに。

大きくなったら嫁を祖父に見せ、片手ずつ分けあうつもりだったのに。

何度も、何度も手紙を書いた。けれども返事が来ることはただの一度もなかった。母に隠れて電話をかけても祖父が出ることはなかった。

夏休みの後は別の学校に行かされた。母の翻訳の収入は当初の目算ほどにならず、生活はすぐに困窮した。重たい都会の空気の中にいると、清涼な村の記憶はまるで別世界のもののよう。思い出は日ごとに現世の営みに削られて、話しやすい田舎言葉は共通語に戻されてゆく。都会で掻き平の大きな人間を捜しても見当たらない。

翌々年、母はクライアント先で安定した収入の配偶者を見つけ出した。新しい父は賑やかな弟と妹を連れていた。笑顔の絶えない家庭が作られたから家族にあわせるように笑い、はみ出すことなくくらして来たと思う。少なくとも義父を煩わせる継子ではなく、家に暗さをもたらす息子ではなかったはずだ。

ただ実の父が新しい妻との間に子供をもうけたことを思うと胸がぎりぎりと抉られた。小さな子が祖父の指をまさぐり、深緑の蚊屋の中で抱かれて眠り、静謐な氷室に入る姿、それらを思うと魂が抜け落ちるような虚無と焦げるような嫉妬に襲われた。

鏡をのぞけば祖父にうりふたつの憂い顔が見つめ返している。淡茶の虹彩の色も、黒い筋模様が密に散る瞳もそっくりだ。年ごとにしぐさも、まなざしも、表情も、太古に分けられた半身である祖父に近づいて行く。それでももう氷室の花など見られない。ひらこの嫁を連れて行くこともない。想いは日常に侵食され、いつか郷愁になり、徐々に色あせて、記憶の奥に埋没して行ったのだった。

四　東京　薫風

すらりとして整った顔立ちの龍一は見合いパーティで目立っていた。知的な瞳はすっきりした奥二重、飲み物を持つ指は細くて繊細だ。その彼が葵に声をかけ、ずっと葵とだけ話してくれた。会場には美女もいたし若い子もいたのに。悪い気はしなかった。大きな欠点も見つからなかった。恋とは言わないけれど結婚相手として悪くない。だから何度かデートを重ね、とうとう一泊の温泉旅行に行くことになった。

こんな出会いもあるのよ、といとこの静花に言ってやりたい。引っ込み思案で悲観的な彼女は「希望が多すぎない？」「年齢が上がったら理想は下げなきゃ」と言葉少なく辛辣なことを言う。同世代で定職があり、同居の親族や養育費の支払い義務や借金がない人。見た目は並でいいから健康で細身で清潔で話があい、浪費癖や起業癖がなく、服装が変じゃなく、趣味に没頭し過ぎない人。その程度の望みなのに静花は「そんな癖のない人はもう既婚なんじゃないかな」と水を差すのだ。

自分より若いのに年寄りじみたいとこ。不細工ではないけれどやせっぽちで身なりも性格も地味すぎる。数年前、その彼女が年下の男と同棲など始めた時はのけぞるほど驚いた。相手は朝峰岳志の名で写真集を上梓しているとか。職業カメラマンとしても風景写真家としてもそこそこ売れてはいたのだろう。とは言え葵の目には図体が大きくてもっさりとした不安定な職の男にしか見えなかったけれど。

龍一との初めての一泊旅行に心浮き立ったけれど、実は楽しさ以上に疲労した。庭園を眺めて手を繋ぎ、高名な教会の前で肩を抱かれてときめいた。彼は写真に撮られるのは苦手だと言って葵を写してばかりいた。湯上がりの和室で日本酒を傾けあうのも快かったし、吐息を混ぜるように口づけをした時の陶酔も身体が繋がった時の幸福感も忘れない。

けれどもしっかりと化粧をする三十代後半の女にとって恋人との初旅行は苦行にもなる。湯上がりにそっと化粧を直し、彼が眠った後に洗顔し、朝早く起きて薄化粧をする。若かったらこんな苦労はしない。あるいは静花のように日焼け止めを塗る程度の女なら気楽だろうに。

初めての朝、化粧のためにそっと布団から抜け出し、裸だったはずの男が浴衣を着て眠っているのを見てぞっとした。夜中に起きたなら素顔を見られた。いや部屋は真っ暗だ。顔など見えないはず。そうであることを祈った時、寝返りした男に軽く手首をつかまれて驚いた。荒組み障子の向こうにはゆるゆると強まって行く光。まだ見られたくない。浴衣の袖で顔を隠したけれど龍一は寝息をたてて葵の手を撫でるだけだった。男の薄い唇が手の甲を這って指をなぞる。次に指のつけ根の水搔きを唇で弄い、濡れた舌でそろりと舐めた。

「あや、ほそこいゆびこ……」男が淡い寝言を漏らす。「あや、うすこい……、あや、しろこいゆびこだなや……」

それは静花が酔って口ずさんだ唄だった。二人が知り合い？　まさか。容貌に自信のないいとこは見た目が良い人間に気後れする。龍一と田舎の古謡を教えあうなど考えにくい。

悩むのは好きではない。勘ぐりも性にあわない。だから朝食の席で聞いてみた。

「龍一さん、寝言で民謡を唄ってたよ。どこでおぼえたの？」

「僕が寝言で民謡？」

彫りの深い顔に怪訝(けげん)そうな表情を浮かべて男がたずねた。茶碗を持つ指が細く白く繊細で、軽い寝癖と浴衣の乱れがなまめかしい。

「『うすこいひらこだな』って唄。これ、私の母方の田舎の民謡なんだ」

「父の親族が住んでいた土地に伝わる唄だよ」長いまつ毛の目に軽い驚きが浮かんでいる。「葵さんの親戚も同じ辺りにいたなんて」

「すごい偶然！　じゃあさ、今度はその近くに旅行しよう！」

次の機会にさりげなく誘う。この流れを逃したりなんかしない。

「それは無理」顔に失望を浮かべると龍一が慌てて言い直した。「村は無人で泊まる場所もないらしいから。もちろん旅行にはまた一緒に行きたい」

男が眉にかかった前髪をかきあげて白い親指で軽くこめかみを押す。それは肩こりから偏頭痛になる場所をつい押さえてしまう癖なのだとか。

「残念。でも、また二人で旅行はできる？」

「もちろん。葵さんが嫌じゃなければだけど」

「嫌なわけない！　じゃ今度は高原のホテルか南の島。北海道もいいよね！」

こんな時「嬉しい」と小声で言って恥じらう女になりたいけれどそうは振る舞えない。

だから取ってつけたように言い添える。

「二人の先祖がいた場所に行けないって残念だね」

「村があった場所にはバイパスが通って道の駅ができるんだって」

「あの辺りって茅葺き屋根の民家があったよね」古民家カフェのコーディネートを手がけたい、などと考えながら続ける。「移築してカフェや民家園とか造ればいいのに。さっきの唄だって民俗芸能として貴重かもよ」

「あれは胸を張って唄うようなものじゃないからなあ」

「うん、知ってる。女性に対する意味深な唄だから口にするなって母が言ってた。手がきれいだねって口説く唄？　子供が唄うとすごく注意されたし」

龍一が少し意外そうな顔をした。かすかな驚きの表情も無防備で魅力的だ。

「そう教えられていたんだ。でもこれは恋唄じゃなく忌み唄だよ。あの村を蔑(さげす)む唄。そして村人が自分達を戒める唄」

「蔑む？　戒める？　なんで？」

幼い頃に行った村の風景をぼんやりと思い出す。山と畑ばかりでスーパーもないのどかな田舎だった。蔑まれるような荒んだ空気などなかった、ような気がする。

「あの辺りは土地がやせた山地で昔はみんなお腹をすかせていたんだって。貧しかった村の娘がね、ひらことか掻き平と呼ばれる水掻きに食べ物を隠して盗み食いをして解雇されてたんだって。だからひらこの大きい娘に気をつけろという唄ができたんだ」

「え、なに？　そんな品のない村？」

「品のないと言うのは気の毒だと思うよ」

龍一は憂いのある口調で続ける。飢えて育てば食物を前にした時あるだけ食うようになってしまう。それは品性とは別次元の、飢餓が生物にもたらす病理なのだと。元々、村に掻き平の大きな者が多かったのかどうかは不明だ。けれども近隣に水掻きの大きい子供が産まれると盗人(ぬすっと)になるからと村の近くに捨てられた。繰り返されるうちに掻き平の大きい村人が増え、身体的な特徴から差別が形成される。過去にはあの村から嫁を取るなとまで言われた時代もあったとか。

「そんな話、知らなかった」

「教えたくなかったんだろう。若い世代は村を嫌ってよそに移ったしね。戦後の集団就職の時、わざわざ遠くの関西や九州に行く子もいたんだって」

そう言えば盆に父の故郷に行くと子供や赤ん坊を連れた大人がいっぱいいた。けれども母方の田舎には子供がいなかった。いや、いなかったわけではない。少し年上の男の子がいたような。

葵は茶碗を置いて自分の指を見る。小麦色に日焼けしたとてもきれいな顔の子だったような。人よりも大きい掻き平。薄い色素が散る薄皮は遠い先祖の忌まれた過去に繋がるものだった。

「ごめん、朝ご飯の時の話じゃないね」龍一が手を取ってささやいた。「葵さんの手にもきれいなひらこ。これは純粋な褒め言葉。あの唄は恋唄ってことにしよう」

「そうだね、恋愛の唄にしちゃった方が幸せだよ」

手の甲に口づけをされた。濡れた唇が掻き平をなぞる。見つめる濃い茶色の瞳に黒いまつ毛。ぞわり、と背筋を駆け上るものがある。これは怖気？　すてきな男性とつきあえてぞくぞくしている？　幸せ過ぎて怖いわけ？

「唇の端っこに、何かくっついているよ」

龍一が寄り添い、口元に唇を寄せた。恥ずかしい。何をつけていたのかしら。食べ物そう思いながら目を閉じて唇を触れ合わせた。

「かわいい葵さん。先祖が同郷って運命的だよね」

抱きしめられると頬に血が上る。やっと見つけた運命の相手。このまま幸せになれる。

に口紅の色がついていたらどうしよう。

「例の彼とね、前に教えたよね？」静花の目の前で葵が喋る。「条件も見た目も悪くない彼とね、ついに旅行に行ったんだよ」

「お泊まりで？」

静花はワイングラスを片手にたずねる。すてきなレストランバーのクーポンがあると引っ張り出されたけれど食器や盛りつけがおしゃれ過ぎて落ち着かない。割引なしではとても踏み込めない場所だ。

「彼の父方の先祖がね、あたし達のひいお婆ちゃんと同じ村に住んでいたんだって」

「ひいお婆ちゃんの村？　ああ、あの民謡の……？」

葵が声をひそめて耳元で唄い出した。

「あや、ほそこいゆびこだなや。あや、うすこいひらこだなや……」

肌が粟立ち、手が震えて細いグラスを倒した。慌てて手にしたハンカチは自分で刺繍を入れて縁にレース編みをしたものだ。

「葵ちゃん、その唄、怖い。気味が悪くて」

「気味が悪い？　なんで？　変なの。でもさ、あたしも静花もひらこが大きくて困るよね」

「ひらこ？」

「指の間の水掻きを田舎では掻き平って呼ぶの。ひらこは女性の掻き平のこと。でね、あの唄は女性の手を褒めて口説く恋唄なんだって」

あれが恋唄？　だとしたら岳志はあの部屋で誰に向かって唄っていたの？

「でも現代じゃ邪魔。指輪が入らないもん。左手の薬指のとこだけ掻き平いらない」

以前、岳志に交際一周年に指輪を買ってあげると言われて断った。指輪が根元まで入らないからと小さなオパールのイヤリングに変えてもらったのだ。

「もう一度結婚するなら手を整形する！　美容外科で掻き平を切除して指輪をはめる！」

整形、の一言が店内に響いて周囲の客がこちらに目を向けた。いつも彼女は指輪のために水掻きを切除したいと言ってはばからない。ずいぶん前に同じことを言い放って注目を浴びたことがある。あれはショートカットで細身の、びっくりするほど美しい女性バーテンダーのいる店でのことだった。

「ひいお婆ちゃんの村って今は無人でじきにバイパスにされるって。そう言えば岳志君も廃村とか廃墟とか撮影してたよね？　同じ場所に行ってたりしない？」

おぼえている。岳志は工事で崩される直前の山村風景を撮ると言っていた。

「発表できないかも知れないけど、俺、あの村を撮りたいんだ」

「もしかしたらすごい文化財を写せるかも知れないし」

確かそう言っていた。村の名前は何だっけ。白川？　姫神？　あるいは白姫？

「発表できないかも知れないのに撮影？　それでいいの？」

聞き返す静花に彼は少し考え、言葉を選ぶように説明してくれた。

「元々は個人用の撮影依頼なんだ。成人式の記念撮影とか喜寿祝いの家族写真みたいなのを想像してくれればいいかな。もちろん経費やギャラは約束されてる。その上で撮影後に許可をもらえたら個展で発表する」

許可が出たらいいね、と返す静花に、何とかして許可をもぎ取る、と彼は言った。

「岳志君が静花を放ってどこかの村に行ってたの、いつだっけ？　写真集とか個展とか野心的なこと言ってたよね？」

静花の思考を切るようにして葵が尋ねる。

「ええと、去年の春から夏の終わり。村の写真は許可がないと発表できないって」

「誰の許可？」

「え？　誰って？　撮影依頼した人だよ。きっと村の関係者」

「村の関係者って？　元居住者か親族？　村議会議員？　それとも工事関係者？　写真

の公表を嫌がるなんて何かの反対運動でもあったの？」

「そんなの詳しく聞いてないよ」

「田舎でひらこの美女にたぶらかされたんじゃない？」

無神経な冗談に黙り込んでも葵は気にもしない。岳志の足取りなど知らなくてもいい。心を病んだ理由などもうどうでもいい。彼が確実にこの世から失せているのかどうか、亡霊になどなっていないかどうか、今、知りたいのはそれだけだ。

「ねえ今度あたしの彼にあって。静花から見た感想を教えて」

岳志の話に飽きたらしい葵が常に持ち歩くペンでナフキンに似顔絵を描いている。仕事柄、パースを描くからそれなりに絵は達者だ。

「彼は写真が苦手だから絵だけ。髪は薄くないし太ってないし、サラリーマンじゃないから髪型が堅苦しくなくて」

「あの、初対面は苦手で、その……、旅行で食べた和菓子の話を聞きたいな」

もごもごと話題を変える。幸福そうに喋る葵の頬と掻き平がほんのりと桃色に染まっていた。赤い唇にあわせて指もひらこもゆらゆらと動く。頬づえをつく手が天に向かって咲く花のようだ。掻き平を愛でる気持ちがふとわかる。そして開かずの間に並んだ花の画像が目に浮かぶ。ああ、いやだ。思い出したくなんかない。忌まわしい気持ちを振り払うように静花はそっと目の前のグラスに唇をつけた。

「これはクチナシね。無農薬ならとても貴重よ」

　スクリュー缶の中の香りを吸い込んで繭実が言った。はちみつ色に真珠をあしらった細長い爪がそっけない銀のスクリュー缶をますますみすぼらしく見せる。

「どこで買ったかおぼえてなくて」静花は嘘を選んで答える。「製造元とか書いてなくて。あのカミツレを知っているならご存知かな、と思って」

「農協や婦人会で作って近場でさばくだけだとラベルもなかったりするものね」

　受付で言葉を交わすうちに親しくなり、休日にお茶をすることになった。十年以上、美術館に勤務しているけれど客と館外であうのは初めてだ。住宅街のカフェでも繭実の美貌が目立つ。品のある化粧、くっきりとした目元、ふっくらした頰にぽってりした唇が色っぽい。空が青く、雲は白い。街路樹が涼しげにそよぐ。紅茶とケーキを前にして繭実は『季節の花』展に新しく搬入された白いヒメユリの絵が好きと語った。

「白い花が好きなんですか？」

　静花はたずねる。自分は白い花が怖いと口に出せないけれど。

「白い花を見ると懐かしい気持ちになるの。初恋の思い出があるから」

　結婚前のお話？　と聞きかけて立ち入ったことかと口をつぐむと繭実は察したように言葉を繫いだ。

「学生時代の彼氏に白い花畑へのデートに誘われたの。あっという間に破局して行ってないけど。ま、実際はしょぼい野原だったんじゃないかな」

「短い時間の思い出が一生の宝物になることってありますから」

一般論など口にして、その後の話題は紅茶の好みだとか、古い映画のことやらに変わった。カフェの庭にミントの花が咲きこぼれている。白い花はどこか忌まわしい。けれども金色の光がこぼれる午後ならば恐ろしくないような気もする。

「庭にミントを植えたら繁殖力がすごすぎて雑草になってしまったの」

「プランターでも爆発するみたいに増えました」

二杯目のアイスティーを飲みながら失敗談を一致させて二人は笑った。ミントは異様に丈夫だとか、無農薬でも虫がつかない、などと言った後に聞いてみる。

「藺実さんは無農薬や有機栽培に興味があるんですか？」

「有機野菜を取り寄せたいけど少量って無理よね。一回の量が多すぎて食べ切れない」

「少量の宅配もありますよ。うちに野菜が誤配されたんですけど七十代のご夫婦が利用してるみたいだから大量じゃないと思います」

「そこ、なんていう名前のところ？」

「わからないんです」宅配員の静か過ぎる風情（ふぜい）を思い出して口調が沈む。「調べてもそれらしい所が見つからなくて」

「よくあることね」繭実の明るい声が心を陽の当たるカフェに引き戻した。「小さな農場だと宣伝なんてしないもの。そういう所の方が良いものを作るのにね」

いつしかミントの花の白さが薄暮に沈もうとしている。楽しい時間。心安い会話。目の前の女が栗色の髪を優雅に揺らす。ぽってりとした唇がストローを包む。こんなにおしゃれな人が自分みたいに地味な女が相手でつまらなくないかしら。裕福な奥様なのに独身の契約社員になんで話しかけてくれるのかしら。

「静花さん、黙っちゃってどうかしたの？」

「あの、私なんかと仲良くしてくれるなんて、繭実さんって変わってるなって」

悪気のない言葉だった。親しくしてくれることへの感謝だった。けれども美しい女は昏い戸惑いを見せた。

「静花さん、私って変わってる？　どこか変に見える？」

「あ、違います。変わってるってそういうことじゃなくて……」

「私、他の人と違う？　浮いているってこと？　変だったら教えて。直すから」

「いえ、そんな、そういう意味じゃないんです」

丸い唇が少し震えていた。手が握りしめられてはちみつ色の爪が肌に喰い入っている。

「失礼な言い方でごめんなさい。繭実さんみたいなすてきな人が私と仲良くしてくれるのが不思議で。私が相手で退屈じゃないかなって思っただけで」

「そう？　そうなの？　私、変じゃない？　まわりから浮いたりしていない？」

「浮いてなんかいません。ちっとも変じゃありません」

それを聞いた女がふわりと微笑んだ。色香のこぼれる笑顔だった。そして唇と爪の震えは瞬時に消えていた。

「ごめんなさい。詰め寄るみたいに聞いちゃった。人と違ってないか、変に見えないか気になっちゃう方なの。小心者で恥ずかしいな」

「私こそ誤解される言い方で……、お喋りがあんまり楽しくてつい……」

「そうなの？　楽しい？　つまらなくない？　良かった。あのね、もし嫌じゃなかったらまたお喋りしてくれる？」

「いいんですか？　私で良かったらまたお茶してください」

怪訝な気持ちはすぐに消え、どんなケーキが好きか、どんな絵が観たいか、といった他愛ない会話が始まった。話題が旬の果物から季節の星座、星占いへと移り、藺実が思い出したように聞いた。

「ねえ静花さん、占いや運命って信じる方？」

「雑誌の星占いを見るくらいですけどお好きなんですか？」

「駅前にゴシック風の占い館があるの知ってる？」

口に含んだ飲み物が少し喉に詰まった気がした。占いなどに誘われたら困る。岳志のことやら開かずの間のことやらを見抜かれそうで恐ろしい。

「あの、私は占いって無理です。悪いことを言われたら眠れなくなる方だから……」

「そういう人もいるよね。近所の奥様達に人気でそんなに興味はなかったけど行かないと話題についていけないかな、って。すごく高いのに当たるわけでもなくて。でもちょくちょく通ってるふりをしないとおつきあいが、ちょっとね……」

冗談めかした軽快な言い方だった。けれどもそこはかとない鬱屈を感じさせる喋り方だった。あいづちの言葉を捜す静花に対して繭実は今度はロールケーキを食べに行こう、有機野菜ランチの後で国立美術館に行くのはどうかな、と無難な誘いを口にした。

「美術館と有機野菜ランチとロールケーキ、全部いいなって思います」

「じゃそのコースで。あ、もしできたらその時までにご近所の方に野菜の宅配のことを聞いてもらえたら嬉しいな」

「あいさつ程度のおつきあいなので偶然にあうようなら聞いてみます」

茜色の空に灰色が混じり始めていた。繭実との時間が楽しい。穏やかな午後が過ぎてしまう。そして夜はあの家に戻る。もう手紙が来ませんように。スクリュー缶を戻したら手紙の主が満足してくれますように。夜が近づくと心にも薄闇がたれこめる。それでも目の前の女と笑いあうとゆるゆると心がほぐれるのだった。

「今度、龍一さんのお部屋に行きたいな」

葵はオレンジ色のサワービールを飲みながらせがんだ。金曜日の夜、混雑するドイツビール専門のバーでのことだった。

「僕の部屋？　散らかってるよ」

「そんなの気にしない！　どんな部屋に住んでるか興味があるだけ」

目の前で黒ビールを飲む男は恥ずかしそうな顔をした。彼は今夜も前髪を細い指でかきあげる。時々こめかみに触れるのが知的で優雅。長いまつ毛ごしに見つめる瞳もうっすらと浮く隈も憂いがあって魅力的。

「壁は普通の白、ドアはブラウン。平凡すぎて仕事の参考にならないよ」

「職業柄じゃないの。龍一さんのことがもっと知りたいだけ」

彼は目を細めてはにかんだ。少しこけた頬が好み。長く切れる目尻が和風ですてき。前髪がさらさらと目もとに流れる様子も悩ましい。

「今、来てもらうのは恥ずかしいな。すごく散らかってるから」

「あははは」あけすけに笑い、おどけた口調で続ける。「一人暮らしで散らかるのは普通！　きれい好きそうに見えるけど龍一さんってどんな散らかし方してるの？」

「部屋干しの洗濯物がつるしっぱなしで服は脱ぎっぱなし。かたづけなきゃって思うけど」

　そんなの気にしないのに、かまわないのに、と繰り返しながら模範的な回答だ、と今夜も判定する。まず自分で洗濯する男とわかる。散らかった部屋を恥ずかしいと感じ、自ら掃除する意志を持つ。「掃除ができないから嫁を捜している」と臆面もなく言う男に何度も辟易（へきえき）させられた。嫁より家事代行業者を捜せ、の一言はいつも飲み込むけれど。

「遊びに行ける日が楽しみ！　部屋がかたづいたら教えてね！」

「シアタールームやワインセラーや夜景は期待しないように」

　これも良い答え方だ。贅沢な趣味に金をつぎ込み蘊蓄（うんちく）を垂れる男はまっぴらだ。

　グラスを持つ彼の指を見つめると黒ビールの上に指の白さと細さが際立った。ふと思い出した節回しがそのまま口に出る。

「あやほそこいゆびこだなや……」

　龍一が愛おしそうに微笑んで指を絡めた。男の爪の先が掻き平に触れると胸が高鳴る。この指に触れられて、手を取られて、そしてその後はどうなるの？　きめ細かい肌の、細長い瞳の人に見つめられたことが遠い昔にもあったはず。けれども葵の思いは破られた。龍一の携帯電話がぴぃぴぃとアラーム音を上げたせいだ。

「ああ、ごめん。もう時間だ。残念だけど帰らなきゃ」

「仕事が残ってるって言ってたもんね」

「慌ただしくてごめん。また連絡するから」

彼の仕事は不規則だ。株だとか講師だとかデザインだとか複数の職種をこなすし、急な変更や呼び出しもある。忙しいのは悪くない。旅行とデートの時間を取れるなら男の多忙は歓迎だ。葵は足元の荷物かごから大きなトートバッグを引っぱり出しながら会計をする龍一を見る。領収書を取ってデート費用を経費で落とそうとしないのを確認し、心の中でまた合格印を押した。

店を出た後は電車が違うから駅の構内で別れる。いつも彼は自分が改札をくぐった後も見送ってくれる。「見送らなくていいよ」と言っても立ち去らない。だから今夜は別れを告げてすぐトイレに直行した。こうすれば彼は決して見つめ続けはしないはずだ。トイレは金曜日の夜らしく混んでいた。迷わずパウダースペースに飛び込み、肩先までの髪をバレッタでアップにする。次にトンボメガネをかけ、トートバッグから出したロングカーディガンをはおって同系色のスカーフをまく。これで駅の人ごみの中では別人で通るはずだ。五秒後、葵はトイレから飛び出して龍一の後ろ姿を捜していた。

「前のタクシーを追いかけて」

葵が後部座席から龍一の乗った車を指差すと少し白髪のあるタクシー運転手は車を発進させながら事務的に応じた。

「お客さん、高速を使ってもいいですか?」

「前の車が使うようなら使って」

「追いつけばいいんですか？　それとも後をつけるんですか？」

「後をつけて。気づかれないように」

「じゃ間に二台くらい挟んで追尾しますんで。急発進、スピード違反など法規違反がある場合は継続できませんから。あと、救急車、警察車両などの通行、事故などで支障がある場合は中断しますのでご了承ください」

運転手は早口でクレーム除けらしい決まり文句を述べながら車を発進させた。

こんな時「お客さん、女刑事ですか？」と聞かれるのはフィクションの中だけなのか。聞かれたら浮気調査中の私立探偵と答えるつもりだったけれど。

高速道路に入ってから五センチヒールのパンプスを脱いでトートバッグから出したソックスとスニーカーに足を突っ込んだ。ビニールに包んだパンプスをしまう時、ばさばさと封筒が何枚かこぼれ落ちる。デスク脇のスカーフやノートを取ろうとして社用封筒の束もつかんだらしい。散らばった封筒を拾って皺にならないようトートの中にしまい、落ちたハンカチも拾って汗を拭く。このハンカチは既製品に静花がレース編みの縁取りとイニシャルの刺繍を入れてくれたものだ。手が込んでいるけれどレースが邪魔だ。イニシャルの色は目立たないし、全体的に野暮ったすぎる。

外に流れる案内標識を見る限り方向は間違っていない。彼が教えた最寄り駅は嘘ではなかったようだ。自宅にタクシーで帰る余裕があるのも間違いない。浪費癖のある多重債務者でないことはパーティの主催企業が保証してくれた。

最初に違和感を持ったのは数週間前。旅行の後、龍一さんの部屋に行きたい、とせがんだら今はちょっと、と断られた。結婚願望が強くても女を部屋に入れたがらない男は多い。いついかなる時でも女を呼べる独身男など少数派だろう。気になったのは「散らかっているから」という断り文句の後だ。前に二度、同じ質問をした時、彼は全く同じ返答をした。「部屋干しの洗濯物をつるしっぱなし」と。最初に聞いたのは雨の日だったから聞き流した。けれども二度目は晴天続きの時だった。彼は自宅で仕事をしている。日当りが良く乾燥機はないと言う。湿っぽい季節の晴天に部屋干しは不自然だ。だから今夜、忘れたふりをして同じ質問を投げてみた。「龍一さんってどんな散らかし方してるの？」と。

等間隔で並んだ橙色の灯がつるつると後ろに流れて行く。あたしってストーカーみたい、と苦笑いする。そして、違う、と打ち消した。だってそうじゃない？　色恋の挙げ句でつけるならストーカーだけどこれは婚活。生活をともにする相手を見極める行為。だからストーキングじゃなくて、そうね、強いて言えば信用調査かな。

「お客さん」

ぼんやりと外を眺めていると運転手が声をかけて来た。

「え、何？」

「高速、降りました。この先、住宅街だけどどうします？　間に他の車を挟めないから距離を取りますけど長くなると気づかれますよ」

「じゃ、難しくなったら教えて。不自然そうだったら私も止めるから」

「わかりました。早めに言ってくださいね。それから釣り銭のないように料金を準備しておけば迅速に動けますから」

「うん、小銭はたっぷり用意してる。ところで、村崎さん……？」

　メーターの脇に書かれた名前と顔写真を見て、葵は呼んだ。

「はい、何ですかね？」

「こういうのに馴れてるっぽいけど、後をつけてって言うお客、多いの？」

「会社から禁止されてるんで原則やりませんよ。でも職業柄、都内の道路には詳しいから需要があるなら呼んでください。後で携帯番号を渡しておきますんで」

「ありがとう。じゃ待機料金を払うから、私が降りた後、その場で待ってもらえる？」

「わかりました。ここまでの料金は先に精算してもらっていいですか」

「確かに。その方がお互い安心ね。じゃ到着したらここまでの分プラス待機時間三十分の料金を払う。携帯番号はすぐ教えて。待機不要になったら連絡する」

　先行するタクシーが大型マンションの前で停車した。見るからに堅固な造りの建物だ。

新しくはないけれどアプローチにも立体駐車場にも金がかかっている。

村崎は隣のマンションの前に車を停め、葵はそっと降りて物陰に隠れた。前のタクシーから龍一が降りて凝った造りのエントランスに入って行く。夜の暗がりの中、小高い山にも似たマンションに月が沈みかけていた。葵はメールスペースの配達側に忍び込んで耳をすます。かたり、と受取側でポストが開かれた響き。そこに記された一〇三の部屋番号を確認して外に出た数秒後、エントランスから左に三軒目の窓に黄色い灯がともった。

植え込みの隙間から覗くと専用庭の芝生とライトブラウンのブラインドと三ヶ所の間接照明が見えた。外に干されたタオルやランニングウェアを龍一が取り込んでいる。やっぱり部屋干しは嘘？　それとも単なる断りの決まり文句？　直後に部屋の灯が消えた。仕事だから寝るはずはない。シャワー？　それとも仕事部屋が通路側？　建物は堅固なダブルオートロックで入れそうもない。あきらめかけた葵の目の前で立体駐車場が軽い軋みを響かせて一台の四輪駆動車を吐き出した。街灯に照らされた運転席に龍一の横顔がはっきりと見える。

「白い四駆をつけて！　駅の反対側に走って行った車！」

タクシーに飛び込むなり葵は叫んだ。村崎の反応は早く、発進音を軋らせて急角度のUターンを見せたけれどすでに視界から白い車は消えていた。

「見えないけど高速か裏道に入ったのかなあ」高速道路までの一本道を走った後、運転手が聞いた。「もうちょい流しますか？　私道に入ってたらアウトだけど」

「とりあえず走ってみて。高速に乗ったんじゃないかと思うけど」

その後、しばらく走ってみたけれど白い四輪駆動車は見つからなかった。今夜はこれまでね、と葵はあきらめる。仕事をしてデートをしてさらに追跡だ。重たい疲労が全身にのしかかっている。邪魔なトンボメガネを外して村崎に自宅マンションの場所を告げ、葵はシートにもたれかかっていった。

五　白姫澤　草萌

地図を頼りに田舎道を走り、夜明け近くにバス停を見つけた。春草に埋もれて錆を吹いた標識に『白姫澤』の文字がある。子供だった自分は二十歳になった。助手席では恋人が寝息を立てている。胸元に組まれたかわいい指にまだひらこは生えていない。

「大きくなって嫁を見つけたら連れて来い」

「ユウ坊の嫁の、めんこい片手だけはこの爺にくれてけれや」

思い出す祖父の言葉。耳元に揺れた吐息やシャツを通した体温が肌に蘇る。オガァをけぶらせる霧雨の柔らかさも、足元から忍び上がる山の冷気も忘れてはいない。

白姫澤から連れ去られた後、何度も祖父に手紙を書き、電話をかけたけれど、話をすることはできなかった。毎日、郵便受けの前で立ち続けていたら母に言われた。「しつこくするから、お爺ちゃんと新しい家族に嫌がられてるんじゃない？」と。

氷室を継ぐのは新しい孫。自分は父との縁と共に白姫澤との繋がりも断たれた。切なさ、妬ましさから逃れるために祖父も花畑も心の奥に封じて都会に育ち、やがて地方都市の大学生になった。ゼミの教授の紹介で家庭教師を始め、教え子の一人に惹かれたのはその子が氷室の仙女にとてもよく似ていたからだった。

丸い頰に可憐な一重まぶた、撫で肩に頼りないほど細い身体。セーターの袖が指を覆う様がひらこを思わせた。仙女が生身の娘になったならきっとこんな姿だろう。懐かしさに見つめると少女は頰を真っ赤にして袖口を揉んだ。小指の関節がしなしなと手の甲の側に反り返る。そのしなやかさも岩窟を舞う仙女にそっくりだ。

一人っ子の彼女は自分を「先生」ではなく「お兄ちゃん」と呼んだ。その手に触れ、指を探ったのは家庭教師を始めてすぐのことだ。爪先から指の根元へと撫でおろし、指の股に口づけすると少女は恥じらいながら抱きしめられた。育ち切らない肉に覆われた細い、細い肢体だった。顔立ちも身体つきもあまりにも幼かった。決してませた子ではなかったはずだ。むしろ奥手で、おとなしめの少女漫画ほどの恋愛知識しか持っていなかったと思う。ただ自分の容姿はたいていの女にひどく好まれる。恋に恋する年頃の娘が熱を上げないはずもない。女に不自由したことなどない。けれども生まれて初めて執着した生身の女は十三歳になったばかりの少女だったのだ。

許されるはずのない行為はすぐ見破られ、当然のように引き裂かれ、家にも大学にも居場所を失った。

「大きくなって嫁を見つけたら連れて来い」

祖父の言葉を思い出したのは実父に新しい子がいないと知った時だ。

「父親に似て女癖の悪い。中学生に手を出して大学も追い出されて！」

醜聞を知った母が罵った。どんな時も笑顔だった母が取り乱して泣きわめいていた。あんたの父親もうんと年下の女にのぼせ上がって……。職場にいられなくなって家も出てすぐ女に捨てられて……。貢いで借金をこしらえて路上で野垂れ死にして……。

義父がいい加減にしろと言っても、義弟妹が止めても、母は怒り続けた。父親とはきっぱり縁を切らせたのに……。お爺さんからの電話も手紙も取り次がないようにあんなに気をつけたのに……。わめき疲れた母は最後に「それでも嫌な血筋は争えないね」と吐き捨てて泣いた。そう言えば母と二人ぐらしの頃、郵便物は全て局留めで必ず母が受け取りに行っていた。悪質な勧誘が多いからと母が不在の時は電話線が抜かれ、子供は電話を取らないようにときつく言われていた。義父の家に引っ越す時、郵便局に転送届けも出さず、電話移転のアナウンスも流さなかったはずだ。

修羅場になった自宅で虚ろな心が思っていた。父に新しい子供がいないなら祖父にあいに行ってもいいはずだ、自分は氷室の花畑を継ぐ唯一の人間なのだ、と。めんこい嫁を連れて行ったら祖父は喜ぶだろう。二人で愛でれば少女の手に薄いひらこがはえるのではないだろうか。村に幼い恋人と隠れ住もうと、少なくともあの時は真剣に考えた。年寄りばかりの村で若い二人は恐ろしいほど目立つだろう、高齢の祖父は死亡しているかも知れない、などと思いもしなかった。あの浅はかさ、愚かさは若さのせいだけではなかったはずだ。まともな思考が働かないほど追いつめられていた。もしかしたらすでに現世の良識から心が乖離していたのかも知れない。

なけなしの金をはたいて暖房も効かない中古車を手に入れ、毛布を何枚もつみ、幼い恋人を乗せて旅立った。花冷えの深夜、二階の窓から忍び出て来た少女の持ち物は細い肩にかけたバッグだけ。夜明けにもやる白姫澤に辿り着いて感じたのは逃げ延びた安堵だけだったろうか。もしかしたら祖父に再会できる喜びの方が強くはなかっただろうか。疲れ切った目には、そして霧雨に曇る視界の中では、山あいの村は遠い少年時代と全く変わりなく見えた。異なるのは季節だけ。祖父の家への小道が雑草に埋もれていることも違和感として捉えず、玄関戸が朽ちていても、呼んで返事がなくても畑仕事に出たのかくらいに考えた。

「爺ちゃん、留守か。近くさいると思うんだがなや」

十年余りの時を経てするりと田舎言葉がこぼれた。

「お兄ちゃん、今、なんて言ったの？」

少女が心もとない声でたずねた。茅のひさしから雨粒が土に跳ね、恋人の足を濡らす。思い切って戸を引くと崩れそうな玄関が開き、暗い屋敷から濃密な黴の臭いが流れ出た。薄い板の間にほこりが分厚く積もり、畳は反り返り、一見して無人の廃屋だと知れた。

光の射すガラス窓には蔓草が張りついている。草の化け……。恐ろしい話を思い出して後ずさる背中に、とん、と幼い恋人がぶつかった。

「誰も、いないの……？」

背丈が胸元までしかない少女の声が不安そうだった。

「爺ちゃんはいないけど今はここで休もう。あとで事情を話して謝ればいい」

細い身体を抱きしめると少女の両手が背中を抱き返す。十本の指が分厚いコートを通して背中に淡い圧を加える。愛おしい指。柔らかくて、白い指。細い身体なのに指の根元はぽっちゃりとして、爪に向かうほど細くなる。まだひらこはないけれど、仙女に似た顔立ちと指のくねりを祖父は気に入るに違いない。

押し入れの布団は湿り切っていたから持って来た毛布にくるまって、抱きあって眠った。黴臭さの中で恋人を抱きしめて見た夢は氷室の仙女が白い手で差し招くもの。幼い肢体の手触りに少女の手が花蜜のような紅血を滴らせる淫夢にうなされた。

春雨が続く中、手足を絡めて眠り、目をさますたびに身体を交えて過ごした。山村の春は寒く、冷気が肌のぬくもりを引き立てる。恋人の胸は平らで桃色の乳首が微かに盛り上がるだけ。育ち切らない身体に深く腰を埋めると、痛い、痛い、と訴える声が情欲をかきたてた。「お兄ちゃん、子供でごめんね」と涙声でしがみつくのが愛おしい。細い肩に乱れる髪を見ていると仙女を組み敷く錯覚に襲われる。晴れたら白い花畑を見に行こう、仙女を拝みに行こう、と何度もささやきかけ、裸の少女はまつ毛を濡らしたまままうなずいた。

いつから村は無人になったのか。祖父はどこに行ったのか。筋道だった思考が戻るまで数日かかったような気がする。世間の非難と軽蔑とあざけりを浴び、大学での未来を断たれ、家族にはののしられ続けていた。少女の親に怒鳴り込まれ通報だの訴訟だのと近隣に響き渡る大声で騒がれもした。少しだけ静かに過ごしたいと願い、買い込んで来た食料で繋ぎ、幼い肢体に溺(おぼ)れ、気づいたら数日が過ぎていたのだ。

雨が上がると村に金色の細い光が降り、なまめかしく湿った土の匂いと草萌(くさも)えの香りがたちこめた。

「ここ、すごくきれい！　信じられない、なんてきれいな場所！」

恋人は歓声を上げて外に走り出た。真っ黒でまっすぐな髪の一筋一筋が光にきらめき、小さな指が細い五弁花のように広げられている。春の山々には薄靄がかかり、点在する茅葺き屋根にイチハツの葉が伸びていた。人の気配は彼方の砂利(じゃり)道をたまに通る車だけだ。川水を煮沸(しゃふつ)すれば飲むことができる。祖父や村の年寄り達に教えられた食べられる野草、川魚を捕る手段も忘れてはいない。短期間ならここで生きられる。村で心を休めて先のことを考えよう。

翌日、古く湿った布団を外で干し、車で買い物に出た。手持ちの食料は尽きていたし、給油できる場所も知っておきたかったからだ。砂利道を走ると樹々が途切れるたびに山腹の茅葺き屋根がのぞき、ところどころに赤い鳥居や銀の小川が見える。小さな恋人は「昔話の中にまぎれ込んだみたい」とかわいい声をあげていた。

山道をくねり降り、集落をいくつか通り過ぎ、ひなびた食料品店を見つけたのは一時間ほど走った後だった。必要なのは缶詰やレトルト食品、そして石鹸や紙の類いだ。

「お客さん方、旅行の人かねえ？」

割烹着の老女が会計台で電卓を打ちながら聞くから「ちょっと近くまで」と曖昧に応えた。古い蚊取り線香のポスターが貼られ、洗剤と漬け物が同じ棚に並べられている店だった。レジ奥には『スズ屋食料品』と染められた古いのれんが下がり、その奥からテレビの音が聞こえている。

「一本道を山に行くのかね？　この先に店もないからおにぎりはどうかね」

「ありがとうございます。弁当がありますから」

「じゃあチョコ菓子をおまけしようね。帰りに隣の温泉宿の湯に入るといいよ」

女がするりとのれんをくぐり丸盆にお茶とせんべいを載せて来た。断る間などなかった。パンとスナック菓子とゆでた野草で過ごしたからお茶が恋しかったせいもある。

「このせんべいは醬油味でしょっぱいよ。これは粒砂糖で甘いのな」

会計台の前で丸椅子に座らされた。買った品はまだレジ袋に入れられてもいない。女の手に掻き平はない。言葉も白姫澤とは微妙に違う。

「二人はどっから来たのかね？」

「国道の方から。朝早く出発して来ました」

品物を袋に詰めながら聞かれて具体的な地名を避けて答えた。女の日焼けした手首から微かにハッカとクチナシの匂いがする。祖父の肌から漂っていた香りだ。自分も同じものをつけていた。思い出す。あのひらこの赤ん坊もこの匂いをまとっていた。レジ脇の棚を見ると祖父の家で見た天花粉の紙箱と軟膏の缶がある。

「これはここらで大昔から作ってるハッカの天花粉とクチナシ軟膏」女が笑いを浮かべて教える。「畑のトウキビや山のキカラスウリで作るから悪い物は入ってないよ。駅の無人販売所やあちこちの店屋にも置いてるがここでお土産にどうかね」

同じ容れ物だ。軟膏の缶には素朴なクチナシの花のシールが貼られている。天花粉の紙箱には「汗をかいた肌をさらさらに」と太い書体で書かれている。懐かしい。時が巻き戻る。この匂いを幼い恋人にもまとわせたい。そうすればひらこが早くはえて来るような。祖父も喜んでくれそうな。けれども金には限りがある。

「仲良し兄妹だねえ。兄さんは大学生？　妹さんは五年生？　六年生？」

「中学生です」

童顔を気にする少女が不満そうに答えた。素朴な笑顔と温かなお茶。けれども、そこはかとない居心地の悪さがしんしんと伝わって来る。

「してまた、なんでこの先に？　白姫池の姫神さんでも拝むのかねえ」

神様のことなど知らなかったけれど、そうですね、と話をあわせる。

「そうかそうか。白姫池は昔は大きな湖でな、きれいな姫神さんがいてねえ。折れそうに細っこくてほっぺが丸くて、ちょうどこの嬢ちゃんみたいな」

丸顔を嫌がる少女がかすかに不機嫌を放ったけれど女は気にもしない。

「兄さんに良い人がいてお参りするのかね。姫神さんは遠い七郎湖の男神さんに嫁いだからよそに良い人がいる時の願かけ場なんだよ」

今で言う遠距離恋愛成就のご利益なのか。買った品物は袋に詰められてレジ台の奥に置かれたままだ。

「姫神さんが嫁いだ後の湖は年々、狭くなって小さい白姫池になったと。なんぼ寒くても凍らなかったのに冬はかんかんに白い氷が張るようになって」

「池が凍る？」白姫氷の名を思い出して女の声を遮った。「白い氷の白姫池？」

「そうそう白い氷。冬に切って氷室に……、ああ、若い人は氷室を知らんか」

「知っています。氷を夏まで保存する洞窟ですよね？」

「洞窟？　さあ、小屋かも知れないし、涸れ井戸に藁をかけたとも言うし。最後の氷室守りが鬼になって氷室のこともわからねくなってな」

「鬼になった？　氷室守りが？」

女は一方的に喋り続ける。氷室守りがきれいな稚児さんに懸想してな……、稚児さんが都に戻って氷室守りは恋しさに狂って一つ目の鬼になって退治されて……。

「氷室守りが一つ目の鬼に？」

「稚児さんに文を出して袖にされたって。当たり前だよねえ。きらびやかな都の稚児さんがねえ、大した山奥の氷室守りなんぞにねえ」

大した山奥の、と女が言った時、かすかだけれどあからさまな蔑みが嗅ぎ取れた。

「お稚児さんってかなり昔ですよね？　氷室はそんな古い時代に絶えたのですか？」

「そう昔でもないよ。氷室守りは稚児さんに手紙を書いて黒電話もかけて」

「黒電話……？　お稚児さんがいた頃に……？」

お稚児さんって何？　と少女が腕を絡めるから、あとで教えるよ、とささやいた。

「黒電話って聞いたけどねえ。それとも電信だったか電報だったかなあ」

「おいカズエ、さっきから何を長々と話してるんだ」

突然にのれんがめくられて男の大声が降って来た。驚いて身をすくめたけれど立っていたのは店の女の夫らしい七十歳過ぎの男だった。

「ああ、爺さん、若い人達がねえ、白姫さんに行くってさあ」

「はあ？　あんな場所にか？　何でまた？」

「景色を見たくて。妹の自由研究も兼ねてドライブに」

「一本道だから迷わないと思うが、この先は砂利道だ。運転に気をつけてな」

「ありがとうございます。ところでガソリンスタンドは近くにありますか？」

「十分ほど下ると佐藤石油販売所がある。ここまで給油して来なかったのか？」

「ガソリンはありますが念のために」

「だったら販売所で石油缶で買えや。この先は店も何もないぞ。いや、河童ヶ谷バス停に自動販売機があるか。この道を一時間以上も上がった古い停留所な」

長話に応じたことを後悔していた。レジ台の袋に手を伸ばしながら「山を抜ければ親戚がいますから」と嘘をもうひとつ加える。

「なら安心だ。飲み物はバス停の自動販売機でな。名前は河童ヶ谷な」

店を立ち去る時も夫婦は道に気をつけるように、喉が渇いたら河童ヶ谷の自動販売機を捜せと繰り返していた。晴れて良かったねえと女に言われ、そこで初めて車が泥まみれのままだと気がついた。

親切だったね、と恋人は無邪気に言ったけれど顔見知りを作ったことを悔いていた。長くはいないにしても次は別の場所を捜そう。助手席の少女は久しぶりのチョコレートに喜んでいる。指に茶色い汚れが付着すると肌の白さが際立った。立ち去る前に二人で氷室を訪ねたい。けれども、と考える。氷室に入ってしまったら自分はこの少女と岩壁の仙女のどちらをより愛おしむのだろうか。ふいに湧き上がった疑問に戸惑った。愛しいのは誰？　この少女？　なぜ愛しい？　氷室の仙女に似ているから？　思考が眩む。遠い記憶の中で祖父が微笑む。切れ長の瞳に銀のまつ毛が光る。薄茶の瞳に黒い筋状の虹彩紋が密に散っていた。傍らで生身の恋人が白い指に黒いチョコレートを持っている。血管の透けるひらこがまた眼前に幻出した。あれは白姫澤にいた赤ん坊のひらこ。いけない。今は隠れることを考えなければいけないのに。遠い土地に逃れて雑踏に紛れて仕事を捜さなければいけないのに。

それでも氷室の冷気と仙女、そして赤い花脈のひらこが心を捉えて放さない。祖父に幼い恋人を捧げたい。自分の気持ちがわからない。少女が笑う声が車内に陰々とこだましていた。

翌日も晴れたから布団を干して、外で煮炊きをすることにした。古い五徳と鍋を出して野草をゆでて汁物を煮る。じゃれあいながら火を焚くと生木がはぜて風下の少女が煙にせき込んだ。目尻からこぼれる涙を小さな指が拭いている。指の股に伝う透明な雫がそのまま薄い掻き平に変わりそうだ。ひらこが花開く様を想像すると背筋に熱が突き抜け、こらえ切れず恋人の指を口に含んでしまう。

「やめて、くすぐったい。くすぐったいってば」少女が淡い力で抗う。「ねえ、何でそんなに指ばっかりしゃぶるようになっちゃったの？」

「こちょぎたい、こちょぎたい」と笑う祖父がまぶたの中に去来した。愛おしいのはこの少女。けれども、もっと慕わしいのは氷室の仙女達。そして、本当に求めるのは分けられた半身の祖父。気持ちの揺らぎを持て余して少女を強く抱きしめた時、がさがさと近くの草が鳴った。ふいに思い出す。草の化けという化け物の話を。そして、遠い昔、幼女を傷つける自分を見つめていたざんばら髪の鬼の目を。

身を固くして少女をかばうと木立の陰からがっしりとした中年男が姿を現した。

「あんたら、ここで何してるのかや」

語尾の訛から白姫澤の者とわかる。凶悪そうではない。むしろ田舎じみた素朴な男だ。

「こんな場所でキャンプか？　火なんぞつけたら危ないや」

「すみません。村の者の孫なので」

少女を抱きしめる手をゆるめ、身体を離しながら応じた。

「村の者の孫？」男は二人を無遠慮に眺め回しながら聞く。「どこの家の？」

「ここの家の……、白根の家の血縁です」

「じゃあ氷室守りの？　おい、あんたら、なんで今さらここに来た！」

「え？　ええと、親に家の様子を見て来いと言われて……」

「親に？　何も聞かされずにか？」男は白髪頭をかきながら続けた。「ここはもう県有地だと知らされずにか？　火を消して早く戻れ。野犬や草の化け物が出るからなや」

「それは草の化け……？」

「ほお、知っているのか。人に絡んで血を吸う蔓草の化け物を」

日焼けした男だった。腹のあたりをぼりぼりと無造作にかく指は黒く、太く、そして掻き平が控え目に、けれどもはっきりと見て取れた。

「すみませんが、この村のご出身の方ですか？」

「俺はこんな場所にいたことはない。あんたらも早く去らねば穢れがうつるや」

「穢れ……？」

男は答えることもなく背を向けて、ざくざくと草を踏み分けて立ち去った。

「ねえ、どういうこと？」

少女が不安そうに問いかけた。細い目の中で黒い瞳が見つめている。

「何か訳があって村が無人になったみたいだ。調べるのは今は無理だろう。人目についてしまったから明日にはどこか別の所に行かなきゃ。そこで住む場所を見つけて……」

住む場所を見つけて？　遠くに住んだら氷室に行けなくなるのでは？　白姫澤から離れたら少女にひらこがはえなくなるのでは？　よぎる想いの脈絡がつかめない。自分の望みもわからない。求めるのは都会に紛れること？　それともこの土地で隠れ住むこと？

「こんなにきれいな場所なのに出て行かなきゃいけないんだね」

少女の頼りなげな声が聞こえてしぼんでいた理性がやっと動き出す。

「ここじゃ仕事を捜せない。もっと遠くの人が多い都会の方が安全だ」

応える自分の声が他者のもののようだ。わかっている。村にいるのには無理がある。顔を知られれば近隣に伝わってしまう。手持ちの金にも限りがある。懐かしい村が心もとない場所になってゆく。緑に覆われた風景も、人影のなさも、全てがもの寂しく変わり、食事のつましさ、闇の深さ、夜の冷え込みも身にこたえ出す。

その夜、裸で抱きあって眠っていたら戸のがたつきに目がさめた。玄関戸が揺らされている。草を踏む足音と息づかいも聞こえて来る。つっかい棒をしていなかったら踏み込まれていただろう。遠くに野犬の声を聞いて戸締まりをしていたのだ。

腕時計が緑の蛍光色で八時前を示していた。電気がないから日暮れとともに布団に入り、声を抑えることもなく何度も交わりあって眠りに落ちていた。

「中にいるのかや？」

外から男の声が聞こえた。あれは白姫澤の言葉。ぎしり、と玄関の戸がまた軋り、こじあけようとする力が激しく木戸を揺るがした。

「固くなってて開かんなや」

「寝てるんなら引きずり出すか」

ひそめた声。剣呑な響き。訪ねて来た客人であるはずもない。

「出て行ったんでないか。寝るにはまだ早いや」

「だなあ、若い者が何も知らずに寄っただけでねえか」

裸の少女が震えながらしがみついた。足音が庭に回る。雨戸もぎしぎしと揺すられる。

「雨戸も開かんよ」

「楔を入れたまんまでないかや」

雨戸は戸袋の端に楔が打ち込まれて外から開かない。ここに住む者なら必ず知っている。山のキツネが知恵をつけて忍び込むからなあ、と祖父が教えてくれたものだ。

鉈で壊して開けてみるか。やめれ、氷室守りの怨念に当たったら頭を割られるや。家を壊してはっか地獄に引かれたらなんとする？　声が大きくなっていく。火を焚いた跡が……。消えたならいいが……。居着くなら何とかして……。雨戸の細い隙間から懐中電灯が闇を裂くように差し込んだ。光が視線に思えて布団の中で身をますます固くする。忌み事をほっ返されたらなあ……。ことを隠すのも二度になるのは……。声が遠ざかる。足音も小さくなり、春草のそよぎがまた闇を満たす。

「なに、あれ……」

少女が震え声で聞いたけれど答えられなかった。車は崩れかけた納屋に隠している。夜なら見つかりにくいだろう。家を囲んだ人数は三人から五人。中年以降の中老あたりの男の声だ。子供の頃、村に六十五歳以下の男は二人しかいなかった。家の周囲を探る者達は当時の住民ではありえない。

布団から抜け出し、手探りで服をまとっているとまたがさがさと草を踏む音がした。

「自動車があったらしいや」

「温泉宿の隣のスズ屋に来たのと同じナンバーだとよ」

ひそめられた声が空気を伝わる。とっさにめくれかけた畳を持ち上げて少女を床下に押し込み、続いて自分も潜り込む。なんとしたらいいんだや……。始末できりゃあいいんだが……。壁がないぶん声が明瞭だ。二人が身につけているのは下着とシャツと上着だけ。足元から冷気が這い上り、か細い少女が震えている。

「鉈で玄関戸をたたき割るか?」

声に含まれる苛立ち、高ぶりが、地を這うようにして伝わって来た。やめておけや、呪われるや、穢れを増やしてなんとする、といくつかの声が制止する。氷室守りの家を破って化けて出られたら……。はっか地獄に引かれるや……。男でも手をもがれるかも……。ぼそぼそとしたやり取りに続いて、不自然なほど大きな声が放たれた。

「真っ暗だと何もできん。明るくなってから見に来ればいいや」

呼応するように高められた声が言い合った。そうだな今は何も見えん……。戻って朝早く出直して……。草を踏みながら去る足音が消えた後、手探りで荷造りをした。夜のヘッドライトは目立つから朝日が射す頃、隠した車に乗り込んだ。けれども発進したとたん、がくり、と車体が揺らぎ、前に進むことはできなかった。調べてみると四本のタイヤ全てが潰れていた。太い釘が打ち込まれ、トレッド部がべしゃりと土に張りついていたのだ。東の山並みに淡金の陽がにじむ。廃村がゆるゆると明るんでカッコウが甲高く鳴き始めている。徒歩で山越えをするしかない。重い物は持たず、まず飲み物のある河童ヶ谷をめざす。でこぼことした土道を歩き、正午頃にバス停に辿り着き、そして二人はその場であっさりと捕まった。

追いつめたのは田舎訛の見知らぬ男達ではなかった。自分達の行方など知らないはずの、遠い街にいるはずの、二人の両親だったのだ。

バス停で飲み物を買い、木陰でうたた寝したところをたたき起こされた。何が起きたのかわからないまま少女の父に胸ぐらをつかまれて殴打された。口の中に広がる金臭さとまぶたの奥に散る火花。女達の悲鳴と恋人が泣き叫ぶ声。殴り飛ばされて後頭部に鈍い衝撃を感じた後、視界が暗転し、白姫澤の二度目の記憶は途切れたのだった。

目を開いた場所は薄汚れた灰色の部屋の中だった。覗き込む年配の看護師がいたから病院だとわかり、彼女の訛からあの村に近い場所だと知ることができた。

側に座った母は、痛みはないか、辛くはないか、などと聞きもしなかった。病院に頼んで山で転んだことにしてもらってるから、あの子は親御さんと一緒に戻ったから、と目を合わせもせずに言い、眉間に皺をためて息子を非難し始めたのだった。

「未成年者略取とか淫行条例って知ってるよね？　立派な性犯罪なんだよ？　お義父さんを職場から追い出す気？　弟も妹も私立の受験があるのに」

顔全体が腫れていて口が開かなかった。話そうとする声は裂けた唇の内側でくぐもった音に変わるだけだ。もう二十歳で少年法の範囲外なの、と母は泣き出した。実名が出て前科がつくところだったの、あちらのご家族と村の人の温情で通報されなかったけど。最初はでき心だと思ってたけど、まさかここまで始末に負えない変質者だったなんて。すすり泣きが続き、ああ、そうか、と冷めた気持ちで考えた。真剣なつもりでも、必死に求めたつもりでもこの世では犯罪やら変質者やらに括られてしまうのだ。

「息子が女子中学生を狙う変態だなんて……」母が唇を震わせ続けた。「向こうのお父さん、今度あなたを見かけたら殴り殺すって怒鳴ってたよ」

少女の捜索願は友達の家にいたことにして取り下げられたとか。村の人々の厚意で全て隠し通してもらえることになったのだとか。

「賢いと思ってたけど本当に馬鹿ね」太った看護師が点滴の様子を見に来ても母はこめかみに静脈を浮かせてののしり続けていた。「ドライブって言いながら保存食と洗剤を買ったって？　死んだお爺さんの家で堂々といちゃついてたって？」

祖父は亡くなっていたのか、自分の半身は失われていたのか、と考えた。死因や葬儀の様子を知りたかった。けれども怒気を放つ母に聞けるはずもない。

「教えられた自販機にまんまと姿を現すんだから間抜けっぷりにあきれるわ。田舎ではね、よそ者のうわさがあっという間に伝わるんだってば」

見られていたのか、と考える。そして遠い昔、川原の草陰から眺めていた鬼の片目を思い出す。世の道理から外れると何者かが見つめている。人の目は恐ろしい。のぞく目玉が忌まわしい。どれほど純粋な情動でも隠れ見る目が現世の糾弾(きゅうだん)を運ぶのだ。

最後の夜、闇の中で聞いた言葉も蘇る。始末、呪い、殺生……。不穏な響きとひそめた声。そして家族に連れ戻されたのなら少女に危険はないのだろうと安堵した。

母に村の者から電話が入ったのは夜遅くだったという。玄関戸がこじ開けられようとした、あの夜のうちに連絡が行ったらしい。

「白姫澤の白根さんの家の、孫息子さんのお宅ですかなや？」

電話を取った母は意味がわからず戸惑った。彼女が白根という姓の夫と別れたのは十年以上も前、その郷里の村名など忘れ果てていた。

「あの、白根勝利(かつとし)さんの孫さんで、白根勝一(しょういち)さんの息子さんの……」

「白根は別れた夫ですが……」

そこで初めて理解した。「勝二」が「ソウヂ」にも聞こえる訛におぼえがある。元義父の名は思い出せない。前の夫は実家のことを多く語らず帰省もほとんどしなかったからだ。離婚後、元夫とはばっさりと縁を切ったのに元義父が何度も何度も電話をかけて来た。孫の声を聞かせてくれ、一度あわせてくれと、涙まじりに懇願され、そのしつこさに嫌気がさして電話線を引き抜いた。手紙は局留めにして息子に見せずに破り捨てた。白姫澤の重たい訛にあの時のうっとうしさと嫌悪感と少しばかりの罪悪感が蘇ってしまう。

「無人の村に若い男と女の子供が入り込んでまして、男は白根の孫だとかで」

「若い男と女の子供？」

甲高い声が喉から突き上げ、陰鬱に座り込んでいた夫とその連れ子達が顔を上げた。三人とも目を充血させ、濃い隈を浮かべている。

「古い屋敷で崩れたら危ないし。火を焚いているから山火事が危なくてなあ。年端もいかない子供を妹と言ってますが、どうも……、言いにくいですが……」

相手は口ごもった後に、その女の子に抱きついたりしてて、その、淫行って言うんですかなや、と言い添えた。夫と子供達がぎらつく視線を寄せている。その日も少女の両親が踏み込んで来て女子中学生を拉致してどこに監禁したのか、と隣近所に響き渡る大音で怒鳴り散らした。

今も二人でいるようでなや、と電話の男がもそもそと言葉を繋ぐ。警察からか？　と側に寄った夫が小声で聞いたから首を横に振った。

「場所は？　その、警察には……？」

いえいいえ、親御さんに言うのが先かと思いまして、と相手の声が聞こえた時、夫が受話器をむしり取った。場所を教えてもらえればすぐ連れ戻しに……。いえ、私は白根ではなく、妻の元の夫が、ええ、継父となります……。電話から漏れる相手の声が告げていた。男女の特徴、廃屋の場所、案内するから待ち合わせ場所に来て欲しい旨。話し終えた夫の動きは素早かった。すぐに少女の家に電話をし、車を連ねて白姫澤に走ったのだから。

村からの申し出はたったひとつ、ほとんどが県有地になった白姫澤に二度と立ち入らないことだけだった。事故など起こされてはたまらない。わずかだが売却交渉中の土地も残っている。規則では絶対やっちゃいけないことなんですがなや、と現地の者が言ったそうだ。役場の者に白根の孫さんの連絡先を捜させまして、若い人の先々を考えれば騒ぎ立てるのは忍びないですから、と。

母の嘆きを聞きながらくすんだ壁天井を眺めていた。古い建物だ。灰色のしっくい壁に今時めずらしい木枠の窓と黒ずんだスクリュー錠。ガラス窓には雨滴が丸く張り付き、外に濡れそぼる雑木林が見えた。

「どこ……？」

腫れた唇から苦心して声を出した。もぎ離された少女の居場所をたずねたのか、祖父の遺体の眠る場所を聞いたのか、自分でもよくわからなかった。

「杉ノ山医院。白姫澤の近くの病院」母は現在地を答えた。「向こうのお父さんにさんざん殴られて下手すれば殺されてたよ。脳に出血があるかも知れなくて薬で治らなきゃ大きな病院で手術だって」

暴行を止めようとした継父も殴り飛ばされた。女達の悲鳴の中、気を失った後も殴打と蹴りが加えられ周囲に血が飛び散ったとか。人々が立ちすくむ中、幼い恋人が叫びながら間に飛び込んだ。勢い余った父親の靴が娘の腹を深々と抉り、細い胴からぽきぽきと肋骨の折れる音が響いたという。それでも少女は彼から離れなかった。血泡の混じった唾液を吐きながら、この人と一緒に殺せ、死んで呪ってやる、と般若の形相で吠えたそうだ。

何か言おうとしたけれど顎が動かなかった。顔の皮膚が張って口も動かなかった。

「口を血まみれにして鬼みたいな顔で怒鳴って。子供のくせに色気づいて気持ち悪い。警察沙汰にはしないから、怪我は転んだせいにしてね。病院とも話はついてるから」

二度と子供を狙わないで、退院したら更正施設に入所して、と母は締めくくり、こめかみを揉んでうつむいて、そして、数分後にはまた同じ泣き言を始めるのだった。

何日、病院にいたのかおぼえていない。身体の痛みの記憶も薄い。母に延々と責められ、心の中で悲嘆と喪失が渦を巻いていた。この虚無のもとは何？　幼い恋人ともぎ離されたこと？　それとも祖父の死を知ったこと？　もしかしたら二度も白姫澤から引き剝がされたこと？　そして薄いひらこをはやすはずだった少女の指を思い出す。二人で訪れたかった氷室。少女に似た壁画の仙女。祖父と一緒に愛でたいと望んだ細い指。母の声が遠くなる。木枠の窓ガラスを春の雨がたたき、木の葉が雨風にうねる音ばかりが満ちてゆく。

　恋人と仙女と祖父を想う時、寝たままの視界をよぎるのは女性看護師の掻き平だった。皺だらけの手の中に薄桃の皮がひらついていた。女の指が触れると、ぞくり、と震えが走る。注射を見ると薄皮を針で突きたい欲求が疼き、ガーゼを切る鋏で掻き平を切って口に含みたい衝動にさいなまれた。看護師は美しくも若くもなく、指はごつごつと太かった。けれども掻き平だけは悩ましく、なまめかしく、ただ、ただ、切り取りたい気持ちに夜な夜なうめくばかりだった。とは言っても少しばかり動けるようになったとたん都市の病院に移されてしまったのだけれど。

　転院先の病院では検査の末、脳出血が血腫(けっしゅ)となって残っていると告げられた。奥深い部位のため手術は困難だと血栓溶解剤を投与された。将来、肥大して脳を圧迫する可能性もある、手足のしびれやめまいやひどい偏頭痛の時は来院するように、と言われたのを上の空で聞いていた。

退院後、家を出た。愛しい少女にもあってない。恋人をさらいたいと思うたびに邪悪な目の幻覚が浮かぶ。ぎらつきながら見張る目が想いを妨げる。求めても、望んでも、世の良識という名の目が幻出し、射すくめ、情けないほど足を硬直させるのだ。

根無し草の生活に堕ちても祖父の眠る場所だけは捜し当てた。本籍を辿り、地方新聞の縮刷版を漁り「過疎の村で集団感冒。十数人が一晩で死亡」との見出しに行き当たったのだ。祖父と過ごしたあの夏の、その次の冬、山村の老人達のほとんどが死に絶えていた。古い新聞のお悔やみ欄に見知った名前が連なり、祖父を含む身寄りのない人々は隣町が管理する合葬墓に葬られたと記されていた。

衣食に困らないようになってから年に一度は墓参をしている。人に見られないよう公園墓地に残雪がある時期に、万が一にも人が来ない早朝に、白い花を供えて祖父を偲ぶ。あの夏のままだったら自分も祖父と一緒にここに葬られていたに違いない。もしかしたら自分の魂は白姫澤から連れ去られた日に消えていたのではないだろうか。

清潔な公園墓地は低い山並みの中、いつも朝靄に白ずんでいた。山にかかる薄雲が仙女の衣を思わせる。早春の冷気は氷室の空気に似ていなくもない。灰色の合葬墓の前で祖父の成仏を祈る。そして看取ることも知ることもできずにいた過去を詫びる。それは白姫澤で生きたはずの、もう一人の自分の供養にも思えるのだった。

六　東京　湿風

「で、それからどうしたと思う?」スピーカーにした電話から葵の声が響く。「飲んだ後に車だよ? 黒ビール二杯だからアルコールは抜けてたと思うけど」

「ええと、そうだね」カーテンが湿った夜風に膨らむ窓辺で静花は答える。「『今夜はありがとう』ってメッセージとか……」

「その通り! やっぱり同じこと考えるよね」

声がつるつると流れ出す。「今夜はありがとう」と送ったらすぐに「こちらこそありがとう」と返って来たこと。「部屋についた?」ととぼけて聞いたら返信は「資料の引き取りでこれから運転。お休みなさい」だったこと。「返事がまめだね」と応えたけれど葵の見解は「返信が早すぎるよ」「運転しながら携帯いじる人は嫌だな」だった。

いとこが絶え間なく喋り続け、開かずの間の音が今夜もかき消されている。テーブルの上には岳志の日記めいた雑文。まとめて見れば何かつかめるかも知れないと広げたところに電話がかかって来たのだ。今日もポストに白い封筒を見つけた。中に入っていた素朴な紙箱には無農薬で無添加だとか、汗をかいた肌をさらさらにするとか書いてある。ふたを開けると中味はハッカの香りのベビーパウダーだ。西洋ミントとは違うくっきりとした薬草めいた匂いが漂う。これは和ハッカあるいは日本ハッカと呼ばれる在来種の香り。清涼な匂いに心が疼く。忌まわしい者からの品なのに、このつかみ所のない懐かしさは何？　記憶の奥からわき上がる郷愁はどこから来るの？

「今度ドライブに連れて行ってもらうよ」良く通る声が模索を断ち切った。「運転って性格が出るから隠された一面が見えるかも」

どれだけリサーチしても惚れない限り疑問や欠点なんて無限に見つかるんじゃない？　以前にそう言ってみたけれど、下手な人に惚れるのは嫌だから好きになっていい人の中から捜すんだよ、と笑って返された。

　車は派手なスポーツカーや改造車じゃなきゃ文句ないし……、型も古くないし……、ぱっと見た感じぶつけた跡もなかったし……。葵の声が続く。静かな時間が欲しい。話し相手なんかいらない。けれども開かずの間の音が潜まるのなら電話を拒めない。

　上の空であいづちを打ちながら手紙を眺める。どこか不自然な文面だ。違和感の正体がわからない。もどかしさに泳がせた指が紙箱の縁をたたき、かすかな振動に白いパウダーが舞い上がって和ハッカが嗅覚に沁みた。瞬間、見つめる笹の葉形の目が脳裏に浮かんだ。瞳は濃茶、いや、よく見ると虹彩は淡いはしばみ色だ。松葉にも似た黒い虹彩紋が密に散って茶褐色に見えるのだ。まつ毛はまっすぐで長い。あれは誰？　いつ見つめられていたの？　セミが鳴いていたような。ころころと鉄風鈴が鳴っていたような。日焼けした肌にハッカとクチナシが香っていたような。

「そのままタクシーで帰ってさ」何かつかめそうになった時、葵の声が高まった。「運転手さん、前は報道記者だったって。首相官邸とかにいる人じゃなく芸能人のスキャンダル狙い。激務で体調を崩して時短勤務できるタクシー会社に転職したとかで、合気道やってて体力に自信あったのにって嘆いてた。でね、報道現場のすごい機材の話を聞いてたんだ。動いたものだけ撮影する超小型カメラとかマスクしてても顔認識して狙った人に反応する隠しカメラとか。時代は進んでるんだね」

聞いてひらめいたことがある。同時に浮かび上がりかけた記憶は深層に沈んだ。

「時代って言えばうちの事務所のバイトの子、知ってるよね？」

「うん、若い女の子だよね？」

突然に質問されて反応できるのは、幼い頃から葵の多弁に慣れてきたせいだ。

「割と字が上手だから手紙を代筆させたらさ、なんと頭が平らなんだよ！」

「頭が平らって？」

「わかる？　行の始めを落とさないから上が真っ平ら」

「改行した時に行頭に一字あけないって意味？」

「そう、それ！　今の時代、それが普通？　おまけに改行のたび一行あけるし！」

「改行のたび、一行、あける？」

目の前の紙の束を眺め直す。横書きの文字が長方形に連なり、行頭は落とされず、改行ごとに一行ずつ律儀に空けられている。

「お客様へのお礼状なのにさ！　ほんとにもうブログじゃあるまいし！」

「あっ……」違和感の正体が見えた。だからとっさに嘘をつく。「ごめんね、葵ちゃん、仕事の連絡が。また後で」

葵が次を言うより先に電話を切っていた。一緒にくらす前、岳志は手書きのラブレターをくれていた。いつも薄いブルーの便箋に濃紺の万年筆で、見るからに書き慣れない縦書きで。彼は行頭で一字下げをしていた。改行のたびに行を空けてもいなかった。

開かずの間に入るしかない。彼がブログなど書いていたのなら場所はそこしかないはずだ。指先からハッカの香りが漂う。無意識にパウダーに触れていたらしく掻き平に白い粉がついている。清涼な香りが自分は生者なのだと教えてくれる。生きた人間が死者に負けてたまるものか。自分が殺した者になど屈しはしない。そして思い出す。開かずの間の扉に触れるのは岳志をなごり雪の花見に誘った時以来だ、と。

「夜桜を見たいんだ。でも一人じゃ嫌だから一緒に来てくれないかな？」

微笑みながら誘った時、岳志は無精ひげの顔を疑わしそうに歪めて聞いた。

「何で俺を誘う？」

「夜の川原は怖いから。季節外れの雪が降って明日は桜が散っちゃう。居酒屋で食事をして、その後でカップのお酒を飲みながら桜並木のお散歩につきあって」

口下手でかわいげも色気もない自分が、あの時はぞっとするほど甘ったるい声を出していた。顔面には作り物めいた笑いがべったりと張りついていたはずだ。


静花が夜桜を見ようと誘って来た。俺を害虫みたいに見る静花が笑いかけていた。笑顔が不気味にかわいい。花見なんて寒いだけで楽しくないって言っていたくせに。俺を誘って人のいない所で殺すつもりか。ありえないことじゃないな。

それでもついて行く。静花との仲を保って幸福にしてやらなきゃだめだ。末永く一緒にいなければ罰が当たる。追い出されたら村を滅ぼした眷属が来る。花見くらいじゃ元に戻らないって思うけど消されるかも知れないけど行くしかない。

パソコンの調子が悪くてネットカフェで書いている。公園脇の『いぶり屋』で静花が待ってる。考えてみれば小柄でひ弱な静花が俺を殺せるわけがないよな。でももし俺が明日になって何も書かなかったら警察に届けてください。

書いている。間違いない。これは生きている岳志が最後に書いた文だ。

これが今日の封筒に入っていた手紙だ。文末に『いぶり屋』の住所と桜並木の場所も書いている。間違いない。これは生きている岳志が最後に書いた文だ。

開かずの間にはほこりの積もったベッドとデスク。シーリングライトが壁一面の白い花のパネルを照らす。白いアヤメに似た花が数枚。あとは名のわからないぼやけた花ばかりが映されている。それは細い白い花弁が五枚、暗闇の中で天を仰ぐかのように咲く姿だ。明らかに光量が足りていない。夜間にフラッシュもなく撮影し、補整もせずに出力したものだ。どう見てもプロの仕事ではない。

汚れたノートパソコンの電源を入れ、ブラウザを起動するとサイトのアイコンが並んだ。携帯電話は料金が払えず、タブレットは画面が割れて処分していた。自分はこの部屋を避けていた。多分、全てのサイトにログインしたままに違いない。

「静花が夜桜を見ようと誘って来た」で始まる文章はすぐ見つかった。それはブログではなくマイナーなデータ共有サイトだった。さかのぼってみるとパジャマの染みだとか、自殺をほのめかした時の文面も残されている。読むに堪えない文面も次々に見つかった。静花の身体の様子だとか、岳志と交わる時の癖だとかまであからさまに記されていたのだ。大柄な岳志が奥深く突き入れると静花は少し痛がるとか、静花が彼を握りしめると粘液に濡れた掻き平が心地良くぬめる、などとも書き記されている。パソコンに触れる指が震えた。羞恥と屈辱に前歯が唇を食い破り、金臭さが口中に広がっていく。心から愛したはずの岳志は異質な者に変容していた。殺して良かったのだ。自分の行為は単なる駆除だ。自責し、裁かれる罪などありはしなかったのだ。

　閲覧者のＩＤはふたつ。うち一人の「Takeshi.A」が岳志だ。残り一人のプロフィールをクリックするとビジーマークがくるくると七色にまわる。かさかさ、かさかさ……。周囲に忌まわしい音が満ち、汗ばんだ肌に鳥肌が浮く。時間が過ぎる。電子色の円は動き続ける。ぽとり、と汗が落ちてスカートに染みをこしらえた。髪が汗で頬に張りついている。

　虹色の回転が終わらない。焦れて強制終了してリスタートし、再びプロフィールをクリックすると丸い七色があざ笑うかのようにまわり続けた。苛立ってパソコンの縁を指で軽く打つと、ぶつり、とモニターが暗転した。電源を入れる。リビングに移ろうとパソコンを持ち上げる。また、ぶつり、と画面が落ちた。接触が悪い？　運べない？　戸惑う眼前に「バッテリー残量が６％を切りました。３分後にシャットダウンします」の文字がともった。アダプターは繋いだままだ。それでも残量が減り続けている。次に落ちたらもう二度と立ち上がらないだろう。

　とっさにアップされたファイルを全て選択し、削除ボタンをクリックした。コピーされている可能性はある。それでも残すよりはましだ。続いて「ＩＤを削除」メニューを選んだ時の残量は2パーセント。処理が完了した瞬間、ぱたり、と画面が漆黒に落ちた。もう電源は入らない。明日、水没させて細かく砕こう。そして数回に分けてゴミに出そう。それを弔いの皮切りに今度こそ開かずの間をかたづけるのだ。

くすくすと静花は笑う。岳志を殺したのは罪じゃない。消されるようなことをしたから消しただけ。開かずの間なんて怖くない。ただの薄汚れた洋室じゃない。手紙があったのは無料のデータ共有サイト。なんて安っぽい、なんて生活臭にまみれた種明かし。亡霊など想起した自分が愚かしい。怯えた過去が情けない。笑いが高まってゆく。今、悟った。人を殺す時、殺した瞬間が終わりではない。生きた名残を消し去り、怯えも悼(いた)みも周囲の記憶も失せた時、初めて死が完結するのだ。手紙の元を突き止めた。司法の手も及んでいない。この先も淡々とやり遂げられるに違いない。

開かずの間に嗤(わら)いが響く。ぽたぽたと床に落ちる雫は自分の涙だ。そして気づく。あの禍々しい音がない。かさかさ、かさかさ、と鼓膜をいたぶった音が失せている。高揚と安堵の狭間でさらに甲高く嗤う。二度と怯えない。法からも手紙の主からも逃げおおせてやる。脅かすなら岳志のように葬ればいい。乱れた髪が肌に張りつき、汗に混じって和ハッカが香る。狂笑する姿を壁の白い花々が見つめていた。薄汚れた洋間は今、生者の領域に戻されたのだ。

「ねえ静花さん、果物で思い出したんだけど有機野菜のご近所さんにあえた？」

並んで歩く藹実がたずねる。今日は二人で国立美術館の日本画展に来た。鑑賞後、公園を歩きながらブドウを摘む女の絵が美しかったと喋った時のことだった。

「あ、言うの忘れてました。集合ポストで上の階の奥さんとあったんです」

楽しい気持ちがふと萎えた。開かずの間への恐怖が消えてもポストを見るのはまだためらいがある。だからあの夕方、背後から「こんにちは」と言われた時は驚いた。声をかけた年配女性は「びっくりさせてごめんなさい」と笑いながら五〇三号室のポストを開いたのだった。

「すごい！　偶然でもあえたんだ！」

「でも『有機野菜をお取り寄せされてますよね』って聞いたら『いいえ』って」

「あら秘密の野菜？」

その発想と言い方がおかしくて少し笑う。でもあの時の怪訝がふと心を曇らせた。

「有機野菜ってお高いんでしょう？　年金生活じゃとてもとても」

ポスト前で五〇三号室の川沼夫人はにこやかに言い放った。

「この間、川沼さんあての有機野菜が間違って届いたものですから」

「あら、いつ？　受け取ってないわ。変ねえ。この建物で川沼ってうちだけよ」

「じゃ聞き間違いですね。すみませんでした」

切り上げようとしたが話好きらしい老婦人が喋り始めた。

「ここでお野菜を取り寄せるご家庭ってないと思うわ。お勧めだから知らない？　十一丁目の団地にね、月曜日の昼に産地直送の野菜や果物を積んだトラックが来るの。安くて新鮮なのよ。わざわざお取り寄せなんてちょっとねえ」

それでも目深に帽子をかぶった白い指の宅配員は確かにやってきた。通路灯と公園の街灯が照らす中で箱を差し出し、男の指先が自分の指の根元の薄皮に触れたのだ。

「なるほど」物思いする静花に藺実が軽快に言い放った。「平日の昼の販売じゃ勤め人には無縁。野菜の宅配を頼む人がいても変じゃない。違う？　川沼さんって聞こえても実は神沼さんとか川間さんかも知れないじゃない？」

「ああ、そうかも知れません。宅配員の人、声がとても静かだったし」

「でしょう？　宅配野菜は正体不明でも産直の野菜や果物の情報は魅力的だな」

さくさくとした言いぶりに気分が浮上する。藺実と話していると心が安らぐ。気後れするほど美しく裕福そうな女性なのになぜかとても話しやすい。

「あの、藺実さんのご主人って野菜好きな方なんですか？」

岳志が濃色野菜を苦手にしていたことを思い出してたずね、直後に少し後悔した。微笑んでいた藺実の顔に小さな影がよぎったように思えたからだ。

「好き嫌いはないけど家で食事はほとんどしないの。商社に勤めるサラリーマンでいわゆる仕事中毒だから」

「お仕事のできる方なんですね」

　当たりさわりのない言葉を選んだけれど気まずさが流れた気がした。

「仕事ができるかどうかは知らないけどごく普通の人。癖がないのが個性みたいな。ただ結婚して九年目で子供がいないのは普通じゃないって近所の奥様達が。で、家族運を視てもらいなさいよ、って流れで人気の占い館に通うふりをしてるわけ」

「子供がいなくても幸せなご夫婦はたくさんいるのに」

　そう言いながら食事も一緒にできない夫で幸福なのかな、とも考える。

「子供がいなくても波風がなくて人並みなら幸せなんだけどな。平凡な人間だからトラブルのない生活ができればそれ以上は望まないのに」

「いやだ、平凡だなんて。繭実さんはこんな目立つ人なのに」

「え？　私、目立つ？　何か人目につく？　悪目立ちしちゃってるのかな？」

「いえ、そんな……、そういう意味じゃなくて」

　繭実の目も唇も不安そうに震えていた。美しく裕福で非の打ち所のない女性が一体、何を気にしているのかいまひとつわからない。

「静花さんから見ると変？　目立ってのけ者にされそうなところがある？」

「変とかじゃないんです。繭実さんはとてもきれいだから目立つって意味で」

今も通り過ぎる人々がちらちらと彼女の美貌に振り返る。繭実さんは上品でおしゃれで、それにお金持ちで知的で、と言いかけて褒めすぎは嫌らしいかと言葉を切った。

「本当？　変じゃない？　焦っちゃってごめんなさい。クラスでのけ者にされたことがあったせいで人と違ったことをしたり、目立って噂されたりするのが今も怖くて」

「繭実さんが？　クラスの中心にいそうな人なのに」

「よくある話よ。今は大丈夫。ご近所とも女子大の同窓生とも平穏そのもの」

繭実は軽く微笑んで、静花さんは一人？　彼氏は？　と話題を変えた。

「私は結婚もできずに独りです」言い切った声が妙に力強かった。「彼氏は、もう捜しません。今、一番やりたいのは大掃除。家をきれいにして一人を楽しみたいんです」

「そう？　じゃあ大掃除が一区切りついたらまた一緒にお出かけしてくれる？」

「いいんですか？　それは私の方からお願いしたいくらいです」

「来週か再来週の月曜日に団地の産直に行かない？　あの辺りは道がこみ入ってて運転が難しいから駅からバスに乗って。里山公園がきれいって噂だからお弁当を持って」

「あ、ごめんなさい。来週と再来週の月曜日は……」

来週の月曜日は葵に呼び出されている。そして、その次の月曜日はコインロッカーにパウダーの紙箱を入れに行く日なのだ。その前にまず私が一人で偵察に行こうかな

「残念。じゃあ来月ね。

偵察、という表現がおもしろくて少し笑う。新鮮な果物をジャムやドライフルーツにしたいと繭実が言い、果実酒やシロップを作りたいと静花が返した。境遇も環境も違うのに親しみを感じるのはなぜだろう。共通点は年代が近いこと、同性であること、強いて言えば一重まぶたで少し頬が丸いこと。その程度だ。

家を掃除しよう。開かずの間を清めて小さな客間にして繭実を呼ぼう。貧相な住まいだけれど独居の楽しみをわかってもらえるのではないかしら。樹々が木洩れ日を散らし、湿度を含んだ風が肌を撫でる。甘いものが食べたくなっちゃった、と繭実が言う。近くに学芸員さん達が勧める甘味屋さんがありますよ、と静花が応える。漉し餡と粒餡のどちらが好みかを喋りながら二人は公園を抜けて行った。

フロントウインドウを雨が打ち始め、ワイパーの円弧が視界を作る。慌てて窓を閉じたけれど大きな雨粒が吹き込んでしまった。

「ドアの内側、少し濡れちゃった」

葵は腕を拭いたハンカチで車内をぬぐおうとした。

「ドアを拭いてくれるならグローブボックスの中のタオルを使って」運転席の龍一が声をかけた。「きれいじゃないから手が汚れちゃうかも知れないけど」

「じゃあタオルを使わせてもらうね」

ボックスから畳まれた深緑色のハンドタオルを取り、ついでに中をちらりと眺めてそれなりに整頓されていること、女物が入っていないことを確かめた。今日はドライブに連れて来てもらった。龍一さんの車で海に行きたい、と月並みなおねだりをしたのは「隠れた人柄は焼き魚の食べ方と運転に出る」という説があるからだ。

ドアの内側を拭いてタオルをボックスに戻そうとした時、指先が小さな糸の結び目に触れた。指の腹で触れても気づかない凹凸だ。少し伸ばした爪の庇に守られて多くの刺激を受けない皮膚だからささやかな糸の盛り上がりを感じ取れたのだ。

これは模様？　それともブランド・ロゴ？　触覚を頼りに目をやると深緑のパイル生地に紺色の刺繍が埋もれていた。この配色は控え目を通り越して目立たない。糸が形作るのは装飾的なアルファベットだけれど縫い方が素人くさい。いとこの静花を思い出す。彼女は刺繍が好きだ。凝った刺繍画を作るでもなく、装飾的な柄をこしらえるでもなく、ちくちくと手回り品にイニシャルを縫い、レースの縁取りを入れている。

タレントが喋り続けていたラジオから軽快な音楽が流れ始めたから「あ、この曲、大好き！」と声をあげ、リズムを取ってタオルを揺らしながら刺繍を目の前に持って来る。深緑の生地の中、紺の糸が形作る文字は「Takeshi.A」だった。

「このタオルすてきだね。自分で選んだの？」

「それ？　スーパーで買ったと思う。汚れたから窓拭きにしたんだ」

「最近はスーパーの品も侮れないな」気に入ったそぶりでタオルを広げながら提案する。「この先にエスプレッソがおいしいカフェがあるんだって」

「場所はわかる？　行ってみようか？」

会話しながら刺繡をさぐると糸止めの小さな玉結びに触れた。既製品に玉結びは珍しい。間違いなく素人の手だ。再び静花を思い出す。縫ったら最後を玉止めにしてパイル生地に埋めて隠す。それは彼女が好む方法だ。

「ところでさ、龍一さんは男友達を乗せてこの車でドライブしたりする？」

「友達は多くないからドライブは一人。乗せるのは葵さんくらいだよ」

「きれいな景色の場所に行って写真を撮るのって好き？」

「スマホで撮るだけ。いつもスナップ写真くらいでごめんね」

「私はそれでじゅうぶん！　じゃカメラに凝ったりしないんだ？」

「全く凝らない。写真も動画もまるっきりだめ。絵も描けない。鑑賞だけ」

「そうなんだ！　だったらさ」葵はタオルを膝の上で畳みながら問いかける。「アート系の知り合いっていない？　例えば、カメラマンとかイラストレーターとか」

「しゃれたカタカナ職業の知り合いはいなくて地味な会社員ばっかり。株の売買と講師をやってる僕だけ不安定でちゃらちゃらしてるんだ」

「私なんかちゃらちゃらどころか泡みたいな零細企業主だよ！」

ふざけた言い方に龍一が「そんなことないよ」と笑ったから、笑い返しながらさりげなくタオルをバッグに忍ばせた。あたし、何してるの、と思う。変なの。そりゃあ婚活にリサーチは大切よ。でもこんな陰湿な疑い方をしちゃうなんて。

「あ、葵さん、少し先に見える三角屋根のカフェかな？」

「そうそう、あそこ。お客さんが教えてくれたんだ」

空には灰色の雲が垂れ、細かい雨粒は白灰色に視界を曇らせる。海と雨と雲の境目が曖昧になり、狭い駐車場へと龍一の白い手がハンドルを切って行く。

「お手洗いに行って来るね。あ、やだ、ポーチを車に忘れちゃった」

カフェで飲み物をオーダーした後に言うと、当然のように龍一が車の鍵を手渡した。細い雨の中を小走りに車に入り、わざと置き忘れたポーチを手に取った。次に手早くシートの下やらグローブボックスの中やらを確認する。確信などない。けれど探らずにはいられない。彼は車内にピアスを残すようなへまはしないだろうけれど。ちなみに前夫との離婚の引き金は車の中に脱ぎ捨てられていたレースのショーツだった。シートの下や隙間を調べ、サンバイザーの裏を見てあきらめかけた時、ドアポケットで薄い光の跳ね返りを見た。それは何の変哲もないボールペンだ。高価な物ではない。かといって使い捨てでもない。手に取ると薄い陽射しに目立たない細工が浮かび上がった。紺色のボディにマニキュアの模様がひっそりと盛り上がっていたのだ。

「静花……」

陽にかざして凝視してやっと読み取れる文字は「Takeshi.A」。間違いない。いとこの家から消えた男の名前だ。雨音が強まる。車外が灰色の夕立ちに包まれる。いけない、傘を持っていない。後悔した時、カフェから傘をさした龍一が駆け出して来た。

「葵さん、濡れちゃうよ」

笹の葉形の瞳が見つめている。濡れて張りつく前髪が艶っぽい。見返すと彼のシャツの背中がぐっしょりと雨に濡れていた。

「迎えに来てくれたの？　雨で濡れちゃってるよ？」

「だって葵さんが風邪をひいたら大変だから」

傘は常に葵が雨に濡れない角度。彼の手で包まれる肩が熱い。心臓が痛いほどに高鳴る。どんな恋をしてもこんな胸苦しいときめき方はしなかった。けれども遠い過去によく似た鼓動を体験したような。雨がまた強くなる。視界が白灰色に塗り込められる。肩を抱かれて傘に守られ、葵はカフェへと向かって歩いて行った。

静花が設置した超小型の動体検知監視カメラが投函者の姿を捉えていた。葵が電話で言っていた「動いたものだけ撮影するカメラ」なる製品だ。

映っていたのは郵便の配達員、一日に二度もチラシをポスティングする眉が太く色黒の敏捷そうな男、出前のメニューを入れる若い女。集合ポストのふたを開けて中に仕掛けた動体センサーを作動させ、姿を映し取られる人間の数は意外に多い。

白い封筒を差し入れる者の姿もカメラは明瞭に捉えていた。不可思議な手紙と贈り物を投げ入れていたのはすらりと背の高い男だった。顔の下半分はマスクで隠れ、頭は帽子に包まれて眉と目しか見えはしない。白い封筒を差し入れる男はとても端整で涼しげな目もとをしていた。彫りの深い面長に、繊細な柳形の眉、そして長いまつ毛と笹の葉形の目。どこかで見た懐かしいまなざし。どこで出会っていたのかは思い出せない。夢の中のできごと？　それとも単なるデジャヴ？　想起されるハッカやクチナシの匂いがひどく生々しい。陽にあぶられた土や草や、木造家屋の臭気までが嗅覚に蘇る。鼓膜の奥底にはセミの声と鉄風鈴の音がしんしんと響く。

動画の中の男は手袋をした指先でそっと封筒をひたいにあて、祈るように目を閉じてからポストにそれを差し込んだ。恋文を差し出す前の祈りのようだった。手紙から指が離れる時の切なげな目、愛を乞うような瞳に心が吸い込まれてしまう。周囲を見回す心もとない目つきは恥じらいであるかのように思われた。

凶悪で荒んだ人間や顔色の悪い不潔な男を想像していた。死に損なった岳志の姿すら覚悟していた。けれども動画となって残された男は不思議なほどに品が良く、知的な、そしてあまりにも懐かしい目もとをしていたのだった。

「友達が手作りアクセサリーのお店を開いているんです」美術館に出入りする警備会社スタッフに相談したのは十日前。「防犯カメラに映らない角度で万引きする人がいるらしくて。ガラスケースの中に隠せる小さい防犯カメラってありませんか?」

相手は安価で扱いやすい超小型の動体検知監視カメラを紹介してくれた。バックヤードでお茶など出したら設置角度のコツや光を取り込みやすい裏技なども教えてくれた。

カメラに目もとを晒した脅迫者が投函したのは見なれた白い封筒。中に入っているのは前回と同じとても素朴な紙箱だった。飾りっけのない堅紙のふたにはクチナシの線画。さらさらとした粉からは淡い和ハッカの香り。忌まわしい贈り物のはずなのに心がほぐされる。それはカメラが捉えた男の目もとが涼しげに整っていたせいだろうか。

前にもらった小さな紙箱を新しい封筒に入れる。中味は使うことなく別の容器に移した。汗ばむ季節だ。使い始めたらパウダーはすぐになくなるだろう。同じものをもう一度、贈ってくれないかしら。自分から手紙を書いてみようかしら。

アンズ酒を舐めながら静花はベランダで育てて乾かしたラベンダーとレモンバームを薄布に包んで文香を作る。封書に入れて手紙に淡く香りをつける匂い袋の一種だ。布には上向きに咲く白い花を刺繍した。匂いを封じる青い飾り紐を結ぶ前に小さな灰色の機器もつまみ入れる。警備会社のスタッフが「これも使えるかも」と教えてくれたものだ。

想いを込めた文香は空になったパウダーの箱とは別の封筒に入れた。あの憂いを帯びた目もとの男はこれを受け取るはずだ。静花は微笑む。相手は岳志の書いた文を読んだだろう男。自分のくらしの隅々も犯した罪も知った者。それでも良い匂いのものを贈り続けてくれる人。あの目もとが懐かしい。いつかあえるだろうか。こんな自分に彼は興味を持ち続けてくれるだろうか。

湿気を増した夜風にカーテンが丸く膨らんだ。開かずの間の物音はもう聞こえない。あの部屋に舞い上がった灰色のほこりと白い羽根を見て記憶が呼び起こされたのだ。

かさかさ、かさかさ……。かさかさ、かさかさ……

あれは小鳥がもがく音。外れかけた通風口から迷い込み窓に身を打ちつけて鳴いていた。逃がしてやりたくても開かずの間に入るのが恐ろしかった。鳥のもがきが岳志の苦悶に重なって耳を塞ぎ続けていた。羽ばたきとさえずりが聞こえなくなったのは何日後だったろう。鳥が息絶えたのか逃げたのかは知らない。ただ、汚れた洋間にこもった羽音が、かさかさ、と耳の中に残響し続けていたのだ。

憂いを帯びた目もとの男に聞いてみたい。どうして私に懐かしい匂いを贈るの？　どこで私を知ったの？　想いを込めて静花は封筒を閉じる。唇がくっきりとした笑みの形に変わる。それがありふれた笑顔なのか、開かずの間で浮かべていた嗤いなのかわからなかったけれど。

じっとりとした夕方の風が甘い花の香りを運ぶ。葵はオフィスから駅に向かう一本道を歩いていた。今夜は打ち合わせもない。明日の土曜日は十一時に依頼先の訪問だ。週末はクライアントの自宅に呼ばれることが多い。必要があればヘルメットをかぶって工事現場にも出向くからトップを盛るヘアスタイルができないのが少しくやしい。

「こんにちは。お久しぶり」

声をかけられて風に流れる髪を押さえて振り向くと、色黒で眉の太い男が立っていた。

「こんにちは。失礼ですけどどちら様でしたっけ？」

微笑んで問い返す。お客様の親戚や友達かも知れないから決して愛想は崩さない。

「この間、乗ったタクシーの運転手です。忘れたかな？　尾行していたハンサムなお兄さんに関して興味深い情報を持って来たんだけど」

眉間に皺が寄り、営業用の笑顔が引っ込んだ。

「おっ、思い出してくれた？」

中肉中背で短く刈られた髪に少しの白髪、はき古したジーンズに皺のよったポロシャツが服装にこだわらない性格を物語っていた。

「正面から俺を見るのは初めてだよね。後頭部ならじっくり見てたと思うけど」

「村崎さん？　だったよね？　何でまた急に？　情報って一体何のこと？」

「名前をおぼえてた？　これは嬉しいな」

笑うと目尻に大きな皺が浮かんだ。太い鼻筋と鋭い目つきが精悍に見えないでもない。

「仕事中じゃないよね？　路上で客に声をかけてもいいわけ？」

「道でばったりお客にあって挨拶するのは規則違反じゃない」

「ばったり？　そんな都合よく？」

「種明かしをするとね、あの夜、お客さんは大きなバッグから荷物を出し入れしていた。その時に社名の入った新品の封筒を大量に落として二枚を拾い残した。一枚なら取引先のものかも知れないけど、まっさらなのが二枚なら自社封筒だ」

「運転手さんがストーカー？　気持ち悪いんだけど」

「嫌なら拒否すればもう現れない。それは約束する。でも例の美形の彼氏の情報を提供したいって言ったら？」

自分の片眉が上がるのがわかった。それを見た男がにやりと笑う。

「交渉の余地がありそうだな。良かったらそこいらの店で話そう」

「わかった。話を聞くだけなら」

夜の住宅街のカフェチェーン店は空いていた。主客層の主婦らしい姿はなく、勉強する学生と打ち合わせをするビジネスマンがいるだけだ。

「余計なことは言わずに本題から入るけどさ。あ、まず封筒を返さなきゃ」

村崎がクリアファイルに挟んだ封筒を差し出した。意外に几帳面らしい。正面から見ると自分とそう歳が変わらない。タクシーではもう少し年配に思えたけれど。

「村崎さん、あたしは名乗らなくていいよね？」

「もちろん。話が気に入ったら名乗るなり、情報を買うなりすればいい」

「で、その情報って？」

「手短に言おう。例の彼氏は挙動不審だ。交際はやめた方がいい。以上。理由が知りたいなら情報料が必要。これは忠告じゃなく単なる取引のオファー」

「なんで交際って決めるの？　あたし、調査会社のスタッフかも知れないじゃない」

「調査会社？　あははは、それはない。絶対ない」

面と向かって笑われると苛立ちが顔に出て、男は少しすまなそうな顔をした。

「笑って悪かった。でもさ、お客さん、彼氏のマンションの中をのぞいたり集合ポストの配達側に侵入したりしてたよね？　防犯カメラのレンズがぴかぴかしてるのに。だから調査のプロじゃない。普通の男女関係と見るのがありふれた解釈だ」

返す言葉がない。口から先に生まれて来た、と言われる自分が黙るのがくやしい。

「素人の尾行は危ない。身の危険じゃなくばれやすいって意味。でも信用できる調査会社を雇うとぞっとするほど高い。だから俺を雇ってみない？　運転手の仕事があるから張りつくのは無理だけど効率よくやるよ」

「尾行だとか調査だとか意味わかんない」

「ざっくばらんに話そうよ。お客さんはかっこいい彼氏の情報が欲しくてたまらない。だから尾行もするし、いきなり声をかけた俺について来る。違う？」

また言葉を失った。けれども、また黙り込むのは嫌だ。

「じゃ提供できる情報の触りを教えて。それ聞いて決めるから」

「情報って有料なんだよ。ま、でも初回お試しで一個だけ無料提供しよう」

「前置きはいいからお試し情報を教えて」

「気が早いね」村崎は唇の片端を上げて笑う。「彼氏は女癖がよろしくない。例の四駆で夜中にどう見ても十代の女の子を連れ込んでそのまんま」

「なにそれ？　まさかあの後も彼を見張ってたわけ？」

「スキャンダル専門の記者って言っただろ？　ネタになりそうな芸能人のナンバーは暗記してる。何十分も尾行した彼氏の特徴もナンバーも脳みそに焼きついちゃった」

「だから何？　一般人をつけまわすって信じらんない！」

「タクシーが道を流してて知ったナンバーに出くわすのは珍しくない。しかも運転手は印象的な美男子。さらに助手席に派手な化粧の、見るからに十代前半の女の子」

親戚の子かも知れないじゃない、と言い返す葵の見解を村崎は斬って捨てた。

「コンビニでお泊まりセットを買ってあげていた。女の子は『初めての人にこんな優しくされて』とか言っていた。親戚じゃありえない」

嫌らしいのぞき魔ね、と吐き出したら、お互い様、と返されてまた言葉を失った。

「彼氏の住む辺りは駐停車に異様に厳しい。だからマンションの清掃スタッフが出勤する頃に退散した。で、スタッフが消えた後、女の子がコンビニで落としたピンクでフリルがぴらぴらのリボンをエントランスに置いた。それが次の朝までそのまんま。女の子は多分ずっと彼氏の部屋。中で二人で何していたかは調べられなかったけど」

黙り込む前でコーヒーが湯気を失った。男は同情のそぶりも見せずに淡々と続ける。

「俺はお客さんの勤務場所を知ってるけどそれ以上は詮索しないよ。やるのは彼氏の素行調査。欲しいのは報酬。とりあえず二週間で十万税込みでどう？　前金二万、成功報酬八万、経費は別途。契約するなら情報をもう一個サービスする。また女の子を引っぱり込むか週末に絞って張り込んで納得のいく画像を撮ってやるよ」

無言のまま話を聞くのは苛立たしい。だからどうでもいいことを聞いてみる。

「私がタクシー会社にクレーム入れるって考えなかった？」

「クレーム入れてもいいよ。未練はないから。話を持ちかけたのはね、張り込んだりカメラを構えたりしたいから。それだけだよ」

「ふうん、でもなんで私に？　もっとお金持ってそうな人もいるのに？」

黙り込むと頭がまわらないから質問をする。相手は唇の片側をつり上げる独特の表情で答える。金も欲しいけどそれ以上に張り込みのリハビリをしたい、いきなり芸能人に張りつく自信がない、割り切って取引に応じそうな女性だから声をかけた。

「電話番号も名前も聞かない。フリーアドレスひとつで連絡はできる」

そう言われて決心がついた。出せない額ではない。空振りでもあきらめはつく。

「じゃお願いする。電話番号を教えるから定期的に連絡をちょうだい」

「へえ、いきなり番号を教えるんだ？」

「連絡は迅速な方がいいもん。彼の名前は川瀬龍一。プロフィールは後で送る。可能なら朝峰岳志っていうカメラマンとの関係も調べて。あと彼の父親の出身地……、ええと白姫澤、だったかな。正式名称は後で。そこに工事の反対運動とか変なトラブルがなかったか知りたい。そのへんについてわかったら追加料金を交渉して」

「惚れ惚れするほど決断が早いね」

「何事も思い切りが勝負。ま、だめで元々と思ってるけどね」

「だめで元々って、面と向かって言われると傷つくね。考えようによっちゃ気楽か」

おどけた一言に葵は吹き出した。つられるように村崎も吹き出した。

「契約するなら情報をひとつおまけするって言ってなかった？」

「抜け目ないね。ほら、これ」

渡されたのはコピー用紙二枚と写真だった。一枚目にはコインロッカーの所在地と番号と暗証番号と日付、二枚目には住所が書かれている。写真に映るのは白い紙箱だ。

「何なのこの住所？　高級住宅街ね。あ、八丁目だから庶民か。四〇三号？　紙箱の絵は色鉛筆で描いたクチナシ？　日付？　コインロッカー番号？　意味わかんない」

「彼氏がその住所の集合ポストに手紙を入れた。この写真の箱を同封してね」

「プレゼントを郵送してたってこと？」

「郵送じゃない。彼氏が封筒を直接ここの郵便受けに入れていた」

「もしかして郵便受けから手紙を盗み出したってこと？」

「古いマンションでオートロックもポストのキーロックも防犯カメラもなかった。コピーした後はちゃんと元に戻したしポストを開ける時は近所のスーパーのチラシを一緒に配るふりをした」

「大したもんだわ。でもそれって犯罪じゃない」

「善良な市民として反感を持つなら情報は破棄するから返してくれ」

返したりはしない。それにしてもこの住所がひっかかる。誰か知り合いのものだっけ？　考え込んでいると村崎が、心当たりがある？　と聞いた。

「一丁目から四丁目ならお金持ちが多くてお客さんが結構いるんだ。でも八丁目の集合住宅ってインテリアコーディネーターを呼ぶ層じゃないからなあ」

「俺はこの日付に彼氏を張ってみるよ。当日、お客さんがここの住所を見張ってもいいんじゃない？　初心者の女性向きの張り込み方法を教えるよ」

「じゃ教えて。そうだ、あたし、自分でも村のことを調べる。朝峰岳志との繋がりが気になるもん。決めた！　次の休みに見に行ってみる！　捜査は足でするものだし」

捜査をするのは警察、俺達のはせいぜい調査、と村崎が混ぜっ返した。この男は軽口をたたいても余計なことは聞かない。その淡々とした空気は収支の聞き取りをする税理士を思わせた。怪しげなタクシー運転手なのに喋るのが楽だ。取り繕う必要もない。そこで龍一といる時、かなり緊張していたのだと初めて気がついた。

これでもやもやが晴れるのかな。女癖が悪かったら別れられるよね。そこまで考えて愕然（がくぜん）とする。別れたがってる？　あんなすてきな人と？　一緒にいれば胸がどきどきするのに？　帰路を辿りながらさらに考える。もし彼が清廉潔白なら安心するのかな、と。どんな結果でも別れられない？　無限に疑い続ける？　考えてぞっとする。ううん、くよくよ考えるのは自分らしくない。悩むくらいなら行動だよ。副業探偵に任せっ切りじゃなく自分でも探るんだ。あの村に行こう。静花を誘ってみよう。気合いを入れて背筋を伸ばし、葵は電車の改札を抜けて行った。

七　白姫澤　通雨

夕方、占い館を訪れた客は大きく盛り上がった胸に細いウエストの女だった。栗色の巻き髪が背中に揺れ、品の良い化粧が肌のきめ細かさを引き立てていた。

「初めての方？」とたずねると「近所の方々の紹介で」と艶のある声が返って来た。

女の小さな手に目を奪われる。ふっくらとした左薬指には銀の指輪、細い爪にはべっこうを模したエナメル。指の関節がしなしなと反る様子が氷室の仙女を思わせる。けれども退化した搔き平はみすぼらしい。

「どんな運命を知りたくていらしたのでしょうか？」

挨拶の後、前髪をかきあげて話しかけると女が恥じらいがちに目を伏せた。

ここの占い師は腕前より見た目を重視される。西洋蠟燭の揺れる暗がりで女客を見つめ、運命を告げるより悩みやら秘めごとやらを聞く。高級住宅街の一戸建てを改装して装飾過多な個室をいくつもこしらえた占い館、とは言っても実情は酒の出ない静かなホストクラブと呼ぶ方が適切だろう。

「赤ちゃんができるかどうか知りたいんです」

女が指を髪に絡め、おずおずと答えた。

「妊娠を望んでおられる？　それではご家族運も含めて視てみましょうか？」

「いえ、知りたいのは子供が持てるかだけ。その、結婚して六年が過ぎても……」

ならば不妊治療医かセックスカウンセラーの方が適任だ。けれどもここに来る客は理屈の通った答えなど求めてはいない。ただ話を聞いて欲しいだけ。そして非日常的な一室で優しく、あるいは色っぽく慰めて欲しいだけ。

白姫澤で幼い恋人と離されてから様々な職に手を染めた。今は株取引が主収入で衣食住に不自由はない。副業で手相見などするのは女客の手を眺めたいからだ。バーカウンターでシェイカーを振りながらグラスをつまむ女の指を見る夜もある。好ましいのは小振りな手。根元がふくよかで爪に向けて細まる指が良い。細長い指の今風の手は好みではないけれど現代風のきれいな手を見つけたら手のモデルとしてプロダクションに繋ぐ。占いの合間にお茶を淹れながら、終了時間をメッセージしておくと外を「偶然に」スカウトスタッフが通るのだ。女に高額な宣伝用の写真料や登録料を求める事務所とは手を組まない。うまく行けばプロダクションは商品を増やし、女にはハンドモデルというステイタスがつき、自分は紹介料を得る。誰も損をせず苦情にもならない取引だ。

目の前の女の手は自分好みだ。プロダクションが欲しがる骨格ではないけれど指関節のしなりやふっくらとした肉づきが例えようもないほど魅力的だ。

「それではお子様のご縁を探るため手相に触れさせてください」

甘くささやきながらアラベスク模様のレンズを持って女の手を取った。占いの能力などほとんどないから、手相で妊娠の見込みなどわかりはしない。出勤も週に一～二度なのに指名率も報酬も良いのは女達に好まれる容姿と甘くけだるい雰囲気があるからだ。

客の手に触れると肌をくるむ温気に妙に心がそそられた。気がつくと指を根元から撫で上げ、長い爪の内側を分け入るようにして爪裏の皮膚を探っていた。

「手相見のためにそんな場所も触るんですか？」

匂やかな美女が身体を強ばらせて少し手を引いた。

「不快だったらすみません。手相を見るより肌に触れて運命を感じたいので」

触れて感じる？　女が聞き返す。視覚よりも触覚に頼るんです、と応えてこぼれる前髪の陰から見つめると、初見の客は眉をひそめながらも手をあずけ続けてくれた。

現代風の化粧の下には細長い瞳と丸い頰の古典的な造り。夕方に来るのだから夫の帰りは遅く、多分、忙しすぎて子作りに非協力的。トートバッグには自然食品のパッケージ。裕福な住宅街に住み、高価な自然食材を買う階層だ。手の肌が吸いつくようになめらかだ。指の股を潤すのは女からにじみ出た皮脂だろうか。貧弱な搔き平になぜか心がぞよめいた。この肌を知っている。この指を自分の指が知っている。けれども何を知っているのかがつかめない。女が淡い吐息を漏らす。半開きの唇を抜けた空気の揺らぎに鼓膜が共鳴し、白姫澤で引き裂かれた少女の肌触りが呼びさまされた。

「繭実」理性がさえぎる間もなく、その名を呼んでいた。

「お兄ちゃん」西洋蠟燭の陰影の中、大人になったかつての恋人が呼び返した。

変わり果てた。それが嘘偽りのない印象だった。醜くなったのではない。誰もが「きれいになった」「色っぽくなった」と賞賛するはずだ。上品で清潔な色気。地価の高い住宅街になじむ身なり。成長した彼女の美貌に感嘆すると同時に疼痛（とうつう）が胸を刺した。

「お兄ちゃん、変わってないね」美しく変わり果てた女がつぶやいた。

「繭実はすっかり……」別人になって、と言いかけて言葉を飲み込んで、無難な賛辞を吐き出した。「大人になって、とても、きれいになった」と。

女が、ありがとう、と言う。それはきれいだと言われ馴れた大人の女の声だった。

鋭い頭痛がこめかみに走る。遠い昔、恋人の父親に殴打されて以来、時々、刺すような痛みに悩まされるようになった。ふいに起こることもあれば、驚愕や狼狽につれて襲われることもある。身に馴染んだ痛みだ。めまいと視野の暗転にも馴れてしまった。

痛むこめかみを指で押さえ、占いなど忘れて見つめあった。どちらからともなく指を絡めて頬をよせた時、ドアの外で呼び鈴がころころと鳴った。ここは凝った造りの占い館。古い呼び鈴が鳴らされて予約時間の終わりを告げるのだ。

「ごめんね。今日は延長できないんだよ」

指に頰ずりしながらの声は通常の客にかけるものと変わらなかった。また来てもいい？　と女は昔と同じ上目遣いで聞いた。いつ来てもいいよ、と応え、またあいたい、と返された時、では受付で次の予約を、と妙に事務的な言葉が口に出た。

立ち去る女の後ろ姿が哀しかった。現れたのは女の完成形。育ち切った女にひらこはは
えないだろう。爪には仙女にふさわしくない人工の色彩が盛られていた。懐かしさ、愛おしさより喪失感が広がり、自分の人差し指をかむと皮膚が破けて血を吹いた。それでもまた呼び鈴が鳴る。次の予約の客が来る。だから血を拭いてアスピリンを飲み下し、鏡で自分の姿を確かめて静かに個室のドアを開くのだった。

お互いに最初から失望していたのだと思う。けれども遠い昔の恋情を掘り起こすように誘い、多くの言葉を交わしもせず裸で抱きあうようになった。

何駅も離れた場所で待ちあわせて車で彼女を拾う。人目につく場には行けない。裕福な奥様と根無し草のような男に共通の話題などあるはずもない。映画を観ても、音楽を聴いても、感じること、話すことが悲しいほどに食い違う。気がつけば身体を貪りあっては思い出話をするだけの関係に成り下がっていた。

あの後、一年休学して、東京の女子大を出て結婚するまで弁護士秘書をしていて……。

それが彼女がかいつまんで話した過去だった。僕は株取引や講師の仕事をして占いは趣味の延長で……。そう語ったけれど少女と引き離された後は盛り場をうろつくヒモとして生きていた。祖父そっくりの端整な顔で酒など舐めていれば誰かが勝手に寄って来て住む場所も着るものも与えてくれた。相手は選ばなかった。女でもいいし男でもいい。年寄りでも若くてもかまわない。醜くても病んでいても金があって危害を加えなければ気にしない。やがて買い与えられたパソコンで株取引など始めたら生きて行ける程度の収入を得られるようになった。今でも年に一度は遠い公園墓地の合葬墓に白い花を供えに行く。ただそれだけの人生だ。

何を喋っても話はすぐに尽きる。育ち切った女の肉体は虚しくて物足りない。揺れる乳房や豊かな腰回りが哀しい。甘い女の匂いも、判で押したようなあえぎ声も疎ましい。女の胸は平な方がいい。桃色の乳首だけがぽっこりと盛り上がるくらいが良い。抱きしめても肉に指が沈まない固さと骨張った細さが懐かしい。

交合するたび深く突き挿れてしまうのは今も昔も同じ。けれども大人になった女は根元まで埋めても、お兄ちゃん、痛い、と泣いてはくれない。途中までしか呑み込んでもらえないもどかしさ、物足りなさはもう得られない。交わり切ることのできない切なさは仙女への憧憬と同種だと、失望の挙げ句に思い知った。

彼女を車から降ろした後は心が寂寞とする。憎いのではない。嫌ってもいない。ただ、切なく、苛立たしく、一人の車内で女が座っていた助手席のヘッドレストを拳で打ってしまうのだ。顔は正面に向けたまま何度も裏拳をたたきつける。女を殴りたいのではない。やるせないだけだ。今の彼女を見ても祖父は「氷室の仙女様のようだなあ」とは言わないだろう。「片手だけはこの爺にくれてけれや」とせがみはしないはずだ。

もう目をつぶっても拳を正確にヘッドレストに当てられる。かつて愛した女を殴ることになどなりませんように。二度と傷つけることなどありませんように。いつもそう願いながらずるずると約束の場所に向かうのだった。

白姫澤に行こうと思ったのは密会の場を与えられたことが引き金だったと思う。

「いつも車で遠くに行くのはめんどうじゃない？」大人の口調で彼女は言った。「東京の学校に進学する時に父が買ってくれたマンションがあるんだ。今は空いているから自由に使っていいの。でもお兄ちゃん、他の女を連れ込んじゃだめだからね」

そこまで甘える訳にはいかないとジゴロ時代の決まり文句を述べると女は言った。将来はここで教室を開きたいんだけど他人に貸したら使いたい時すぐ使えないもの。お家賃？　管理費と修繕積立金と固定資産税に相当する金額を払うっていう契約書を作らせて。あと私が「空けて」って言ったら二ヶ月以内に退出するって書いていいよね？　弁護士秘書をしていた頃、賃貸トラブルをいっぱい見たから慎重になっちゃうんだ。

楽々と彼女とあえることに心が馴染まない。一緒にいればいるほど白いほこりにも似た違和感がふわふわと蓄積する。容姿や環境が変わったから？　年月で恋心が風化したせい？　やはり自分は仙女に似た姿を求めていただけ？　そして考えた。氷室の仙女を見れば何かがわかるかも、彼女を求めながら疎む理由がつかめるのかも知れない、と。

朝早く出発して県境を越え草木に埋もれた集落をめざすと、見おぼえのある地蔵尊も食料品店もすすけた姿のままで建っていた。バス通りには雑草がはえ、バス停は錆び、村の所々に地滑りすら見て取れる。遠くを見渡しても人影も車影もない。誰かに見られてもかまわない。二度と踏み入るなと言われてから時間が過ぎ、人々は高齢になり、当時の記憶も薄れているはずだ。

白姫澤地区ですか？　あそこは県有地で誰もいませんで……。工事予定ですから立入り禁止じゃないですかねえ……。問い合わせた町役場の答えはそっけなかった。

辿り着いた廃村に鳥の声が響き、空の青さと山の緑の境界が曖昧に霞む。樹に絡まる蔦草がくるくると微風に揺らぐ。思い出すのはここで出会った幼女と赤ん坊のこと。掻き平に淡い斑紋のあるあおちゃんと、血管の透けるひらこの赤児はどうしているのだろう。大人になっても淡い薄皮をひらつかせているだろうか。もしかして大きな掻き平の赤ん坊を産み落としてはいないだろうか。

村に踏み入る前に周囲を見回す。どこからか覗かれる気持ちがしたからだ。幼女を傷つけた時も、幼い恋人と来た時も邪悪なまなざしに捉えられていた。あれ以来、何者かに見られる錯覚がつきまとう。

草を漕ぎながら向かった祖父の家はさらに傾き、戸板は苔だらけで、軒に蔓草が揺れていた。家の中には自分達が脱ぎ捨てた衣服や肌を交わした布団が黒くかびて崩れかけていた。見ても何も感じない。時間が経ちすぎていたからか。それとも少女の変容に比べたら些細な朽ち方だからなのか。

氷室への道は忘れてはいない。たった一度行っただけなのに道順が身体に焼きついている。草木を払うかずら鉈を持ち、村のはずれの奥屋敷を越え、棉糸川を辿り、山墓の脇を通る。草が茂っていても足先で探れば獣道の感触がわかる。何代にもわたって踏み続けられた硬さが土中にひっそりと宿っているからだ。

氷室を覆い隠す蔓草は今も木洩れ日に濡れていた。片側の崖にそそり立つ針葉樹林から山鳥の声が響く。風景も物音も、山の匂いも変わらない。持って来た鉈で垂れた蔓草を断ち、漆黒の穴を押し広げると、ひゅう、と氷室の空気が流れ出た。風の肌触りも、美しい黄泉に続く闇も記憶にあるものと変わっていない。

洞窟の中に踏み入ると湿った冷気に肌が歓喜した。ぬるめく岩肌の溝に指が馴染む。懐かしい。どんな人間の肌に触れてもこれほどしっくりとはこなかった。時の流れなどなかったかのようだ。自分は祖父にまとわりつく少年のままのような。でなければこの土地に居着いて大人になったかのような。

懐中電灯の揺らぎが濡れた岩の壁を舐めた。あちこちに開かれた洞の名前も、そこに保たれた氷の名前も全ておぼえている。少し奥に白姫の洞。その先に銀藻の洞、斜め左に練り華の洞、次に泡板の洞。そして最後の銀泥の洞の奥から最奥の白い、白い花園に向かうのだ。細い隧道を這って抜けるうち現世の時間が清らかな冷気に洗い流されるように思えた。辿り着く先は冬を閉じ込めたような花園。そこに立つのは祖父と過ごした時のままの自分。石灰石の滴下音が、ころん、ころん、と鉄琴に似た音を奏でている。ぽう、ぽう、と鼓を思わせる音も混じる。

ぬめる岩肌を照らすと仙女の姿が浮かび上がった。哀しくなるほど昔と変わらない。こけしを思わせる丸顔に細い瞳に平らな胸とやせた腰、搔き平の指がくねり続けている。時は過ぎた。祖父は死んで隣町の合葬墓に葬られた。自分は無為(むい)に年齢を重ね、愛した少女は妖艶な美女になり果て、村は草木に埋もれている。仙女と花々の清らかさ、その命脈の長さを想うとまた鋭い頭痛が貫いた。視界が揺らぎ、ことり、と電灯が地に転って光源が闇中の花畑を丸く、仄暗(ほのぐら)く照らし上げた。白く、ぬめぬめと咲く中に花々の途切れた一角ができていた。あれは何？　白い花は一面にびっしりと咲いていたはずなのに？　ひざまずいて凝視(ぎょうし)するとそこにほっそりとした人間が横たわっていた。彫りが深く整った顔にすらりとした手足。皮膚は花々と同化するかのように白く、髪はきらきらと輝く白銀だ。この顔を知っている。短い銀の髪に触れたことがある。閉じられたままぶたや銀のまつ毛を添い寝されながら眺めていた。長い手足に細長い鼻筋。自分とそっくりの物憂い顔立ち。

「爺ちゃん……」

呼ぶ声が震えていた。返事などあるはずもない。

「爺ちゃん、少しやせたんでねかや？　なしてまた、こんなとこで寝てたんだや？」

電灯が足に触れて転がって、祖父の横顔をくっきりと照らし上げた。にじり寄る手や膝の下で白い花々が、くしゃり、くしゃり、と倒れて、潰れて、ひしゃげていく。

「爺ちゃん……」

呼ぶ声が濡れた岩室に響く。手を触れた祖父の頬は冷気を吸ってひいやりとすべらかだった。屍蠟、という言葉を思い出す。湿潤で低温な氷室の中、祖父の身体は腐敗菌に侵されもせず生きたままの姿を保ち続けていたのだ。

「爺ちゃん、隣町の合葬墓さ入ったんでなかったのかや。いつからここにいたんだや。俺が公園墓地さ参った時もここにいたのかや。爺ちゃん、寒くはなかったかや」

震え声が水滴琴と絡んで和音を作る。祖父の顔の両脇に手をつくと触れた花が数本、崩れた。真上から祖父を眺めてみる。もっと皺深かったのではなかったかしら。もっと背の高い人ではなかったのかしら。そう見えたのは自分が子供だったからか。それとも屍蠟化によって皮膚の微細な窪みが消し去られたせいか。

祖父の細く固まった身体に手を回す。自分は大人になった。前はしがみついていた身体を今は抱きしめることができる。胸に引き寄せて、後頭部を撫でさすり、背中に腕をまわし、そこでひどく異質なものに手が触れた。

祖父の細い背中から垂直に生えている固いものは何だろう。この太く、無機質な器物は何だろう。

ひいやりと固まった肉体を抱えて背中を照らすと、突き立った黒々とした刃物が見て取れた。人体の柔らかみも植物のしなやかさもない、血も樹液も通わない、黒々としたそれは巨大な一本の鉈だった。かずら鉈と呼ばれる、枝や太い蔓を払いながら山を歩くためのいかつい刃物だ。特に白姫澤の衆が使うかずら鉈は鋭利で重量があり、先端が直角に曲がっている。これを背中に打ち込まれたら刃先が肋骨や内臓に喰い込んで自力で抜くことは不可能だろう。

「爺ちゃん、爺ちゃん、確かにここまで色が白こくなかったなや……」

喉から絞り出された声は幼い子供の涙声に似たものだった。

「背中から血がいっぱい出たから、色も白こくなったんだかなや……」

ぴちゃり、と小さな音がした。滴る地下水の音よりも低く、消え入りそうな音だった。滴は祖父の身体を濡らし続け、やがてそれが自分の涙だと知った。

「爺ちゃん、誰にやられたんだや、誰にこんな目にあわされたんだや……」

　抱きしめて頬ずりした後、倒した花を供え直したくて手に取った。そして花に触れるのは初めてと気がついた。

「花さ触ればいかん。人の体温で花は傷んでしまうからなや」

　祖父の声を耳元に思い出す。触れてしまった花はぬらぬらと冷たかった。葉も茎も根もない花だった。薄い花びらを張り巡らせる細い花脈の先端には丸い小さな人間の爪がついている。初めて見た時からそれが何なのか気づいていた。ただ、それは花なのだと、光を嫌う植物なのだと祖父が言っていた。だから自分も花と呼んでいた。

　氷室の奥に植えられて天に向かって開く白い花々。それは手首から切り落とされ、ひらこを花びら状に広げた女の手だった。小さな指と薄い皮を咲かせた肉の花だったのだ。

　手癖女を狩るのも氷室守りの役目でなや……。盗みを働いた娘さ氷鉈を……。教えられた言葉を思い出す。ぬるめく身体を強く抱くと、その皮膚を濡らす石灰水が自分の肌を湿らせた。真上のつらら石に螺旋状の溝がある。透明な浸潤水がくるくると溝を伝い慣性を保ったまま巻き落ちる。まるで石灰水でできた草の化け。この冷たい蔓草が身体の穴という穴の中に潜り入ったら心地良く死ねそうだ。花々の指も、にょろり、にょろり、と伸びて、くねって、草の化けになってくれそうだ。けれども情けないことに自分は生きている。氷室の寒気に細かな震えが止まらない。冷気をとらえる感覚が憎かった。

震える肉体が疎ましかった。
立ち去る前に倒れた花を供え直し、一輪だけ指が内側に曲がった花があることに気がついた。花びらを照らして見ると縮んだひらこの中にチョウの斑紋に似た丸く赤黒い模様が見て取れる。

「フミ子さん……」

自分の声がまた洞窟にこだました。

「爺ちゃんも花を作ろうとしたんだな。フミ子さんを花にしてあげたんだな。だったら俺も花をこしらえて供えるや。今度こそちゃんと供養をして俺が死ぬまで忘れないでいるからなや」

供える花はどこにあるのだろう。そうだ、あのひらこの少女達を捜せばいい。あの子達は今もひらこを残しているのだろうか。搔き平のはえた子を殖やしていないだろうか。花を摘みに行きたい。花を見つけて、摘んで、ここに供えて祖父を偲びたい。

「待っていてけれや……、爺ちゃん、待っててけれなや……」

懐かしい白姫澤の言葉。しっくりと喉や舌や唇に馴染む言語。最後に祖父の身体をもう一度、抱いた。冷たい肌に体温など移したくない。温めれば美しく固まった祖父が崩れてしまいそうだ。だから短い間だけ抱きしめて、銀髪の生え際を唇でなぞり、名残惜しさを振り切って白い花園に横たえた。

今度こそは忘れない。二度と死なせはしない。祖父の肉体の生命は尽き、少女は生きたままこの世から消え失せたけれど、花園に眠る祖父だけは生かし続けてやる。氷室守りの技は絶えたけれど、白い花園のこと、すらりとした立ち姿の氷室守りの末裔がいたことを記憶から消し去りはしない。

隧道の果てに外界に通じる穴がある。光に当たれば肌が痛いに違いない。山の薫香（くんこう）は厭わしいに違いない。歩くごとに空気が生温く変わる。入り口に忍び込む陽光が強くなる。光に満ちた現世で花を捜す。そのために清らかな冥界から歩み出すのだった。

白姫澤を訪れるたびに祖父の死骸を抱き、頬を唇でなぞり、銀の生え際を指で撫でた。村が植物に侵食され、数年後には村も山も全てが潰されて、埋められて、一本の太い道路になると聞いている。土に埋もれる前に祖父に花を供えたいのに花を摘める女を見つけ出すのは難しい。祖父は静かな横顔で「ユウ坊、無理はしなくていいからなや」とささやきかけているようにも思えたけれど。

あれはセミの声が衰え始める時期、雨雲がどろどろと空に流れる午後だった。白姫澤を訪ね、氷室に潜り、冷えきった身体で車に戻り、帰路についたら雨が降り始めた。

車外は雨滴に埋められて視界が灰色にけぶる。どこまでも続くような一本道で稲荷（いなり）神社の横に巨大な白い花を幻視した。思わずブレーキを踏んで見つめると花に見えたそれは白っぽい雨傘だった。停車して初めて気がついた。傘の下に紺のスカートと細い女の足が見えていることに。スニーカーと靴下は泥まみれでスカートは濡れそぼっている。

ウインドウを開けて声をかけたのは単なる親切心からだった。

「こんなところで、どうしたの？」

傘が少し傾いて長いお下げの少女が覗いた。田舎臭い顔だった。美しくもかわいらしくもなかったけれど頬の丸さと短く切った爪に目を奪われた。中学生くらいに見える娘は押し黙り、強まる雨にスカートを濡らし続けている。

「一人で歩いてるの？　バス通りまで乗って行く？」

恥じらうように目がそらされた。垢抜けない田舎娘も都会の男女も同じだ。自分が笑いかければ目を伏せ、頬を染め、何度か声をかければ気を許す。

「俺は雨に降られた母さんを迎えに行くからなや」意図的に方言を交えてみる。「携帯、持ってないのか？　乗るのが怖かったら家の人さ俺が電話をかけてやるや」

前髪をかきあげて微笑むと少女が警戒の色を消した。理科の観察日記を書きたくて山にカラスウリを見に行って、自転車がパンクしちゃって、傘を持ってるけど家まで遠くて。乗り込んだ少女は立ちつくしていた理由をそう述べた。切りそろえた前髪や赤い頬に雨粒が光る。スカートの裾や白いソックスが濡れている。乾いたタオルを渡すと受け取る指は小麦色。爪は薄桃色のままで何も塗られていない。

その指の根元にごく小さな掻き平を見つけた時、ぞくり、と背筋に震えが走った。手も指も黒く日焼けしているけれど薄皮だけは淡い桃色のままだ。切り取りたい衝動が突き上げる。いや、違う。それではいけない。手首から摘んで祖父に捧げるのだ。だから、まずは衝動を抑えて聞いてみる。

「家は遠いのかや？」

「家はこの先で曲がって橋の方さ入ってしばらく行ったところです」

「道順を教えてくれたら送るから」

「いいんですか？　うちは雄沢橋（おざわばし）の西のたもとですや」

この土地の訛を含ませてみたけれど雄沢橋など知りはしない。花模様のハンカチを握る指に淡い掻き平。この薄皮はこの先、大きく育つのだろうか。どこかにこの子を閉じこめて育てたら大きな花のような手を咲かせるのだろうか。

雨の中に信号機が見えた。通行人など誰もいない一本道で黄色が赤に変わり、反射的にブレーキを踏んだ。

「止まるんですかや？」助手席の少女が怪訝そうに聞いた。

「信号が赤になったからなや」

「めずらしい人だねえ。ここの信号で止まる人なんて初めて見たや」

「そうかな……」

「だって歩いてる人なんていないないし」疑惑が怯えに変わるのがわかる。「この道の赤信号で止まる人なんていないないし……、あの、わたし、降りる」

少女がドアに手をかけると黒革の上に掻き平の肌色が、ぱらり、と咲いた。

反射的にアクセルを踏み込んだ。同時に顔を前方に向けたまま左手を大きく半円形に振っていた。裏拳が助手席の少女の喉にめり込む。皮膚が深々と窪む感触。咽頭骨がひしゃげる振動。唇から漏れた音は、ぐぅ、とも、ひゅう、とも聞き取れた。

フロントガラスに透明な飛沫が飛ぶ。それは少女の唇から散った唾液だ。祖父と採ったネギの茎液に似たきらきらと粘る液だった。横目で見ると少女が白目を剝いていた。外には雨が降りしきる。道ばたに巨木がぞよめいて赤い前掛けの六地蔵が濡れている。

「地蔵さん、地蔵さん、道ばたの地蔵さん……」白姫澤の言葉で許しを乞う。「殺生ではないんだなや。爺ちゃんの供養のために花を摘むだけだからなや」

通り過ぎた石仏に語りながら自分のすることをつかみ取っていた。辺りには人影もなければ車も通らない。路肩に停車して少女の身体にまたがって、窪んだ喉の中央に両手の親指を当てて折り潰す。迷いなどなかった。左右の母指球がめりめりと少女の首に喰い込んで、ぼきり、と確かな振動を伝えた瞬間、脳髄が喜悦に痺れた。細い身体が彼の下で痙攣し、頭を潰された川魚のように、ぐにゃり、と全ての力が抜けてゆく。薄い胸元に耳を当てても心臓の鼓動は伝わらない。血色が消えて行く唇からヒルに似た舌がはみ出している。万一蘇生した時の用心に、両手、両脚を縛り、眠っているように見せるため白目を剝いた目を閉じさせて口もとを自分のジャケットで覆い隠す。大丈夫。この道を通る人間など滅多にいない。通り雨が弱まるのを待って路肩の泥をすくい、ナンバープレートにすりつけ、ドライブレコーダーを水に浸けて破壊する。

行き先を反転させて白姫澤に向かった。少女の身体を崩れかけた祖父の家に運び込んだ時、割れた雨雲から弱い夕陽が村を照らしていた。廃村に人はいない。自分を眺める目も感じられはしない。

祖父の家には砥石も水砥石から荒砥石までひと通り揃っているけれど、どれもがあまりにも古かった。小川の水を汲んで包丁を研いだけれど思い返してみれば焦り過ぎていた。刃の割れた包丁を古い研石で磨いても切れ味は戻るはずもない。鈍い刃先を少女の手首に当てて力任せに押すと、ぼろり、と手首が落ちた。斬るというよりは鈍重な刃物で潰し取ったと言っていい。それでも切り口に紅色がにじんだ時、悦びに全身が沸き立った。美しい花。無垢な花弁。真っ白ではないけれど氷室の冷気で白く冷たく変わるのではないかしら。けれども血肉の臭いは堪え難い。冷たく清らかになる前はこんなに生臭いものなのか。切り口の皮が縮んで赤い肉が盛り上がる様が醜い。指は内側に曲がり、まっすぐな花弁にはほど遠い。氷室で萎んでいたフミ子さんの花を思い出す。指を伸ばしたまま咲かせる技は祖父にも伝えられてはいなかったのではないかしら。

西の窓から差し込む夕陽の中、木の枝を削って指の添え木にした。暗がりが忍び入り、夜が訪れ、何も見えない漆黒の中で作業を止めて湿った座敷で朝を待った。疲労のせいか緊張のためか頭痛がおさまらない。常備するアスピリンを何錠も飲み下し、やっと寝ついて見た夢は花を供えられた祖父がまぶたを開いて微笑むものだった。

朝、花は添え木に沿ったまま咲いていた。切り口に盛り上がった肉は鉈でこそげ落とした。もう生臭い血がにじむこともなく、皮が丸まることもない。花を摘んだ後の身体は裸にして村はずれの泥井戸に捨てた。遠い昔に水が涸れ、土が流れ込んで泥が溜まり、投げ込まれたものをずぶずぶと沈ませて行く井戸だった。

けれども氷室に潜って花から添え木を外した時、重たい失望が押し寄せた。固まった花びらは内側に萎まなかったけれど、枝を結わえた紐跡がくっきりと残っていたのだ。氷室の花々はしなるように反り返って咲くのに新しい花はぎくしゃくとして不自然だ。この花ではいけない。こんな不格好な花は美しくない。

「気持ちだけでじゅうぶんだや。ユウ坊の心だけで俺は満足だや」

生きていれば祖父はそう言ってくれただろう。けれども祖父を忘れ去っていた自分は罪深い。せめて手向けに美しい花を供えたいのだ。

「爺ちゃん、待っててけれなや。そのうちきれいなお供えをするからなや」

眠る祖父を抱きしめてささやいた。石灰水がぽたぽたと落ち続け、新しい貧しい花の根元をも分け隔てなく濡らしていたけれど。

村を抜ける時、雨が古井戸を打っていた。花を咲かせていた身体は井戸の中。やがて泥中の微生物に溶かされて、土に混じり、村を侵す草の根に吸われるだろう。山肌を雨がけぶらせる。雨滴が土壌に沁みて氷室に浸潤し、祖父と花をも濡らす。離れていても雨が自分と祖父とを繋ぐのだ。雨が降り続ける。足跡もタイヤの跡も静かに消し去ってくれることだろう。

施錠された部屋に入り、小さな花畑を見るといつも哀しみに胸が塞がれる。都会の白い棺の中で花を咲かせても指が内側に曲がる。田舎で頻繁に花を捜すのは難しいから人の多い都会で花を摘むようになった。この一室を氷室に模してからずいぶん時が経った。切り取った花々を冷えた部屋に凍てさせて咲かせている。

あの夜、街に花摘みに出たのは薄桃色の掻き平が扇情的にひらひらと蠢いていたからだ。白姫澤の血を引く女は週末のドイツビール専門のバーにいた。「龍一さんの部屋に行きたいな」「遊びに行くのが楽しみ！」女のよく通る声が耳に届く。サワービールのオレンジ色に掻き平が白く映え、グラスの霜がひらこを伝って流れ落ちていた。

ふくよかな指の女。柔らかい指関節の女。淡い色素の散る掻き平が誘惑する。あの花を摘みたい。そして花畑に凍らせたい。でも今はまだ早い。もっと花作りに馴れてから。

できるならあの女にはひらこのはえた子を産み殖やしてもらいたい。

家に戻った後、堪え切れずに花摘みに出た。夜の街には摘みやすい花がいくらでも咲いている。あの夜、拾ったのは派手で野暮ったい家出娘だった。

「こんばんは」

声をかけると見上げた少女の小さな目に驚きが浮かんだ。見なれた反応だ。自分は女にも男にも好まれる甘い顔立ちと落ち着いた声を持っている。手順も口調もいつもと同じ。泊まる所がないならうちにおいで。いやらしいことはしない。だって家には奥さんがいるから。小さな目の娘だった。髪にくっつけた大きなピンクのリボンが田舎臭く、赤い口紅が幼い顔の中で浮いていた。指に掻き平はないけれどそこまでは期待していない。

「あたし、お金ないよ。泊めてくれるって言ってた人が来なくて」

お金なんていらない。何で声をかけたかって？　僕の奥さんが君くらいの頃、家を飛び出して街にいたら一晩泊めてくれた人がいたんだって。だから、その、何だか他人に見えなくて。穏やかな口調、家に妻がいるという嘘、捜せばどこかに転がっていそうな美談。これで家無しの少女はついて来る。コンビニエンスストアで簡単な夕食と歯ブラシと替えの下着など選ばせれば瞳に信頼が宿り、抵抗の心配は失せる。

少女と一緒にレジに並ぶ時、邪悪な目が自分を見つめる感覚にまたとらわれた。周囲に目を配っても誰も見てなどいない。ジャージ姿の若者やスナック菓子を捜す厚化粧の女、つまみを見繕うサラリーマン、缶コーヒーを買ってタクシーに戻る眉の太い運転手。どこの店にもいそうな深夜の客ばかりだ。

レジ袋を持って車に乗り込む時、少女の髪からフリルだらけのピンクのリボンが失せていることに気がついた。きれいな髪飾りがなくなってるよ。そう指摘したら、安物だから失くしてもいいよ、と持ち主は気にするそぶりも見せなかった。

少女は車の中でほとんど口をきかず繁華街の輝きが見えなくなる頃、無防備に眠り始めた。丸顔に小さな目の華奢な子だ。これまで何人もの少女に声をかけた。試作に多くは望まない。丸い頬に細い目に撫で肩であればいい。できれば爪に色彩など施していない方がいい。部屋に着いたとたん少女はソファで眠り込んでしまった。妻らしい女がいないことなど気にもしていないようだった。

「シャワーを使わなくていい？」たずねても寝息が続く。「悪いけど着替えさせるよ」

ささやきかけて両手を持ち上げる。目を閉じたままの少女の両手に分厚い作業手袋をかぶせる。熟睡した娘は目をさまさない。両手を縛り、両脚を固定し、さるぐつわを嚙ませた時に目を開けた。もう遅い。ここからは逃れられない。大丈夫、どんなに暴れても分厚い作業用手袋で包んだ両手だけは無傷に保たれる。びちびちと釣り上げた魚のようにのたうつからこめかみに手刀を打ち込んだ。細い肉体が力を失う。顔や胴体や脚は壊れてもいい。堅固な手袋に守られた両手だけが美しく保たれればいい。

次にバスルームに運び込む。ここなら出血しても失禁されても洗いやすい。首を絞めて頸骨を壊すと少女の全身が断末魔の痙攣にしなり、植物が萎(しお)れるように脱力した。切り取る前に除光液で爪を拭く。薄桃色に見えていても表面に薄い色が乗せられていることもあるのだから。今夜の娘の爪からも安っぽい赤色が少しだけ拭き取られた。これはきっと甘皮の隙間あたりに残されていたエナメルだ。

手を清めたら鋭利な医療用メスを手首に差し入れて五弁の花を切り落とす。花の根元に血がにじみ咲く瞬間が何よりも好きだ。花から赤味が失せ、肌が可憐な白色に変わる様が美しい。肌も花も白ければ白いほど良い。皮膚の下に血など流れない方が愛おしい。温かいよりは冷たい方が好ましい。

花を摘んだ後の身体も大小のメスで分解する。下手な包丁よりこの方が骨や腱を切断するのに適しているのだ。切り分けた部位は巨大な冷凍庫で保存する。腐敗させてはいけない。凍結して運びやすくして廃村の古井戸に捨てるのだ。泥井戸の中で肉も骨も土に呑まれ、やがて村を潰す重機で地層と攪拌(かくはん)されるに違いない。

摘み取った花は白い棺の中で凍らせる。街で摘んだ花にはひらこがなく、どれほど急激に凍てつかせても花びらが内側に丸くしぼむ。指の伸筋よりも屈筋の方が強いからと知っても納得できない。萎むのはきっと血筋のせい。白姫澤の血を引くひらこ女なら、ぴんと花びらの張った清らかな花を咲かせるに違いない。

　やっと見つけたひらこの女達。ゆっくりと近づいた。少しずつ側に寄り添って行く。やがて美しく咲かせられるに違いない。くすくすと彼は笑う。最も愛おしいのは赤い花脈のひらこ。遠くから見つめるだけでは耐えられず、コデマリやサンザシが白く咲きこぼれる頃に彼女の家を訪れた。間違えた荷物を渡すふりをして彼女の掻き平に触れた時のなまめいた感触を忘れてはいない。薄く大きなひらこだった。柔らかい触れ心地だった。水仕事をしていたのだろうか。薄皮は悩ましく湿って冷えていた。自分の指紋と女の皮に生じたあえかな摩擦を思い出すと今も身体がほてる。

　あや、ほそこいゆびこだなや……、あや、うすこいひらこだなや……

　あや、しろこいゆびこだなや……、あや、やわこいひらこだなや……

　こんな時はいつも低い声で唄う。懐かしい調べが人工の氷室の冷気に重なる。いつかきれいな花を摘む。祖父に供え、仙女に捧げる。村が消える前に、自分の命が果てる前に。ただそれだけが願いなのだ。

八　白姫澤　新緑

辿り着いた温泉宿は銭湯に宿泊施設がついた程度の建物だった。案内された客室の粗末さに静花は絶句し、葵は、雨漏りしそう、ろくに掃除してない、と文句を連ねている。ひいお婆ちゃんの故郷に行こうと葵に誘われた。こんなことを思いつくのは交際相手の影響に違いない。「彼氏と行って」と断ったら「下見につきあって」と頼まれ、拒んだつもりが「涼しい場所だから」「費用も運転も全部まかせて」と押し切られていた。

恋人との旅行になぜ下見までするのか。どうしてそんな構えたつきあい方をするのか。ずいぶん良さそうな相手なのに。いや、逆に良すぎる気がしないでもない。文句なしに好条件の男性が婚歴も養育費の支払い義務もなくいられるものだろうか。いつもそう思い、葵の幸運を妬んでいるのかも、と考えをやめる。

それにしても宿のみすぼらしさは想像をこえていた。客室と廊下を隔てるのは襖(ふすま)一枚で鍵もついてない。帳場に貴重品を預けに行ったら禿頭(はげあたま)の主人は驚いた顔で言った。

「財布を預ける？　ほおほお、珍しい人もいるんですなあ」

　さらに、夜に冷えたら勝手に隣の部屋の布団を使ってけれ、とも言ってのけた。まだ陽は高くても近場に見る場所もない。暇を持て余して宿の隣の古ぼけた食料品店に入ってみてもろくに商品がなかった。店番もいない。壁には破れた蚊取り線香のポスター、レジ台には巨大な電卓、ほこりだらけの棚に缶詰と石鹼が隣り合わせに置かれている。

「白姫澤から一番近い宿だったから。こんな所だとは思わなくて、ごめん」と葵が珍しく神妙に謝るから「温泉に入って明日、村を見て帰ればいいよ」と慰めた。

　通電していないアイスクリームケースを見つけた葵が驚きの声をあげている。しおらしい反省はすぐに消し飛んでしまったようだ。

「こんな古いショーケース残ってるんだ。この琺瑯の看板も骨董品だよ」

「葵ちゃん、あの……、そんな声を出したらお店の人に聞こえるよ」

「多分、誰もいないよ。もしかしたら廃業してるのかな」

　時が止まった風情の店内を眺め回すうち、レジ脇に積まれたほこりまみれの化粧品に目が行った。古びた化粧水や乳液に混じっているのは見おぼえのある紙箱とスクリュー缶だ。吸い寄せられるように側に行き、手に取った。黒く変色した紙ぶたにうっすらとクチナシの線画が見て取れる。「肌をさらさらに」と書かれた古めかしい書体も目になじんだものだ。これはあの涼しい目もとの男が贈ってくれたもの。いや、同じ製品だけれどあれより古い。鼻に近づけると紙箱から劣化した和ハッカの匂いがゆるく漂って来考える間もなく声が出た。葵が、いきなり大声あげないでよ、と身をすくめている。

「すみません！　ごめんください！　お願いします！」

誰も出て来ない。住居を目隠しするのれんは破れかけて黒ずみ、辛うじてそこに『スズ屋食料品』の文字が読み取れた。

「ごめんください！　お願いします！」対応を求める声が高くなる。「買い物をしたいんです！　誰もいらっしゃらないんでしょうか！」

「ちょっと静花！　声、大きい！　誰も出て来ないってば。どうしたのよ？」

肩を押さえられて我に返った。葵が不思議そうに手もとを覗き込んでいる。

「いきなり大声出すからびっくりしたよ。って言うか何それ？　その汚い箱が欲しいわけ？　やだ、すごく古くない？　やめときなよ」

何か答えようとしたけれど喉が、ひゅう、と鳴っただけだった。自分はそれほど大きな声を出していたのか。気がつくと紙箱と缶を持った手が汗ばんでいる。

「後でまた来よう。同じのを他で売ってるかも知れないし」

取りなされ、しかたなく手放してそこを出た。外に出ても気持ちが古びた店の中に残る。あのパウダーと軟膏が家から追いかけて来たかのようだ。違う。追いかけて来たのではない。きっと贈り主はこの近辺であの品々を入手したのだ。近づいている。あの笹の葉形の目の人に自分は今、歩みよっているのだ。

少し早いけど温泉に行こうよ、と葵が屈託ない声で誘う。断る理由もないからうなずいた。宿の帳場でこの食料品店の営業時間をたずねてみようと考えながら。


宿の温泉には数人の客がいて地元言葉で何やら喋り交わしていた。泉質は悪くなさそうだけれどタイルは割れて鏡は石鹸滓(かす)で曇り、しっくい壁は黴で黒ずんでいる。

強引に静花を誘って悪かったな、と葵は本気で後悔していた。同時に彼と一緒じゃなくて良かった、と安堵もしている。この宿は薄気味悪い。部屋は古くて湿っぽくてネズミか幽霊が出そうだ。帳場の主人はどんよりと陰気だし隣の食料品店などレトロを通り越して廃墟じみている。しかも薄暗い店内であの静花が大声を上げ始めたのだ。おとなしい彼女があんなヒステリックな声を出すなんて。良く言えば繊細、悪く言えば神経質ないとこが黴臭い空気に当てられておかしくなったとしか思えない。

さっさと退散しよう、捜査はプロに任せておこう、と考えながら身体を流し、葦簀(よしず)の向こうの露天風呂へと向かい、今度は自分が悲鳴じみた大声を上げることになった。

「やだあ！　何よ、この露天風呂！　気持ち悪いっ！」

タオルを巻いたまま屋内浴場に逃げ戻ると客達の視線が集まっていた。静花は浴槽に浸かりかけたまま恥ずかしそうに目を伏せている。

「露天風呂に葉っぱや虫の死骸がびっしりですよ！　信じられない！」

必死で訴えたのに風呂場にいた年配の女達はいっせいに笑っただけだった。

「お嬢さん、ここの露天は入るもんじゃないよ」

「掃除してないから湯の底は泥でぬるぬるだからなあ」

「観光サイトに露天ありますって書いてたのに！　誇大広告じゃないですか！」

全員が七十歳以上らしい入浴客達が口々に喋り始めた。今じゃ露天は泥溜まりで……。ぼんくら息子が継いで寂れる一方で……。じきに潰れるのが目に見えてるや……。

語尾を引く訛の声の中、ふくよかな老女が声をかけて来た。

「あんたさん達、見ない顔だけどどっから来たのかや？」

「東京から来ました。露天風呂が目当てだったのに！」

「せっかく来たのに気の毒だねえ。良い露天だったのは何十年も前のことでな」

「白姫池と繋がる色白の湯だから山を越えて来る者もいたのになあ」

「残念！　来るのが遅すぎた！　でも今はどこの宿泊施設も経営が厳しいですもんね」

地元人と喋るのも旅の醍醐味(だいごみ)なのに静花は黙り込んでいる。馴れ馴れしくしたら嫌がられない？　引っ込み思案の考えはそんなところだろう。

「ぼんくら息子の嫁が逃げてから傾いてなあ。あれだけ惚れて山から娶(めと)ったのに」

「嫁のフミ子は顔は大したためごかったが何かといびられたから」

「山の実家さ戻ってばっさり手を切られたんだとよ。怖い怖い」

「お気の毒に！　実家と習慣が違うと大変ですから」微妙な話題に静花は無言だけれど自分は遠慮しない。「だからってお風呂が寂れたら皆さんが困りますよね！」

女達が近くにバイパスが通るとか、ぼんくら息子が道の駅に雇われる予定だとかと口々に教えた。あんたさん達、女二人かね？　旦那さんは？　と話の矛先が向いた。両方ともいい歳して独身で、と軽く応じたら、この宿屋の嫁になったらどうかね、と返され、ぼんくらの嫁はかんべん、とおどけた言い方をして周囲を笑わせた。

都会では嫁入りが遅いってねえ……。年取って一人は寂しいよ……。早く亭主と子供をこさえて……。都会でも田舎でも既婚の女は同じことを言う。あいづちと愛想笑いで盛り上げていたら九十歳はすぎているやせこけた老女がもっそりと口を挟んだ。

「年寄りになって一人だと誑かされる。稚児に狂って一つ目の鬼になったらいかん」

「え？　何ですかそれ？　そういう怖い話があるんですか？」

「いやいや、単なるものの例えで」隣にいた丸顔の女が方言にそぐわない早口で遮った。

「カズエさん、ろくでもない話をして」別の老女が湯を肩にかけながら言う。

「で、あんたさん達、いつまでいるのかね？」白髪を短く刈った女が聞いて来た。

「明日までです。白姫澤の辺りを見てから帰ります」

言ったとたん周囲が沈黙した。湯口から落ちる湯の音だけがやけに高く響き、静花が気味悪そうに身をすくめた。あんたさん達、なんであの村に？　今さら何を？　とにぎやかだった女達が遠慮がちに聞いて来る。

「曽祖母が住んでたんです。もう亡くなったけど懐かしくて来ちゃいました」

「あそこは誰も住まなくなって長いし、もう工事で埋められてるや」

「もう埋められてるんですか？　じゃ通り過ぎるだけかな」

危ないからやめときなさい。ならず者でもいたら大変だ。女達が口々に制止し始めた。部屋に鍵もない。受付で貴重品を預かる習慣もない。この土地でならず者などと言われても違和感しかない。

「土地の者は悪さもしないが」太った初老の女がさとすように言う。「山にはあちこちから工事業者が来てどんな者がいるかわかったもんじゃない」

「草の化けが出るや」カズエさんと呼ばれた老女がまた口を挟む。「人の住まない家に生えた草が人の身体に蔓を突っ込んでな、汁を吸って人を鬼に変えて……」

「カズエさん、変な話はやめてけれや。都会の人がびっくりしてる！」

丸顔の女がたしなめたけれど、老女は止めようとしない。

「鬼になると成仏できずにはっか地獄に引かれるよ」

「はっか地獄って何ですか？」

昔話に興味はない。特に怪談の類いは苦手だ。奇妙な空気を無視して聞くのは恋人から白姫澤の暗い歴史を教えられたからだ。

「はっか地獄はな、雪に打たれて凍らされる地獄で氷を切る者が堕ちる」

「氷を切る者？　かなりピンポイントの地獄ですね。具体的にどんな罪を……」

たずねる言葉を湯に浸かった女達が遮った。氷の話なんて湯冷めするからやめなさいね。カズエさん、長く入ってるとのぼせるよ。そろそろスズ屋の本宅に戻らんと孫がぐうたらして。女達が早口になる中、隣から不自然に甲高い声が張り上げられた。

「スズ屋ってスズ屋食料品ですか？　ここの隣のお店の？」

誰の声か一瞬、わからなかった。少し間をおいて静花が発したものだと知覚した。喋っていた地元の女達も突然の声に驚いて黙り込んでいる。

「スズ屋の方ですか？　突然ですみません。そちらでお買い物をしたいんです」

静花が身を乗り出している。こんなはきはきとした声の女ではないのに。カズエ婆さんを見る目が光っている。何かがおかしい。見なれたおとなしいいとこではない。

「明日、お買い物にうかがいます。何時からお店は開いていますか？」

さっき彼女がつかんでいた黒く汚れた紙箱を思い出した。そう言えばあれを見てからいとこの様子が変わったのだ。

「スズ屋はとっくに廃業してな」カズエ婆さんではない別の女が応えた。

「隣はもう店屋でなく物置だ」白髪頭のやせた女も口を添えた。

「スズ屋の品物を買いたいんです。ちょっとだけ店を開けてください」

店はやってないよ。スズ屋のは古くて使えん。女達が言っても静花は引き下がらない。

「欲しい商品があるんです。売っていただけないならせめてどこか他で買えるのか、でなかったらどこで製造されているのか教えてください。お願いします」

いとこのこの変わりようは何？　初めての人達の前でこんな喋るタイプじゃないよね？　それもこんな強引に。妙に声は大きいし、目がすわっちゃってるし。

何が欲しいのかね、と食料店の老女がもそもそとした声を出した。

「レジの横にあるベビーパウダーとクチナシの軟膏を」古くてもかまいません」

「ああ、あの積み品か。もう売り物にならないから好きに持って行けや。捨てるだけ手間だから代金はいらん。店に鍵はかけてないから勝手に入って取ってけれ」

「ありがとうございます。お言葉に甘えさせていただきます。それから製造元がわかるなら教えていただけませんか。お願いします」

「あれはあちこちの母さんが勝手にこしらえてるものでな、元々はキカラスウリと手癖の村の粉ハッカと……」

「ここいらの家で昔っから作ってたもんでなや」一人の女が横から口を挟む。

「農協が容れ物を作ったが商品化できずに手を引いて」別の老女がつないだ。

「家用に好きにこしらえて余ったのを駅の無人販売所や野菜市場に置くのよ。どこでもあるから新しいの捜したらいい」丸顔の女が締めくくるように言った。

カズエ婆さんがもそもそと何かを言っているけれど、周囲が天気やら息子の愚痴やらを喋り始めて聞こえない。不自然な空気に挟む言葉を失った。湯あたりするよ、そろそろ上がった方がいいや、と女達がカズエ婆さんに話しかけている。気がつくと静花が妙にくっきりとした笑みを浮かべて湯に浸かっていた。濡れて光る瞳がなまめかしい。こんな目つきをする女ではなかったはずなのに。

この宿は本当に変だ。社交家の自分が無言を強いられている。物静かなはずのいとこは奇怪な気に当てられていく。長居はしたくない。白姫澤なんかもうどうでもいい。早々に立ち去ろう。白い湯気の中で葵はそう考え始めていた。

まだ外が明るいけれどやることもないから葵と向きあって夕食の膳についた。和室の食堂で蚊取りマットの甘い臭いが料理の香りを消している。目の前に並べられているのは郷土料理というより田舎の垢抜けない家庭料理だ。

温泉の後、隣のスズ屋に行ってパウダーとクチナシ軟膏を持って来た。店には誰もいなかった。ほこりだらけの品でもめぐりあえて嬉しい。手に取って鼻をよせて香りを確かめた。湿っていても懐かしい匂い。容器を頬にあてると肌触りが心地良い。

「静花、やめなよ。いくら古くても誰もいない所から持って行くのはまずいよ」

葵が止めるから、だって持って行っていいって言われたもの、と笑って言い返した。

あの時、陽気ないとこの目に走ったのは怯えだったのではないかしら。

「こんばんは。お姉さん二人はこの辺の人じゃないんですかな？」

隣の膳に座った男が遠慮がちに声をかけて来た。かすかな訛はあっても共通語に近い。

二人連れで片方は小太りで四十代後半。もう一人は二十歳そこそこのやせた青年だ。

「こんばんは。あたし達、旅行で来たんです」

葵が愛想良く返す。話しかけられれば笑顔で応じるのは彼女の習性だ。

出張でたまに来るけど旅行者を見るのは初めてだなあ、と中年の男は少し嬉しそうだ。

お仕事で来たんですか？ 建設会社の地質調査で泊まりがけ。もしかしてバイパス工事？ え、なんで知ってるの？ さくさくと話が続く。まあ一杯どうぞ、とビール瓶を差し出され、いただきます、と葵がグラスを差し出した。ためらっていると、静花もいただいちゃいなよ、と促されて酒をつがせた。出張で都会の女の人と飲めるなんて役得だなあ、と小太りの男が頭の汗を拭いて笑う。若い男は年上の女達になど興味も示さず黙々とビールを飲んでいる。

「白姫澤に行きたかったのに工事で埋められてるって聞いてがっかりしてるんです」

「まさか、まだ工事はそこまで進んでないよ」

風呂の女達はもう埋められていると言っていたのに？

「あそこは観るものもないしなあ。おい、お前、何かしゃれた場所を知らないか？」

上司らしい男が黙り込んだままの若い男に話をふった。

「え、観光？　白姫澤なら花嫁衣装や花絵巻がある資料館とか？」

「資料館？　花絵巻？　何それ、それおもしろそう！　見に行く！」

「いやいや」小太りの男が打ち消した。「あれは資料館じゃなくガラクタ置き場」

「そっか、でもせっかく来たんだし行ってみようかな。明日は開館してますよね？」

「役場の隣の汚いプレハブだけど」料理を平らげた若い男が答えた。「鍵もないから勝手に入れますよねえ、次長。都会の古民家カフェに置けそうなものもあるかも」

「おい、だめだ。あれは人を呼ぶ場所じゃない！」

上司が声を高めたけれど葵は古民家カフェに喰いついた。

「村役場の隣ですね。絵巻物や花嫁衣装だって！　よし、行ってみようか？」

突然に聞かれたから、じゃ行く、と小さく答えてまた黙り込んだ。

中はガラクタばっかりだよ、汚い場所だから、と次長が止め、その言い方に若い男が不満そうな表情を浮かべた。

「あたし達、温泉がしょぼくてすごく落ち込んでたんですよ。何でだめなんですか？　資料館くらい行きたいなあ。せっかくお休みを取って遠くから来たのに」

しょげた声を出して酒をつぐと次長が困り果てた顔でぽろりと口にした。

「まいったなあ。あそこはね、本当はあっちゃいけない場所だから」

あっちゃいけないって何？　と葵がたずね、側で若い男が、公金流用とか違法建築とかじゃないですよね？　と身を乗り出した。

「持って来ちゃいけないものが詰まって」次長が渋々と口にした。「中は白姫澤の民家の古い道具類。実は家屋敷を買い上げる時、家屋に立ち入らないって禁止事項が契約書内にあってな。古い家に見られたくないものが詰まってるって珍しくないし。なのに本庁から左遷されて来た自称郷土研究家がさ、契約書の禁止事項を見もせずに空き家からかき集めて来てな」

「あっちゃいけない場所ってそういう意味だったんですね」

葵がほっとした声を漏らし、誰も教えないから俺は知りませんでしたよ、と若い男がぼやいた。

「工事のどさくさで処分するつもりだけどさ、ばれて今さら騒がれたら大変なんだよ。あそこは土地の買い取りが長引いてお蔵入りになりかけた場所だっただろ？　災厄で村民が死んで禁忌、いや禁止事項つきでやっと用地交渉がまとまって」

「災厄？　禁忌？　何それ？　何かいわくがあるの？」

「俺も入社して四ヶ月だし事情があるなら教えてくださいよ」

両側から催促された次長は苦り切り、それでも酔いの勢いで話し始めた。

「他で言わないでよ」葵に念を押し、部下に向かって小声で言う。「文化財や遺跡ってのは死ぬほどやっかいだからおぼえとけ。現場に遺跡が出たら見なかったことにして埋めろ。文化庁が出て来て工事がストップしたら向こう三年ボーナス減だからな」

話によると限界集落だった白姫澤に道路工事の話が持ち上がったのは数十年前。住人達が売却を拒否して進捗（しんちょく）停止したものの、高齢の村民が亡くなるたびに遺族が二束三文で土地を手放して県有地が増えて行った。

「計画道路が数十年単位で保留されるなんて珍しくもない。いずれ村も無人になる、と放置してたら村民が一晩で死んで県外の親族が一気に土地を売った」

「住民が一晩で死んだ？」部下と葵が異口同音に聞き次長は少し得意な顔をした。

「風邪だかインフルエンザだかでな。吹雪で道路は埋まって医者もお手上げだったとかで。その後、村で殺しあいがあったとか村八分にされた者の呪いだとか噂が立って」

怖い、信じられない、と葵がおおげさに怖がるたびに次長の口が軽くなって行く。

「昔、あの辺りに用地交渉に行った職員は座敷に上げられて大酒飲まされて村八分とか手切れ女とか変な話をずいぶん聞かされたって。レジャーもないから村八分の者をいたぶるのが娯楽だったらしい」

今も昔も学校のいじめと同じ原理ですね、と部下が応じ、次長が話を続けた。

「はやり風邪の前も男前の爺さんが村八分にされてたらしいぞ。村の子供に悪さしたとかで、子供が親に引き取られた後に村中で制裁を加えたらしい。村民が大量に死んだのも実はその爺さんが逆切れして虐殺したとかしないとか」

「あの……」男がビールに口をつけた沈黙に思い切って聞いてみる。「さっきおっしゃっていた手切れ女って何ですか？」

「大昔、手癖が悪くて仕事先をくびにされた女の子がいたんだって。村に戻された子の手を見せしめに鉈で斬って塩漬けにして神様に捧げたって伝説があってさ」

「なにそれ、いやだ！　気持ち悪い！」

「何だよ、お姉さん、聞きたがるから教えたのに」

「うん、確かにその通り。でも予想以上に怖くて鳥肌立っちゃった」

資料館に行くと幽霊が出るかも知れないぞ、と次長が脅す。怖いから行くのやめようかな、と葵が応じ、そのままお天気だとかテレビドラマだとか他愛もない話に流れを変え、柱時計が八時を指す頃「じゃ、おやすみなさい」と静花を促して腰を上げた。

「静花さ、もっと愛想よくできない？　恥じらってかわいい歳でもないんだし」

軋る階段を上がりながら葵が小言を漏らした。

「だって初めての人達だし、他にお客もいないし、部屋に鍵もないし……」

襲われるわけないでしょ、と言い返されて沈黙する。初対面の人は苦手だから疲れた。

けれどもスズ屋で手に入れた品々を思い出すと嬉しさがふつふつとこみ上げる。

「ねえ葵ちゃん、資料館があって嬉しいね。来て良かったね。明日が楽しみだな」

「あんな怖そうな所に行きたい？」

「行きたくない？　なんで？　せっかくここまで来たのに？」

「静花が行きたいなら行くけどさ……」

歯切れが悪い。元気な葵らしくない。自分から張り切って誘ったのに。時々、彼女の目によぎる陰は何？　私を見て怖がっているの？

それでもスズ屋での収穫に高ぶりが抑えられない。偶然のように見つかったパウダーと軟膏。これはもしかして運命？　この土地に引き寄せられたの？　気持ちが高揚する。明日への期待につい微笑んでしまう。葵がまた怪訝な顔で見つめているから、どうしたの？　とたずねたら、何でもないよ、と目を逸らされた。部屋の古さはもうどうでもいい。湿った布団も黄ばんだ枕カバーも気にならない。横になった枕元に紙箱と缶を置いて指で撫でる。淡い香りが高ぶりと混じりあって陶酔に誘う。葵が気味悪そうな顔をして見ているけれど気にしない。一言、お休みなさい、と言って目を閉じ、そのままなま暖かい眠りに入って行った。

資料館なんか来たくなかった、と葵は思う。夕べの手切れ女の話が気味悪い。龍一に聞いた話と重なって寒気がする。掻き平に食物を隠して盗む娘がいた？　村に戻されて制裁を受けた？　来るんじゃなかった。プロの村崎さんに任せておけば良かった。もう帰りたいのに静花が妙に行きたがる。強引に旅行に誘った立場上、来ないわけにはいかなかったのだ。

「白姫澤資料館」と手書きの紙が貼られたプレハブ小屋は濃い緑の山々に囲まれていた。役場の隣と言っても徒歩で十分以上はあるだろう。鍵はない。外は植物が吐く湿度と陽光で心地良いのに、中は暗くて手垢のしみた木材と饐えた布の臭いがこもっている。よく泥棒が入らないよね。盗まれるものなんてないんだよ。二人の声が屋根材が剝き出しの天井にこだました。壁には雨が染み、ちらつく蛍光灯には羽虫の死骸、窓はクモの巣だらけだ。ここも気味が悪い。宿や食料品店と同じように古くて薄暗くて黴臭い。

さっと見て帰ろうよ、と声をあげると大きめのバッグを肩にかけた静花が、せっかく来たのにじっくり観ないの？　と、不思議そうに聞いた。急に乗り気になったのはなぜだろう。昨夜、彼女は枕元に汚い紙箱と缶を置いて撫でていた。うっとりとした目つきだった。スズ屋や風呂場でヒステリックな声を出した時とよく似た憑かれたような笑顔を浮かべていた。こんな所に来るんじゃなかった、とまた後悔する。

「大したものもなさそうじゃない。静花は右から見てよ、あたしは左から見るから」

「別々に見る？　暗くて怖いよ。一緒にまわらない？」

「しょうがないなあ、静花は恐がりなんだから」

いとこの臆病さにほっとした。変に積極的になられると接し方がわからないのだ。

片隅に野良着や晴れ着を着せられた古いマネキンが立っていた。鼻の欠けた人形が振り袖を羽織った姿はことさら怖い。十二畳ほどのプレハブの中央にはガラスケースがあり、中に変色した和綴じ本が開かれていた。細かい文字は暗すぎて見えない。明るかったとしても崩された文字は素人には読めないだろう。

「何も読めないよ！　懐中電灯でも持ってくれば良かった！」

「葵ちゃん、私、車に戻って持って来ようか？」

「いいよ、わざわざ持って来るのもめんどうじゃない。それにしてもほこりっぽくて陰気だなあ。物置って言ったのは取り消してお化け屋敷って言い直す！」

「うん、確かにお化け屋敷……」

壁際には雑多な民具が積まれて虎縄で仕切られている。やみくもに収集して扱いに困ったのだろう。天井付近の小窓をカラスがよぎり、光の揺らぎに何かが鈍く輝いた。反射光を乱していたのは小さな銀の缶だ。破れたラベルに『山梔子軟膏』の文字が見える。『家庭用常備薬』と書かれた箱の上には『薄荷天花粉』と書かれた紙箱もある。それらの上に静花が、ゆらり、と手を伸ばし、掻き平のひらつく指で汚れ果てた缶に触れ、さわさわと表面を撫で始めた。

「静花、展示品に触っちゃだめ！　手が汚れるよ！」

制止する声にいとこがゆっくりとこちらを振り向いた。顔にくっきりとした笑いが浮かび、見つめる瞳が濡れている。またこの顔だ。食料品店で大声を上げた時、温泉で老女に詰め寄った時、彼女はこれと同じ得体の知れない表情を見せていた。

「あのさ、触るのやめようよ……」自分の声が力ない。

「つい触っちゃった。もうしない」静花がいつもの控え目な声で返す。

美術館勤務の人間が展示品を素手で触るなんて。しかも几帳面と真面目が取り柄のような女が。違和感から遠ざかるように和綴じ本や写真の並んだ中央のガラスケースに足を進める。神社の前に十数人の老人が並ぶ大きなカラー写真が目立つ。「白姫澤郷　俵祭り」と手書き文が添えられている。法被や浴衣を着る者はなく男性はランニングシャツか半袖シャツ、数人の女性はゆったりしたワンピース姿だ。

「これ、アッパッパっていう昔の女性服だね」

音もなく側に寄って来た静花の声に身体が、ひくり、と縮み上がった。

「うちの美術館でね、『写真で見る昭和ファッション史』ってやってたんだ」低い声の中に高揚とも凄みとも取れる何かが潜んでいた。「このゆったりしたワンピース、清涼服って呼ばれた夏服。昭和前期に流行したけどこの辺ではもっと後まで着てたんだね」

なぜか返事が出て来ない。お喋りが好きなのに。ひそひそと話すいとこの声に竦んで声も出て来ない。

静花が指を写真にかざしながら舐めるように見つめている。赤い血管の透ける掻き平で写真の一部を隠しているようだ。視線の先にはとても整った顔立ちの老人が映っている。彫り深い面差しに涼しげな目もと。年齢は六十五歳より下ではないだろう。写真はずいぶん色褪せている。保存状態も悪く、細部が不明瞭だ。どこかで見た顔だ。けれどもどこで見たのかわからない。いとこが写真にかざす手の位置を少しずつずらしている。まるで顔の部分をひとつひとつ確かめているかのように。

「見つけた」

静花がひっそりとつぶやいた。低くて細くて、どこかぞっとするような声だった。

「この目、笹の葉の形の目。わかった。こんなところにいたんだ」

明瞭な笑みがいとこの顔に浮かんでいた。何やら怖気を誘う妖(あや)しい笑顔だった。薄気味悪いと思いながら自分も老人の顔の一部を指で遮(さえぎ)って確認する。目、鼻、口と見るけれど写真がぼやけていて今ひとつわからない。それでも額を隠した時に気がついた。指で前髪のように目をおおうと龍一に良く似ているのだ。その時、指の間を裂かれるような錯覚にとらわれた。なぜ彼に似た人がこんなところに？　ああそうだ、狭い村だ。一村全部が親戚でもおかしくない。

「この写真、もらって行こう。うちでゆっくり眺めるんだ……」

静花がぼそぼそと語る。その意外さに様々な思考が吹き飛んだ。

「ちょっと何を言い出すの。さすがにそれはまずいよ」

「もらっても誰も文句なんか言わない。どうせここは潰される場所……」

真面目で小心者の静花のセリフじゃない。しかも美術館員が資料の窃盗だなんて。

「冗談じゃない！　いい歳して公共機関で万引きなんて！」

何でだめなの？　じきに潰されるのに？　と首をかしげる静花の手を引いて写真から引き離した。隣のケースに和綴じ本が広げられているからはしゃいだ声を出してみる。

「ね、静花、ここ、ページが折れて何か花の絵が見えてるよ。これが花絵巻かも」

「葵ちゃん、絵巻って横長の巻物のことだよ。これは違うと思う」

折れた和紙の陰に見えるのは白いリンドウに似た花の絵のようだ。横に立つ静花がティッシュで指をくるくると巻いている。何をするのかと思っていたら無造作にガラスケースを開けてティッシュを巻いた指で和綴じ本をめくり始めた。

「何してるのよ！」

「素手で触っちゃだめなんだよね？　だったらティッシュが手袋の代わり」

「そんな大雑把（おおざっぱ）な……」

さらに注意しようと声を出しかけそのまま言葉を失った。開かれた本には葉も茎もなく、天を向いて群れ咲く白い五弁花が描かれていたのだ。

「これ、知ってる。見つけた……。この花だったんだ。これだったんだね……」

静花がひっそりとつぶやいた。横顔を見つめると瞳がぬらぬらと濡れ、口元に凄みを感じさせるほどの笑いを浮かべていた。

「うん花畑だ……、でもさ、あたしには掻き平が大きい人間の手にも見える」

自分の声がかすれていた。手切れ女……。昨夜の話を思い出す。静花がさらに紙をめくると白い花の上に舞う仙女の姿が描かれていた。こけしを思わせる素朴な仙女が衣をひらつかせて中空に漂い、足元に花芯を天に向けた白い花が咲き広がっている。さらに手繰ると仙女の足元に二輪の花を添える男の姿が描かれていた。

「ねえ静花、あたし達、後ろから前の方に見てる？」

「うん、開いてたのが最後のページだったから物語を最後から追ってる」

さらに遡ると、そこには押さえつけられた女の手首に鉈を振り下ろす男が描かれていた。女が泣きわめく表情が生々しい。次をめくると風景は一転してのどかなものになった。山道を橇（そり）に積んだ四角い荷物を運ぶ二人の男。藁でおおわれた荷物にしんしんと雪が降る。その前には凍った池に男がノコギリを差し込み、氷を切り出す様子が描かれていた。岸辺の橇に白い氷が積まれている。しみだらけの和綴じ本を先頭までめくっても、その先に凄惨な絵は見られなかった。のどかな農村風景、池の氷を切り出す男、素封家らしい屋敷にそれを献上する姿。文字は崩されて素人には読めそうにない。表紙の行書体だけが『氷室守　花絵記』と読み取れるだけだった。

「花絵巻じゃなかった」静花がしんみりと言った。「正しい名前は花絵記……」

「氷室って昔の冷凍庫？」

「ああ、だから氷を扱う人が堕ちる地獄があったんだね。わかったよ。はっか地獄は八寒地獄……。前に勤務した美術館でね、夏にたまに地獄展や幽霊展をやっててね、絵はほとんど残ってないけど亡者を雪や氷で責める八寒地獄があるって聞いてるよ」

静花がひそひそと教えた。それは独白に近い声だった。絵記を見下ろす目は熱を帯びている。口元には幸福そうな微笑みが浮かんでいる。

「もう嫌！」考えるより先に大声が出た。「暗くてほこりっぽくて陰気！　マネキンが怖い！　絵も気持ち悪い！　もう見たから帰ろう。鼻がむずむずで我慢できない！」

「うん、じゃ帰る」静花はあっさりと同意した。「帰りにね、最寄り駅に寄ろうね。無人販売所でお買い物しようね。新しいパウダーと軟膏を買うんだ」

「よし！　じゃ帰ろう。これで下見は完了！　つきあってくれてありがとう」

外に向かう背後で、かたかた、とガラスケースが鳴り、紙が擦れる音が聞こえた。屋外の陽光が眩しい。黴臭いプレハブの外に出ると山の匂いが爽やかだ。いとこはぐずぐずと資料館から出て来ない。

「ねえ静花、何してるの？　中で転んだりしてないよね？」

振り返るとプレハブの入り口が黒々とした穴に見える。待たせてごめんね、と静花が暗闇から歩み出て来た。大きく膨らんだバッグが揺れている。微笑みかける表情は見なれたいとこのそれであるような、何かに憑かれた女のものであるような。

お買い物に寄ろうね、と静花が念を押す。面倒くさいと思いながら、わかったよ、と応じたらいとこが嬉しそうに笑った。それはとても満足そうな、ねっとりとした色気を帯びた笑みだった。

九　東京　病葉(わくらば)

やせた老人が遊歩道を歩き、街路樹を抜ける陽射しがまばらな毛髪の上に踊る。住宅街の樹々は行儀良く枝を整えられ、繁茂する雑草もなく、草の化けになりそうな植物など見当たらない。

「爺ちゃん、疲れないか？　少し、座ろうか？」

前にのめった老人を支えて大きな声をかけた。

「ああ、逸朗(いつろう)、そろそろ大儀だな。そこに座るか」

「逸朗」は孫の名前。遊歩道で初めて声をかけた数ヶ月前からこう呼ばれている。

「爺ちゃん、今日はぬぐいなや」

「ああ、とてもぬぐいなあ」

「じき冬になって、ぎりっと冷えるんでねえかや」

「だなや、冬は大した冷えるんだべなや」

方言を交えると老人の言葉にも訛が戻った。街道脇の保二さん。白姫澤でそう呼ばれ、爺ちゃんのひっつき虫、とからかった男だ。当時は五十代で「若い者」と呼ばれていたけれど今は九十歳近くなり西日本の地方都市で息子と同居している。

　氷室で祖父に再会した後、白姫澤の生き残りを捜した。今も生きているのは二人だけ。その一人がこの保二老人だ。人探しを請け負う業者は山ほどある。副業にバーテンやらパーツモデルの斡旋やらをしていればその手の優秀な業者を知る機会も多いのだ。

「はやり風邪とはいえ一村全滅に近い話だから噂や後日談があっても良さそうなのに」

薄い報告書を差し出しながら調査会社の男は言った。「近くの者は知らぬ存ぜぬ一辺倒。聞こえて来るのは死んだ爺婆の死亡診断書を書いたヤブ医者の悪口ばかりでね。隣町で開業してた杉ノ山医院って言うんだけど、金を払えばやばい治療もカルテ改ざんもやったとかで。かなり前に保険医の登録取り消しをくらって今は行方不明だって」

　報告書をめくる前で調査スタッフは、何か裏がありそうな話ですね、ご希望でしたら追加調査もお任せください、と営業トークを添えた。

「なあ、爺ちゃん」木洩れ日が斜めになる中、孫の口調で保二老人に語りかける。「俺さよ、吹雪の夜の一つ目の鬼の話な、また聞かせてけれや」

「ああ一つ目の話か？　逸朗はおっかない話が好きだなや」

　昔話をせがまれて老人が微笑んだ。共通語で話していた時は「イツロウ」と呼んでいても、方言になると名前までもが「イヅォウ」に近く訛る。

「人さは絶対に言うなと止められてるが、逸朗さだけ、こそっと聞かせるや」

「誰に言うのを止められたんだや？」

「お前の父さんに言われたや。村を出た子や孫達からも偉いお巡りになった双子屋敷の孫からもぎちっと口止めされたや。だから逸朗も誰さも言うなよ」

「鬼がおっかないから口止めされたんだな？」

「一つ目は死んだ。おっかなくない。欲の皮の突っ張った若い連中が口止めしやがった。一つ目の鬼が出て人を死なせたと知れれば土地が値切られると言ってなや」

「ああ、県の職員が家屋敷を買いたがってたもんなあ」

話をあわせると、老人は怨みを吐き出すように喋り始めた。

「地域振興だか交通の便だか？　村を潰して道路にするから屋敷を売れとよ。しつこい時は村中で泥団子ぶつけたわ。辻裏の爺（じじい）は犬をけしかけて追っ払ってたや。職員どもをどぶろくで酔い潰してげろまみれにしてやった時もあるや」

調査会社の男を少しばかりいい女のいる店でもてなしたら、これはオフレコってことで、と前置きして報告書に記されない話を聞かせてくれた。

「あの辺りに数年後には県道が通るんですが工事計画は数十年も頓挫（とんざ）してまして。村の年寄り連中が家屋敷の売却を断固拒否してたから。そこに集団流感で大半が死亡」調査員は女優の卵というホステスの腰を撫でながら続けた。「直後に孫や子が一気に土地を売却。かなりの僻地だから売れただけラッキーですよ。県の職員も『大量死があった土地は作業員の日当を上げませんと』『お祓いも無料じゃありませんで』と容赦なく値切ったとか。今も昔も公共工事はキツネとタヌキの化かし合い。怖い怖い」

白姫澤の住民の大半が死んで土地が売り払われた、という点においては老人と調査員の話は一致している。

「一つ目が人を殺してまわった話が知れれば土地が売れなくなると言うんだや」保二老人が続けた。「鬼もおっかないが欲ぼけ連中の心根もおっかない」

もう何度も聞いた話だ。けれども今日も聞く。他者の話と食い違わないか、認知症の老人が前と違ったことを言い出さないか、今一度、確かめる。

「あれはがんと冷える頃でな、吹雪が続いて道路もみんな塞がった時期に一つ目をぎらぎらと黄色く光らせた鬼が氷鉈で村の者を皆殺しにしたんだや」

皆殺し、と言うわりには話し手は生きている。それでも疑問は挟まずに聴く。

「吹雪がごうごうと鳴る夜中に一つ目が寝てる者を殺してまわったのよ。頭を割ったり首を斬ったりしてな。柏屋敷の達治が血まみれで俺の家に逃げて来たんだや」

遊歩道を歩く老婦人が「良いお天気ですねえ」と二人に笑いかけた。会釈を返す間も老人はぼそぼそと剣呑な昔語りを続けている。

「達治は血まみれで俺の家で力尽きて、追って来た一つ目と俺がかずら鉈で斬り合ったんだや。何合も打ち合って最後に俺が一つ目の背中さ鉈をぶち込んでな」

老人の瞳に誇らしげな光りが宿り、皺だらけの口元が笑みに歪んだ。

「爺ちゃんが一つ目と戦ったんだな？　そして、一つ目の鬼になった氷室守りの背中さ、でっかいかずら鉈を突き立てたんだな？」

「ああ、俺が狂った氷室守りを退治したんだや。鬼は背中さ鉈をぶっ立てたまんまな、おぅおぅ、おぅおぅ、と泣きながら冬の山さ逃げたんだ」

「氷室守りは冬の山さ逃げたんだな？　背中さ鉈を立てたまま逃げたんだな？」

「ああ、吹雪の中を山の方さ行った。村では襲われた者どもが脳みそまき散らしたり、首がもげかけたりして何日も気味の悪い声で吠えてたや。だってな、氷室守りの氷鉈で割れる頭はせいぜいみっつだから」

主婦や子供が行き交う遊歩道で老人が古い稲刈り唄を口ずさみ始めた。

「鉈でぇ、カシラをぉ、割られたらぁ、先の一人はすぐに逝く、次の一人はわめき死ぬ、次の一人は悶え抜く、後の者ども死に切れぬぅ……」

ぼそぼそとした唄声だ。白姫澤の方言に馴染んでいなければ意味はわかるまい。古めかしい音律に親子連れが微笑んだ。宅配便の男は手を止めて懐かしそうな顔をする。唄は「人の脂で刃がにぶる、人を斬ったら斬るごとに、洗って研いで祓うなや」と続いた。

鉈で人が斬られる事件は閉ざされた村に古くからたびたび起こっていたという。鉈で人体を斬るには限度があると誰もが知っていた。肉を断つと鉄に脂肪が絡んで刃がにぶる。斬殺できるのは二〜三人ほどで四人目あたりからは撲殺に近くなる。

「氷室守りは何柄もの氷鉈を背負っておってなあ」老人が唄をやめて喋り始める。「襲われた者どもが呻き続けておって、吹雪で道路も電話線もだめになってもてな、俺は布団を被って耳を塞いで何日も震えておったんだや」

「鬼になった氷室守りにとどめは刺さなかったのか？　追わなかったのかや？」

「吹雪で山には入れん。怪我人も看ねばならん。背中にかずら鉈をぶっ立てた氷室守りは谷にでも落ちたか、獣にでも喰われたか」

聞くたびにまぶたに熱がこもり、ちりちりとした頭痛が走り抜ける。

「街道脇の保二さんやあ、あんたが、一つ目を殺した者で間違いないんだなや？」

「ああ、俺が鬼と斬り合ってぶち殺してやったんだや」

「そうか、そうか、何度、聞いても同じだな。あんたが氷室守りを殺したんだなや」

長い前髪をかきあげて正面から見つめると老人の眼球に祖父とそっくりの顔が映った。瞳の焦点がゆらゆらと結ばれ、笑っていた唇が震え始める。

「お前さんは……、氷室守り……」

「ああ、俺は鬼にされた氷室守りだ」長い前髪を手で押さえ、祖父そっくりの顔をあらわにしてすり寄った。「保二さんを恨んで恨んで、はっか地獄から追って来たや」

老人がベンチの奥に後ずさる。全身ががたがたと恐怖に震えている。

「ごめんしてけれ。ごめんしてけれ。ああせんと俺も頭を割られてたや」

「俺が村中の年寄りを殺したのはなんでだ？　もう一度、その口で言ってみれや」

「お前が逆恨みして氷鉈で殺し回ったんだ。吹雪で停電した夜に黄色い工事用のライトを頭さつけて、でっかい一つ目の目玉みたいにぎらぎらさせて」

「俺を村八分にしたからだろうや？　俺をのけ者にして村中で狂うまでいたぶって」

「皆がやるからしかたないや。お前が人に妬まれるようなことをしでかすから」

「俺が何をした？　なんとして妬まれたんだや？　もう一回、言ってみれ」

「皆して年取っていく村でお前が自慢げにめんこい孫を連れ歩いて見せびらかした。当たり前だや。妬まれも恨まれもするだろうや。村八分にされるだろうや」

「孫に懐かれてたから狂うまでいたぶるのかや？」

「どこの子も孫も田舎を嫌ってよりつかん。手癖の村を厭って関西やら九州やらに逃げやがる。なのにお前はめんこい孫を鼻高々に見せつけて」老人の目に怯えを圧する憎悪がともった。「そりゃ、お前が悪いだろ？　考えたらわかるはずだ。その道理も見えなくなるくらい孫さ入れ込んで、べたべたとまとわりつかせてよ」

無邪気な孫がいる夏は良かった。誰もが妬みを隠し、あたたかく氷室守りと孫に接していた。この子供がここに住み、嫁を取り、村を盛り立てると考えたのかも知れない。

「くくく……」老人がくぐもった笑い声を上げた。「ざまあみろや。あんたは捨てられたんだや。めんこい孫は都会さ戻って田舎さ来なくなって。そりゃあ言われるや。のけ者にされるや。みんなして腹の中さ溜めていたんだ、あんたへの深い深い妬みをよぉ」

「俺は妬まれていたのか？　孫のせいでそこまで恨まれたのか？」

「利発なお前が当たり前の道理が見えなくなるほど孫にのぼせてよ。だから言われたんだや。あの孫は魔性だの、都会で手練手管（てれんてくだ）を磨いた淫（みだ）らな稚児だとか」

乾いた唇を開いて老人が嗤い、入れ歯の浮いた歯茎に木洩れ日がきらきらと揺れた。

「氷室守りは孫に魔羅（まら）をしゃぶらせただの、孫はガキのくせに女の手を気色の悪い目で見るとか、良い噂はなかったぞ。前に村八分で鬼呼ばわりされてた祐作もな、あの孫が女のガキの手を斬って川に流すのを見たと言ってたぞ。そりゃあバス便が減ったのも、秋に大雨になるのも、全部、氷室守りのせいにされるや」

「そうか、そうか……、孫のせいで、最後の氷室守りは……」

「無農薬とか御託を垂れて畑に虫を呼んだ祐作が鬼の役目を解かれてな、お前が鬼にされたんだや。佐藤石油の配達日が変わっても、プロパンガスの交換が延びても教えんかった。回覧板を回さんかったし、こそっと電話線も抜いてやった。郵便受けの手紙もみんな隠してやった」

嗤う年寄りを見て通りすがりの老女が言った。お爺ちゃん、楽しそうねえ、と。老人は嘲笑の合間に呪詛（じゅそ）とも懐古談ともつかない言葉を吐き続ける。

「お前は栗名月（くりめいげつ）の夜に月に向かって夜通し孫の名を呼んでおったろう。おぼえてるや。枯れススキの中でな、村一番の男前がざんばら髪で垢だらけになって歯も抜けてやせこけて。あそこで草の化けに憑かれて冬のさなかに一つ目になったんだや」

「保二さん、あんたを恨むや」前髪を上げて見すえて続ける。「どこまでも追うからな。どこさ逃げてもはっか地獄からなんぼでも追うからなや」

老人の目が再び恐怖に揺らぎ、憎悪を吐いていた口が、勘弁してくれ、勘弁してくれ、と懇願を始めた。

「氷室守りよぉ、何で俺を恨む？　お前も若い頃から鬼にされた者を死ぬまでいたぶってただろう。孫にも畑さ虫を呼んだ祐作に石を投げさせてだろうや」

皺首に指を回すと老人が尻をずらして遠ざかろうとした。くびり殺さなかったのは通行人がいたから。老人は手を振り払いおぼつかない足取りで逃げ出した。

「どこさ逃げても俺は追ってな、足をつかんで地獄さ引き込むからなや」

よろつく後ろ姿に言葉を投げると、頼りない下半身が、ぐねり、ともつれた。黄色い枯れ葉が靴底と路面の間を滑らせて老人が転倒する。そこは遊歩道が一般道と交わる位置だった。軽トラックが鈍い音を立てて走り込み、黒いタイヤがやせ細った保二さんの上を通過した。人体のへし折られる音が鈍く響く。続いて通行人のものらしい甲高い悲鳴が上がる。こりゃもうだめだ……、わあ首も足も折れてる……、子供は見ちゃだめ……。人々の声が耳の脇を過ぎて行く。次に、ぱしゃり、ぱしゃり、とシャッター音が樹々のさざめきに混じった。人の不幸は痛くない。他人の不運は良い娯楽。それは今も昔も、僻地でも地方都市でも同じなのだ。

老人の末期を確かめはしない。捜せば無残な姿がネットに晒されているはずだ。身を翻して細い脇道に入り、何事もなかったかのように歩き去る。大丈夫。事前に調べてある。ここに防犯カメラなどありはしない。遠い土地だから知人などいない。今、こめかみから眼球に突き抜ける痛みはきっと激しい喜びによるものだろう。

「爺ちゃん、長く何も知らんでいてごめんな。俺のせいで死なせてごめんな。怨みははらすから。きれいな花を供えに行くからなや」

冬枯れの花壇に枯れ草がへばりついていた。氷室に咲く花を思い出す。枯れることなどなく、永遠に咲き誇る花が懐かしい。愛しい祖父を供養する。いつか新しい花を供える。次の供養を遂げるためそっと遊歩道を後にするのだった。

その女は窓際の白いベッドの上にいた。年老いた今も整った顔立ちにかつての可憐さが見て取れる。障害年金と老齢年金、そして家屋敷を売った金を得て、彼女は甥の住む地方で余生を送っているのだ。

この辺りの介護施設のセキュリティはのきなみ甘い。訪問申し込み用紙の「入居者との間柄」欄に「書道の教え子」と書いたらするりと通された。何度か訪ねて白姫澤の言葉であれこれ話しかけた。最初は両手を布団に入れたまま口を閉ざしていた彼女も今では昔語りを聞かせてくれる。口止めされた吹雪の夜のことも、氷室守りの最期も、古い怪談でも語るかのように喋ってくれる。

めんこい孫を見せびらかして村八分に……、孫を稚児にしていやらしいことをして……、捨てられてめそめそと泣いてみっともなくて……。

布団から出された老女の片手には薄いひらこ。顔も手も皺びているけれど搔き平だけは白々として美しい。室内には消毒薬と柔軟仕上げ剤の香り。窓の向こうに二毛作の麦畑が広がり、冬でも庭には広葉樹が茂っている。同室の老人達はレクリエーションやリハビリで不在だ。在室する者がいても遠い北境の訛など聞き取れないに違いない。

「氷室守りの菜小屋に水をまいて冬支度をぶちこわしてやった者がいてなや」白い枕に後頭部を埋め、老女はほのかな笑みを浮かべて喋る。「梅の木屋敷の鉄夫爺さんは氷室守りの家道に針金を張って転ばせて喜んでたよ。隠れて見てみんなして大した笑ったや。次は何として懲らしめるか話し合う時はあたしが酒のつまみをこしらえてね。ああ、でもねえ、いくら考えても男どものやり口は手ぬるかったと思うんだや」

「氷室守りに村全員で罰を当てたのかや？　村八分にしていたぶったのかや？」

いつも老女の思い違いであって欲しいと願う。けれども古い思い出は嘲笑と憎悪を込めてひっそりと語られるだけだった。

「そうよ、そうよ、うぬぼれて孫を手込めにして。だから孫が逃げた後は祐作さんの代わりに鬼にされて。節分にはな、取って置いた石を投げて追い回すはずでな。ああ、憎らしい。一つ目の鬼になる前にさっさとなぶり殺せば良かったんだや」

初めてあった時、幼い自分の口元を「何か実ぃをもいで食べたな?」と拭いてくれた女は何度も同じ話をくすくすと嗤いながら、同時に憎しみをこめて繰り返す。

「色男が馬鹿になるのはおもしろかったよ。狂った氷室守りは孫の名前を呼んで夜通し泣くんだや。ユウ坊、ユウ坊、ユウゥゥ、ユウゥゥゥと吠えておってなあ。うるさい時は男達が頭から水をぶっかけて黙らせてたや。おもしろかったなや」

「氷室守りは、孫を呼んで……、夜通し泣いておったのかや?」

「風呂にも入らんから側に来ると臭いから棒で突いて、石を投げて、追っ払ったや」

長話で少し疲れたのだろうか。老女は軽く頭を起こし穏やかな口調で「アケミさん、お茶をちょうだい」と誰かに話しかけた。プラスチックカップに差したストローを口元にあてがうと彼女は唇をすぼませて茶を飲み、品良い言葉で礼を言った。

「氷室守りはな、初雪をかき集めて雪だるまを作ってなや。うっすらと降る初雪じゃ土混じりの汚いだるましかできんのに、目玉にドングリ詰めて、口のところさ真っ赤な夕カノツメを押し込んで、ユウ坊、ユウ坊と呼びながら撫でておったのよ。初雪なんぞすぐに溶けるわな。氷室守りがユウ坊、ユウ坊、溶けんでけれ、消えんでけれ、とびしょびしょになって泣きわめいて、これがまたうるさくて」

「氷室守りが泣くのは、孫を呼んで泣くのは、おかしかったのかや?」

可憐な面差しの老女が、うふふふ、と素朴に、そして控え目に笑った。

「おかしかったや。ざまあみろと思ったや。なのに逆恨みで人を殺しまわりやがって」

搔き平のある指が夜具をきりきりと揉み上げ、もう片手も布団から突き出された。

「ちくしょう、ちくしょう」清楚な風情の女が怨嗟を吐く。「吹雪の夜に玄関をぶち破って、あたしの片手を斬りやがった。寝ているところをいきなり氷鉈で手を落とされたんだ。あたしは盗みなんかしたこともないや。なのに嫁ぎ先で手癖女といびられて折檻されて、里に戻って一つ目に手を斬り取られて。何の因果でこんな目にあうんだや」

女の片手には手首から先がない。もう一方の手の搔き平には一枚にひとつずつ赤黒いタバコの跡が刻印されている。

「ちくしょう、鬼なぞ警察に突き出して死刑にすればいいんだ」穏やかだった女の声が裏返ってゆく。「欲に目が眩んで一つ目のことを隠しやがった。あたしの手は事故にされて口止めされて、甥が書類をいじって屋敷を安く売り飛ばして……」

女の目からだらだらと涙が落ちた。形相が大きく歪み、声が叫びに近く高まるから口元をタオルで押さえた。女の目が丸く見開かれて喉に悲鳴がこもる。午後の多忙な時間帯だ。くぐもった叫びを介護職員が聞きとがめることもないだろう。

「なあフミ子」女の耳元で、声を低くしゃがれさせて呼ぶ。「氷室守りの俺を恨んでるか？　俺はなや、お前のもう片手を斬りたくてはっか地獄から這い出て来たんだや」

老女が喉の奥から絶叫を吐き、押さえつけた手の平をびりびりと震わせた。目尻の皺を涙が伝う。瞳には少し若い祖父の顔が映っている。女の怯えに喜びが這い上がる。頭を枕に押しつけて顔を見せると萎んだまぶたまでもがびくびくと震え始めた。

「フミ子、今から残った手を斬るからなや。前のようにひと思いに落としたりはせんで、ゆっくりとな、ざっくざっくと斬るからな。さぞかし痛いと思うや」

老女が力を振り絞って暴れ始めた。タオルを巻いた手で顔面を強く枕に沈めると、ごきり、と首の折れる音が響いて震えがひくひくと両手に伝わった。女の四肢から力が抜けると共に歓喜が自分の全身に広がって行く。

胸元に耳を寄せても鼓動がない。細い手首に脈もない。嬉しくて、同時に哀しくて、つい笑う。念のため数分後に再び鼓動と脈を確かめる。死体はベッドの下に転がした。末期の失禁はおむつに吸い取られているはずだ。ここには見守りカメラも転落防止用ベッドガードも設置されていない。事故などいつ起こってもおかしくはない。この女の手は狩らない。白姫澤を離れた女の手は老いて、皺びて、白い玄室にふさわしくない。苦悶に曲がった指も好ましくない。

窓の外に冬の陽光が細く降っていた。白い洞窟の中で祖父の背中に突き立てられていた鉈は銀に光っていたような気がする。あの鉈は黒かった。懐中電灯の灯は黄色だった。なのにどうして記憶の中の氷室は全てが白く、銀色めいているのだろう。

部屋を出て手を覆ったタオルを踊り場の洗濯物入れに放り込む。廊下も階段も無人だ。昼食後の時間帯は誰もが忙しい。レクリエーションに散歩介助に入浴に診察にリハビリ。夕方の引き継ぎも控えている。集会室から童謡の合唱が流れ、レクリエーションルームにヨガ講師の声が響き、受付は今日も無人だった。

外は明るい冬晴れの午後。黄味がかった麦がさわさわと揺れてどこまでも続き、遥か彼方には黒い瓦屋根の民家が見える。

今日も道ばたの祠(ほこら)に手をあわせた。中に祀られているのは小さな木彫りの子安地蔵だ。赤かったはずのよだれかけは日焼けして白くなり、湯飲みの水は涸れている。今さら遅いのはわかり切っている。それでも祖父が地獄から引き上げられるよう祈らずにはいられない。せめて八寒地獄の祖父が少しでも寒さをしのげるように。いつか自分も地獄に堕ちて祖父を抱き、肌で温めてやれるように。路傍の地蔵尊にどれほどの力があるのかは知らない。叶えられるはずなどないとわかっている。それでも祈らずにはいられない。

祠のまわりに広葉樹が青々と繁り、数枚の虫食い葉が散った。頭上にカラスが羽ばたく。小さなスズメがさえずりながら穂を食っている。麦畑に傾く太陽を見ながらゆっくりと祠の前から立ち去って行った。

生き残りを消し去り、何人もの女から花を摘んだ。大人になった少女が住ませてくれた一室に、氷室を模した部屋をこしらえた。けれどもぴんと花弁を広げた花を咲かせることができていない。どれほど丁寧に取り扱っても、添え木を当てて冷やしても、都会の花はすぐに花びらを内側に萎ませてしまうのだ。

白姫澤の女でなければ美しい花にはならないのではないかしら。清らかな花になるのはひらこ娘だけではないかしら。遠い昔、あの村で見た幼女と赤ん坊を思い出す。淡い斑入りのひらこと赤い花脈のひらこだった。おぼえているのは彼女達の曽祖母の名前が「ヨウ子」だったこと、そして幼女は「あお子」と呼ばれていたことだけだ。

例の調査員に女二人を探すよう依頼したら届いた結果は「ヨウ子という名前の女性は白姫澤に居住していませんでした」だった。絶対にいたはずだ。白根勝利の親族で、娘達は東京に住んでいて、一人住まいで……。どれほど食い下がってみても答えは「見つかりません」だけだった。

「当時の住民票にヨウ子という名前はありません。ユウ子、ショウ子などもありません。住民票が他町村にあったとかニックネームとかだったらお手上げです。洋太っていう爺さんはいたけど当時の田舎で女装の七十代は不自然でしょう？」

あの夏の日の午後、ヨウ子婆さんはシミズと呼ばれる木綿の服を着ていた。しょっこい麦茶を出す時、丸い襟ぐりの中にたるたるとした乳の根が見えていた。いるはずなんだ、あお子というひ孫を持つヨウ子という婆さんが、と繰り返すと「住民票を送りますから確認してください」と書類を送って来た。「当時の住民票はデジタル化されていないからクラッカーは使えません。悪徳弁護士を雇って訴訟準備って名目で取り寄せましたのでお高くなりますよ」と言い添えて。

記載された女の名前はハツ江、良、史恵だけだった。史恵がフミ子さんのことだろう。消した年寄り達にヨウ子婆さんのことを聞いておけばと後悔したけれども遅かった。見つけられない白姫澤の女達。ひらこをはやすことなく大人に成り果てた少女。喪失の哀しみが花への希求をかきたてるから時々、夜の街で少女を狩る。美しい花は摘めないと知りながら誘い込み、首を折り、その後、花など摘まずに捨てることもある。無意味な殺生だ。祖父は喜ばないだろう。けれどもやめられない。やめられるのは白姫澤の血筋の美しい手に出会った時だけに違いない。

目の前で女の手が白い猪口（ちょこ）を持つ。熱燗の淡い湯気が遠い盆会の霧雨を思わせた。この女の手を摘もうか。いけない。なぜなら美しくないから。いや、きっと他の人間ならきれいと思う手だ。指がすんなりと長く、細い。爪もまっすぐで縦長だ。手の甲の肉は薄く手首は華奢で尺骨が丸い。これは今の人々が褒めそやす手。けれども自分が愛でる手は違う。小さな手がいい。指は長すぎない方がいい。根元がぽっちゃりとして爪に向かって細まる指が好きだ。そして股にひらこがなければたわむれに摘んでも捨てるだけ。

「先月の紹介は三人でモデル採用は一人」湯気の向こうで女の赤い唇が声を発した。

「小野愛奈さんはハンドモデルとして即戦力になる。採用にはならなかったけど工藤さんと与野さんはあたしの彼女のサロンでネイルモデルを頼めそう」

明るい女の口調が現世に引き戻す。ああそうだ。目の前にいる細身でショートカットの女はビジネス仲間だ。そして情報交換を兼ねて時々、飲みに行く色恋抜きの女友達だ。ここは気取らない居酒屋のカウンター席。白い花に心を飛ばす場所ではない。

「役に立てて嬉しいよ」想いを振り払って笑顔で酒をつぐ。「来週も占い館に新規のお客が来るし、株の講習会もある。良い子が来たら連絡するから」

「占い師だけに斡旋も外さないから重宝なんだよね。手相見にバーテンダーに株講師、その手広さと審美眼は得難いレベルなんだから」

彼女の名前は夢子。ハンドモデルの紹介業に誘ってくれたバーテン仲間だ。自身も元パーツモデルで、今はモデルプロダクションのスカウトスタッフやヨガ講師をしながら週二回、バーカウンターでシェイカーを振っている。

「僕の副業が副々業に繋がったのは全部、夢子ちゃんのお陰」

誘惑を含まない笑顔で応えると女も色気を消したしぐさで豪快に猪口をあおった。

「仕事できれいな女性を見ていられるって、あたし達ってラッキーだよ」

「僕の思うきれいと夢ちゃんの好きなきれいはちょっと違うけど」

「あたし、古臭いぽちゃぽちゃの手の女は趣味じゃないもん」

古臭いってひどいなあ、と笑ったら、あたしの好みはガリガリって貶すくせに、とやり返された。店内の男性客がほっそりとした夢子の美貌にちらちらと目を向け、隣に座る自分を見てあきらめた顔をする。よくある反応だ。一緒に飲んでると変な男に声をかけられなくて楽なんだ、と彼女はいつも言い、こんな軟弱なボディガードでよければいつでもお守りしますよ、と返している。

夢子がネイリストの女性と同棲していることは知っている。決して自分に色目を使わないこともわかっている。仕事の愚痴を言い、勤務するバーに来た客の話をつまみに飲んで、笑って気晴らしをする間柄だ。夢子が結婚指輪の日焼け跡の男が女を漁っていたとおもしろおかしく喋るから、長い爪をタバコで焼いた女の話をして笑わせた。

「そう言えばさ、結婚指輪が指に入らないって愚痴ってる女がいたんだよ。指輪をはめるために手を整形するとか大声で言うから、あたし、引いちゃった」

最初は、ずいぶん指が太い女性なんだね、と笑って聞き流した。

「ううん、指は太くなかった。でもちらっと見たら水掻き、っていうの？　人間が両生類だった名残？　それが大きくて指輪が根元まで入らない感じ」

猪口を持つ手が止まった。理解にわずかな時間を取り、続いて勢い込んで夢子ににじり寄った。

「その女の人っていつ来た？　常連？　年齢は？　店の側に勤務する人？」

「来たのは何日か前だよ？　確か三十代くらいの女二人で……、クーポンサイトからの予約だからもう来ないと思うけど」

「名前は聞こえた？　二人とも水掻きが大きい？　クーポン客ならＩＤわかる？」

真顔で詰問すると夢子が「なんでそんなに喰いつく？」と身を引いた。

夢ちゃんを口説いたらつまみ出すぞ、とカウンターの中で魚を炙る大将が口を挟んだ。平日で店内は空いていた。手持ち無沙汰なバイトスタッフも、俺達のマドンナに手を出したら出禁です、夢子姉さんが今さら男に惚れたら許さない、と囃し立てた。

「ああ、ごめん。話がおもしろかったからつい、びっくりさせた？」

「いや、いいけど。男前に迫られるとあたしでもドキッとするもんなんだなあ」

その冗談に周囲が笑った。だから「夢子ちゃんにときめかれるなんて、おじさん、照れちゃうなあ」と親父めいた喋りを返して場を盛り上げた。

夢子が勤めるバーカウンターつきリストランテに来た二人組のうち一人はグラマラス

なキャリアガール風、もう一人は化粧っけのないさえない女だったと言う。

「その二人は派手と地味の両極端だったからおぼえてるんだ。がっつりメイクとすっぴん、レイヤー多目のセミロングと黒髪一本結び、巨乳とちょい丸顔のやせっぽち。派手な方が喋ってて細い方は聞き役」

「彼女達、もう来ないのかな？」

「クーポン客の二度目はほとんどないでしょ？　ねえ何が知りたい？　正直に言って」

わずかな手がかりにでもすがりたいからとっさの作り話を披露した。

「実は河童について調べてるんだ。地域の遺伝が伝説に与える影響みたいなのに興味があって水掻きの大きい女性達の出身地を知りたいだけ。もしうちの店に来たらチェックしたいから予約入れたクーポンサイトのニックネームだけ教えてくれない？」

「嘘臭いなあ。ま、信じてあげるけど」彼女は一気に酒を干して笑った。「ニックネームだけならこっそり教える。代わりに何回かあたしの彼氏のふりしてくれる？」

彼女の望みはヨガ教室のしつこい男性会員に彼氏を見せて追い払うことだった。普段着で食材を入れた袋を持って教室の外で待ち、腕を組んで彼女のマンションに入って行くだけでいいと言う。その後は夢子とその彼女の夕食に招待するとか。

クーポンサイトのニックネームと夢子がバイトするレストランバーの店名。それだけあれば業者のクラッカーが電話番号から先祖の住所に至るまで調べ上げてくれる。数日後には女の身元が知れた。調査会社のスタッフはお得意様へのサービスだと言って女が通う美容院や参加した見合いパーティの情報まで教えてくれた。求めた女の名前は「山科葵」。自らを「あおちゃん」と言い、ヨウ子婆さんに「あお子」と呼ばれていた幼女は大人になり、今は独身で小さな会社を経営していた。紅い血を吹いてくれたひらこは縮むこともなく咲き続け、指輪が入らないと彼女を嘆かせているようだ。

「山科葵の曽祖母は『ヨウ子』じゃなく『良(りょう)』ですよ」調査会社スタッフは指摘した。「ズーズー弁で名前をおぼえたんでしょう。良くあることです」

言われてみれば単純なことだ。ラ行が弱い白姫澤言葉ではリョウがヨウに近くなる。女の名や名詞の最後に「子」をつける癖もある。史恵がフミ子と、葵があお子と呼ばれていたから良もヨウ子になるはずだ。祖父の声を思い出す。ユウ坊は白姫澤の子だなや。ユウジは氷室が好きかや？　自然にそう呼ばれて意識などしていなかった。自分の名前は龍一。けれども白姫澤では「ユウジ」と呼ばれたのだ。

赤い花脈の赤ん坊は大人になり、すでに男と住んでいた。近づくのなら独り身の葵の方だ。見合いパーティに参加しているならそこに行けば良い。自分の容姿が目を引くのはわかっている。美女もいれば若い女も混じる場で葵にだけ話しかける。大切に距離を詰め、心を奪って花を摘む。できるなら白姫澤に伴い、冷烈な氷室で二輪の花にする。可能なら彼女を使ってひらこの赤ん坊を殖やしたい。願わくば赤ん坊だった女の赤い花脈のひらこも供えたい。子孫の供養が厚ければ地獄の責め苦が軽くなるそうだ。花を供えれば地獄の祖父への呵責（かしゃく）も和らぐのではないかしら。

　頭に突き抜ける痛みや目眩も頻度を増している。やがて自分も八寒地獄に堕ちる。凍てながら祖父と抱きあうことを想うと身体の芯が熱くなる。むしろ極寒の責め苦に憧れる。吹雪と氷柱の地獄に堕ちるため、祖父の苦難を和らげるため、供養の花をこしらえたいと思うのだ。


　まぶたの上で光の粒が踊る。薄目を開けるとブラインドの隙間を抜けた光が眼球を刺し、頭蓋をまた一筋の痛みが貫いた。ベッドの上に長い栗色の髪の毛が寝乱れ、シーツに口紅と頬紅が付着している。剝がれ落ちた粉は色香の残滓（ざんし）だ。肌に塗られていれば美しいけれど剝がれて粉に戻れば汚れに過ぎない。長い毛髪も同じ。身に生えていれば艶やかでも抜ければごみに変わる。女の身体の部分は本体に繋がっている時だけが美しい。たったひとつ、腕の先に咲く白い五弁の花をのぞいては。

「起きてたの？」

　横たわった女が寝起きの声を上げた。

「おはよう、と言ってももう夕方だけど」

　女が半身を起こすと釣り鐘型の乳が紺のシーツの上に白く揺れた。判で押したようないつもの会話が続く。午後の仕事はしなくていいの？　今日は休みにするから近くで夕食でもする？　ううん、旦那が戻る前に帰らなきゃ。シーツを巻いた女の胸元に深い谷間が刻まれ、乱れた栗色の髪が象牙(ぞうげ)色の背を打った。緑に蝕(むしば)まれる廃村に隠れ住んだ少女は大人になり、今は自分と月並みな不倫関係を続けている。

「ドライヤーを使う？　持って来てやるよ」

　気を利かせたわけではない。洗面所に別の女の痕跡が残っているかも知れないからだ。とは言っても、彼女は他の女の影など気にも留めないだろうけれど。

「お兄ちゃん、何よ、このリボンの包みは……」

　思い出すのは少女の涙声。中学生だった彼女は目に涙を盛り上げながら詰問した。自分が同級生から渡された手編みのマフラーを持っていた時のことだった。

「お兄ちゃん、何を考えているの？」思い出を破るのは大人になった女の声だ。「ずいぶんとぼんやりしてるじゃない？」

　上品な二色に塗り分けられた爪の先が唇をなぞり、血の通わないエナメルが歯に触れた。美しいけれどそそられない爪。ひらこのはえる余地などどこにも残っていない指。

「いつ見てもきれいだなって考えていた」

「ありがとう。私のこと愛してる？」

「ずっと愛し続けているよ」

「だったらね、すごく申し訳ないんだけどお願いがあるの」切れ長の一重を上目遣いに据えて女がせがむ。「あのね、他にお部屋を探してもらえないかな？」

「いつまでもここに住み続けてって言わなかった？」

「田舎の父がね、東京に進学する親戚の子にここを貸すって言い出したのよ」

自分と引き裂かれた後、少女は女子中学生に戻り、やがて東京の女子大に通うようになった。家賃を払うよりはと裕福な父がここを購入し、母がしょっちゅう泊まり込んでいたとか。そこには今、再会した初恋の男が住んでいる。そして中の一部屋は厳重に施錠され、白い花を作る場に変えられた。

「申し訳ないんだけど二月までにここを空けてもらえない？」

「飽きたから出て行ってくれと。契約書に書いた二ヶ月より余裕をくれてありがとう」

「嫌な言い方しないで。それから出る時は原状回復をお願い。改装したところは元に戻しておいて。庭側の部屋に大きな鍵をつけちゃったでしょ？」

口紅が落ちても艶やかな唇。甘い声が吐き出す別れの言葉。したたかに成熟した女の中に、自分が恋い焦がれた無垢でほっそりとした少女はもういない。

「家主の私に無断で鍵をつけたらだめ。部屋に何を置いてるの？」

「古いフィルムを集めてコラージュを作ってるって言ったじゃないか。現像液や定着液の臭いが漏れないようにしたんだけど先に断らなくてごめんね」

塗り直された唇の中で小さな舌打ちが弾けたような気がした。

部屋に鍵をつけたのはずいぶん前のことだ。見た目にはわからないけれど指紋認証装置もつけている。壁には断熱材を張り、窓は内側から二重にした。あの部屋にこの女を入れるつもりはない。毒々しい色を剝がしたとしてもこの爪は氷室にふさわしくない。

ここを出たら二度とあえない？　その問いは口に出さない。わかっている。彼女も持て余している。純愛の思い出に突き動かされて逢瀬を重ねても虚しさが積もるだけなのだ。

身支度を終えた女が軽く別れの口づけをした。濃厚な口紅の臭いにまた思い出す。何ひとつ塗られず、吐息の湿り気しか帯びていなかった少女の唇の感触を。あるいは色つきリップクリームの作り物めいたイチゴの匂いを。

部屋を去る女の後ろ姿を眺めているとまた渇望が身内を焦がすから小さな花園に入る前に水のシャワーを浴びた。冷たいしぶきに裸体を打たれると皮膚が凍てて俗世の汚濁がぬぐわれる。これは白い、冷たい花園に入る前の清めの儀式。堅固な鍵で守った花園をどうしよう。自分がここを立ち去る時、あの花達をどうしよう。他に運ぶのも煩わしい。抜いて捨ててもかまわない。求めるのはもっと清浄な、もっと可憐な花々なのだから。

十　東京　緑陰

駅近のコーヒーショップに座って静花はマップ上に蠢く緑の光点を見つめていた。

今朝、駅のコインロッカーに二通の封筒を入れた。ひとつは和ハッカのパウダーの空き箱。もうひとつのラベンダーとレモンバームの文香から放たれた信号が静花の携帯に輝点をともしている。動体検知カメラと一緒に購入した超小型のGPS発信器が懐かしい目もとの男の居場所を教えているのだ。

夏の蛍火にも似た灯が動き、駅前にぽっかりと開かれたコインパーキングに向かう。相手が車に乗ったら徒歩の自分は追いつけないから早々にコーヒーショップを出て小走りに光の導く場所をめざした。

パーキングの周囲にはユーカリが梅雨明けの勢いで茂り、熱を孕んだ空気が足元に淀む。スニーカーの足元にも束ね髪の首筋にも風は感じない。けれども頭上の樹々はそよぎ、白い四輪駆動車の屋根に黒く葉影が揺れていた。脇に立つすらりとした男の髪にも陽光と日陰がちらついている。彼がポケットから取り出したのはきっと車の鍵。そう思った瞬間、かちり、と小さな音がして車のロックが外された。

考える前に身体が動いていた。履き馴れたスニーカーがぱたぱたと地を蹴り、足音を聞いた男が顔を向けた。懐かしいまなざしが自分を捉える。男の顔に驚きが浮かび、金網に巻きつく昼顔の蔓が風もないのにまた揺れた。

「こんにちは」

最初に声に出したのはどちらだっただろう。もしかしたら同時だったのだろうか。

遠い遠い記憶が心の奥底にひらめいた。淡いはしばみ色の瞳に散る放射状の線模様。松葉散し（まつばちらし）という柄にとても良く似た虹彩紋。薄茶と黒が密に混じり合い、少し離れると濃茶に見える瞳だった。笹の葉形の目に被さる黒いまつ毛はまっすぐだった。確かにこの人に見つめられていた。いつのことだったのかしら？　もしかしたら前世？　自我が萌芽する遥か前に刻まれた記憶？　確かにわかるのは、自分はずっと見つめられるのを待っていたということだけだった。

「来てくれたのですか？」

男が気怠（けだる）そうにこめかみに指を当て、薄い唇をほとんど動かすことなくたずねた。

「追いかけて来たんです。やっと見つけました」

自分のものとは思えないほど甘い声がこぼれた。

「なぜわかったのですか？　でも、あえて、大した嬉しいや」

語尾に聞きなれない揺らめき。それは白姫澤あたりの言い方なのだろうと静花はしんみりと理解した。

「あなたは氷室守りですね？　良い匂いのものを贈ってくれた人ですね？」

男が微笑んだ。それは胸が熱くなるほどに懐かしい、優しい笑顔だった。

「見つけてくれてありがとう」睦言のような声が言う。「ずっと見つめていて、清らかな仙女様に似た人で、失礼と思いながら贈り物を続けていました」

「私は清らかじゃない。罪のある人間。あなたも知っているでしょう？」

「知っています。あなたの罪も、苦しみも」

「なのに私をまるで脅すみたいに……」

「怖がらせてごめんなさい」叱られた子供のような声が謝罪した。「ただ、その指が触れたものを手もとに置きたくて。岳志君のことも知っていたからなれなれしく近づくこともできず。不器用な方法でごめんなさい」

男が歩みよって頬に手を触れた。指が肌にあえかな圧を加えると、この手に触れられたことがあるのだと心のどこかがささやいた。

「私は恋人を持て余して、邪険にして、そして最後には……」

「罪の概念なんて時と場所によって変わります。人が罪と呼ぶものによってあなたの清らかさが失われるなんて、少なくとも僕にとってはありません」

「どうして私を知っているの？」

「ずっと昔にあっています。またあいたいと思ったけれどあなたには岳志君がいた」

「私はおぼえていない。確かにどこかであっているはずなのに」

資料館の色褪せた写真の中に彼はいた。数十年前に年老いた姿で撮られていたのに今の姿は若い。そして記憶の奥の瞳は老人でも青年でも壮年でもなかったような。

「どうやって僕を見つけたんですか？」

「だって」心の中で幾多の答えが生み出されては消えて行く。「私はあなたの仙女様なんでしょう？　だから、あなたがここにいるってわかった。それだけのこと」

男がまた微笑んだ。とても純朴な表情だった。その無垢な笑顔に触れたくてつい手が伸びる。冷たい指が絡められ、指間の掻き平がなぞられた。指紋がつくる淡い摩擦が熱い。手の甲に男の唇が触れ、柔らかな吐息が皮膚を撫でる。

至福に目を閉じた時、パーキング横のバス停にコミュニティバスの停車音が響いた。ユーカリのさざめきに混じるのは遠い団地から来た子供や老人の声。男の唇が手の甲を指に向かって這って行く。それは古い映画で観た紳士が淑女の手にする口づけとは違う。指を口にふくんで舌先で掻き平をなぞる淫靡な愛撫だ。外でこんなことをしていいのかしら。恥じらって目を逸らし、駐車場の向こうに目を泳がせた時、バスから降りる栗色の巻き髪の女と目があった。

「あら、静花さん」

聞きおぼえのある女の声だった。良く通る品のある声だった。金網に巻く蔓草の陰になって彼女には手に口づけする男が見えていなかったに違いない。

「こんにちは。良いお天気ね。私、団地の産直の野菜と果物を偵察して来たの」

友達になって日が浅い女の声。美術館で知り合った美しい奥様。返す言葉を見つけられずにいると、彼女の視線と掻き平を舐める男の眼差しが歪んだ熱を帯びて絡まった。

「あら、ごめんなさい。彼氏と一緒だった?」

繭実という名の女があまりにも落ち着いた口調で、驚きの言葉を口にした。

「静花さん、お友達ですか?」

男が掻き平から唇を離すこともなく問いかけた。

理由はわからない。うまく言葉にできない。けれどもこの男女が知り合いであることを読み取った。二人の間に重苦しい情念が淀む。この空気を知っている。自分が消す前の岳志に向かって放っていた倦み(う)と同種のものだ。

「お邪魔しちゃってごめんなさい。今度、彼氏を紹介してね」

繭実がぞっとするほど艶やかに言い放った。何の感情も含ませない声だった。彼女はその場に背を向けて、淡色のブラウスの背に栗色の髪を揺らせて立ち去った。降りこぼれる陽射しの中、肌に溶けた化粧が美しかった。スカートの中の丸い腰があまりにも官能的に振れていた。

「氷室の花のことは知っていますか?」去った女など存在しなかったかのように男が問いかけた。「あなたにそっくりの仙女様に供えられる白い花のことを」

「ええ、知っています。それは白姫澤にあるんですよね」

「そう、あなたのひいお婆さんが住んでいた場所。そしてあなたのようなきれいな女性が花として祀られる場所」

「花として祀る? それは、手を花にするということ?」

「知っているんですか?」

「花絵記という和綴じ本に書いています。女の人の手を、手首から鉈で斬るんでしょう? 白姫澤の資料館から持って来ました。今は家で大切に、大切に……」

「氷室守りの花絵記を静花さんが? なんてすてきな運命。でもあれは残酷な昔話」

男がしめやかに微笑んだ。潤んだ濃茶の目が細められて薄い唇が弓なりになる、とても控え目な笑顔だった。

「古い写真で見たあなたはお爺さんだった。なのに目の前のあなたはまだ若い」

「僕がお爺さんの写真?」

「白姫澤で古い写真も手に入れました。何十年も前のお祭りの写真にあなたが映ってた。お爺さんになった姿で。本当はいくつ? どんどん若返っているの?」

「なんてすてきなことを」男がとても幸福そうに言った。「その写真に映っていたのはきっと僕の祖父。僕に瓜二つの人。静花さんに同一人物と思われていたなんて」

「若返りながら生きていたわけではないのね」

男がまたうっとりとした歓喜をにじませる。焦げ茶の瞳にたたえられているのは静花のささやかな勘違いを心の底から愛おしむ、淡く優しい笑みだった。

「僕と祖父はとてもとても仲が良かった。見た目も思うこともそっくりで」

子供の頃、お爺さんにひどいことをされなかったの？　とは問わなかった。彼が祖父を語る口調に深い思慕と敬愛があふれていたから。

「白い花を見に行きませんか？　もうじきなくなる土地に僕の先祖が守り続けた花が咲いているんです」

「それは白姫澤？」

「ええ、やがて大きな道路に埋められる村。花や仙女が消える前に見てもらいたい」

白い車のドアが開かれたからそこに乗り込んだ。初対面の男の車に乗るなど自分にはありえない。けれどもこの人を知っている。涼しげになまめく目もとをおぼえている。彼は自分を好いている。見つめる瞳に悪意のひとかけらも宿していない。

男がゆっくりと車を発進させた。ユーカリにかげるパーキングから住宅街を抜けて国道をめざすようだ。白い指が黒革のハンドルの上を撫でるように動くと、掻き平をなぞられる心持ちになり頬が軽く火照った。

　平日の道路は交通量が少ない。後ろを紺色の乗用車が走る。通行人や自転車を避けながら少し距離を保ち、その車は白い四輪駆動車の後から国道に入って来たのだった。


　駅地下の曇りガラスが張られたベーカリーの、コインロッカーを見渡す席だった。座り込んだ葵が眉間に皺を刻み、横で村崎が苦り切っていた。目の前にはぬるくなったアイスコーヒーとカフェオレと乾いたデニッシュ。

「俺が教えた通りベビーカーをレンタルして例のマンションの通路が見える公園でお散歩のふりをしてた、と」村崎が葵の報告を早口で復唱する。「で、問題の部屋から出て来たのは仲良しのいとこで、さっきそこのコインロッカーに封筒を入れてった」

　眉間の皺を深めて葵がうなずいた。

「仲良しなのに住んでる場所も知らなかったわけ？」

「おんぼろで恥ずかしいって呼んでくれなかった」

「住所を見てぴんと来なかった？」

「住所なんておぼえるわけないでしょ？　何年もプライベートの年賀状なんて出してないし、出したとしても住所面なんて出力だし」

「俺、売れてる芸能人の住所、けっこう言えるよ？」

「は？　記憶力を自慢したいの？　あたしは凡人なんだよ！」

その怒気に村崎が「怖えな」とつぶやき、葵が「けんか売ってるの？」と睨む。

「ねえ、本当にいとこちゃんをつけなくて良かったの？　今からでも俺、捜すよ」

立ち上がりかけた村崎の腕を葵がつかんだ。

「ここにいて。この後、龍一さんが現れてもあたしじゃ見張れない」

しぶしぶと座った村崎は「この場から離れたい」という表情を隠さない。

「まとめてみよう」アイスコーヒーをすすりながら男が言う。「あんたの挙動不審の彼氏はあんたの仲良しのいとこに……」

「あんた、って呼ばれると微妙にむかつく」

「あ？　じゃあ葵さん」言い直しは持て余し気味だ。「美男の彼氏は葵さんのいとこの家のポストに手紙を入れた。普通に考えて怪文書だ。でも見るからに真面目そうな彼女は騒ぎ立てるでもなく素直にコインロッカーに返事らしきものを入れた」

「しかもめかしこんで！　なにあれ腹立つ！」

「めかしこんで？　普段着じゃん？」

「ブラウスが新品。あの子にしちゃ色が明るい。マスカラしてるのなんて初めて見たし、凝ったバレッタつけて、妙に肌がきれいで、表情がきらきらしてる」

「ええと」眉を揉んで村崎が遮った。「嫌がりもせずデートみたくおしゃれして？」

「そう、女子中学生の初デートの感じ！　うきうきだけど不安そうで」

「ごめん、主観は抜いて事実だけ話してくれ」

「なにそれ？　あたし、見たままを報告してるよ？」

葵はいとこが普段いかに質素で華がないかを語り始め、村崎はロッカーに目を据えたままうんざり顔で聞く。一時間半が経過した時、村崎が飲み物二杯を再オーダーした。

「張り込みの時はなるべく二時間を目安に何か頼む」のが店に対する礼儀なのだとか。

「ねえ村崎さん」静花の日常を語り尽くして葵が話題を変えた。「なんで芸能人のスキャンダルを追ってたの？」

「急な質問だね」

「他に喋ることないもん。無言で向き合ってても間がもたないし」

暇つぶしの質問か、と村崎は皮肉めいた笑いを浮かべ、乾いたデニッシュを大口でかじった。その間も目は葵に向けることなくコインロッカーに据えたままだ。

「ニュース報道をしていたけれどスキャンダルの方が性にあってたから転身した。自分のスクープが一面を飾ったから抜けられなくなった。以上」

それで終わり？　たったそれだけ？　と問い返す葵に対して村崎は続けた。

「暴く快感は癖になるんだ。芸能人の不倫でも政治家の汚職でもね。隠しごとを暴きたい、知りたいって欲求は誰にでもあるだろ？　だから俺の写真や記事が売れる。世間のゲスな好奇心を満たしてやる充足感には中毒性がある」

一度、口を止めて村崎はコーヒーをすすり、それに芸能ネタは刑事事件や政治問題と違って握り潰されにくいしね、と言い添えた。

「ふうん、なるほど……」

とりあえずあいづちを打つ。村崎が二個目のデニッシュをかじる。その食べっぷりにつられてフルーツパイを買って来てかぶりつくと過剰な糖分が舌に心地良かった。

「低俗な仕事だと思ってるんだろう？」

「まあね」

「でも同類じゃない？　葵さんも彼氏のことを暴きたくてたまんないんだろ？」

「あたしのは私的な事情。彼のことを不特定多数に暴く気はないよ」

「恋心とか嫉妬心みたいなのが薄くない？　援助交際らしい情報を出した時、恋に目が眩んだ女なら慌てるとか取り乱すとかだよね。女心はわかんないけどさ、葵さんの反応には恋愛じゃなく隠しごとを暴きたい記者に似た空気を感じた」

色恋じゃないの、婚活だもん、と言ってもこの男に通じるだろうか。早くスクープ記者に戻れるといいね、と気のない言葉を出した時、村崎の周囲の空気が張り詰めた。

「すてきな彼氏の登場だよ」

とっさに身を低くしてガラスのスモークに隠れる。見なれた立ち姿が通路を隔てたロッカーの側にいた。すらりと背が高く、少し猫背で気怠そうな男。歩きながら前髪をかきあげて時々こめかみに触れる偏頭痛持ちの癖。

「どこに置いてもむかつくくらい目立つ色男だな」

村崎が軽口をたたく。龍一は祈るような表情でロッカーの前に立ち、ゆっくりと扉を開けて悩ましく微笑んだ。それは葵には見せたことのない切ない至福の笑みだった。彼が恋する相手は多分、静花。白い封筒に触れる手つきが自分への指遣いとは違う。瞳に含まれる微熱も自分を見つめる時にはないものだ。

「つけるよ」現実からの声が心の痛みを破る。「それともここで待つ?」

「いやだ、あたしも行く」

眼鏡と帽子で変装しようとすると、薄手の黒ジャケットをはおった村崎が止めた。

「でかい帽子は目立つ。髪を一本結びにして地味なマスクをするだけでいい。俺から二メートル離れて後ろをついて来て。人にぶつかったり転んだりしないように」

言い捨てて村崎はカフェを後にし、葵はテーブルの上のトレイを返却口に置いてあたふたと後を追った。

外に流れる風景が住宅街から小さな里山を経て田園風景に変わる。人の営みに覆われていた大地はいつしか緑色に蝕まれた山村風景に移った。

「あなたの名前を教えてください」

自己紹介しようとしない男に静花が名前を尋ねた時、彼は沈黙してしばらくためらい、勇気を振り絞るようにして「龍一」と告げた。「すてきな名前ですね」と応じたら彼は不自然なほど安堵した表情で「良かった」とつぶやいた。

「どうして良かった、なんて言うんですか?」

「そうですね……、変な名前、古くさい名前だと思われたら恥ずかしくて」

「そんな、とてもかっこいい名前なのに」

もう一度、良かった、と言葉をこぼした彼はぽつぽつと自分のことを語り始めた。子供時代に白姫澤で過ごしたこと、仕事は自営業であること、岳志から静花のことを聞いてひっそりと心惹かれていたこと。どこで彼と知り合ったのですか? と尋ねたら実用書の出版記念パーティでと言われた。岳志があんなふうになった理由について心当たりは? と聞いたら知らないと答え、花畑に一緒に行ったことはあると教えてくれた。

どこまでが真実なのかつかめない。まともな人ではないのだろうと理性が告げている。葵の言葉を借りるなら「好きになっていい人」ではないはずだ。それでもついて行く。助手席から見つめる横顔の、ひたいと鼻がなだらかな丘陵のようで美しいから? こめかみに切れる目尻の細長さに魅せられるから?

淡いまつ毛の下、焦げ茶の瞳がこちらに流されて「僕の顔は変ですか?」ともの柔らかくたずねたから「いいえ」とだけ答えて別の問いを返す。

「さっき駐車場であった女性、本当は知り合いだったんでしょう？」

「どうしてそう思うのですか？」

「女の勘、と言ったら曖昧ですか？」

龍一は少し困ったように指でこめかみを押さえた。なめらかな山形の眉と流線形の目の調和が悩ましい。さらさらと流れる髪を白い指が掻き上げるのも、薄く隈の浮く下まぶたも、頰が少しこけているのも物憂くて愛おしい。太古、人々は「愛し」を「かなし」と読んだとか。彼のどこか病的な風情に抗えないかなしさばかりがこみ上げる。

「正直に言いましょう。彼女は僕の初恋の人です」

「どうして初対面のふりを？」

「長く恋い焦がれていた女性を口説いていたら大昔の初恋の相手が現れたんです。恥ずかしくてとっさに他人のふりをしてしまいました」

「あの時、私を……、口説いていたんですね？」

「心の底から愛を告げていたつもりでした。でも言葉が何も出て来なくて、頰に触れたり手を取ったりすることしかできず」

男が恥ずかしそうに目を伏せ、まつ毛に霞むまなざしを前方へと戻す。その瞬間、彼に見つめられ続ける路面に焼けるような嫉妬を感じた。

国道は長く細い一本道に変わる。センターラインは消えかけ、対向車が来たら確実に車体がはみ出すだろう。きっとこの道は自分の知らない龍一を知っている。自分はこんなにもこの人のことを知らない。焦燥と切なさがこみ上げた時、男がウインカーを出して崩れそうな路肩に車を停めた。

「着いたのですか?」

「いいえ。ずっと後ろを走る車がいて。追い越させたいんです」

言われて初めて気がついた。リアウインドウの中、紺のワンボックスカーが近づいている。追い抜かれる時、運転しているのは黒ジャケットの男だと見て取った。

ナンバーが『わ』だからレンタカーですね、と龍一が言い、岳志が維持費を捻出できずに車を売り払った時を思い出した。撮影の時はどうやって機材を運ぶの? と尋ねる静花に彼は『わ』ナンバーでじゅうぶんだよ、と意欲のかけらもない声で応えていた。

「今は自家用車を持たない人が増えているって聞きました」

「都会ではそうだけど、一人一台の田舎でレンタカーは珍しいですよ」

「お金に困って、仕事もできなくなって車を売り払った人かも知れない」

「岳志さんを、思い出したのですか?」

尋ねる声は悲しげで、目尻に流された瞳は濡れていた。

「彼のことはもう思い出しもしない」

「最後まであなたの側にいたがったのに、忘れ去ってしまったのですか？」

「忘れたんじゃない。恋愛感情が消えただけ」

男が車を発進させながら、それを忘れ去ると言うのですよ、とつぶやいた。遠くの山並みに続く長い道。信号も商店も見当たらない。進むごとに雑木林ばかりが増えて行き、真っ赤な鳥居や灰色の石碑や農家のトタン屋根だけが見え隠れする。何気なくダッシュボードに手を置くと龍一がためらいがちに指を重ねた。

「細い指、柔らかい爪」男が静かな声で言う。

「いただいた精油やクリームがとても良かったから」静花は答える。

静花さんの肌に馴染むと思っていたんです、と告げる男の指の冷たさが心地良い。掻き平に触れられると悦びが指間から全身に波及する。どんな粘膜を触れられるより指の薄皮を愛でられる方が深い幸福と喜悦をもたらすのだと心と身体が確信した。

幸福感に揺蕩（たゆた）う時、龍一がまた、すぅ、と冷えた雰囲気を放ってブレーキを踏んだ。

「またついて来る」

「何が？」

「さっきの車がまた後ろにいるんです。どこかに停車してたのかな」

「同じ車なんですか？」

「ええ、同じ車種、運転手は同じ黒ジャケットの男性。視線の感じも同じ」

視線の感じ？　と聞くと、目の発する雰囲気は人それぞれ違うから、と応えられた。

「同じ場所に向かうだけかも知れません。気になるからまた追い越させます」

「つけられるおぼえが、あるのですか？」

「ありません」男がやんわりと答えた。「ただ一定の距離を保つのが気になるだけ」

脇を紺の車が追い越す時、車高の高い四輪駆動車の助手席から車内を覗き見た。運転手は色黒で眉毛の太い男、後部座席に肉感的な女がうつ伏せになっていた。ボリュームを持たせないウエーブヘアが顔を隠し、グレーのジャケットがシートに広がっていた。

「追い越して行った車、後ろに女性が寝ていました」

「そうですか？　僕からは見えなかった」

「具合が悪くて病院に行くのではないでしょうか」

「病院？　そう言えばこの先の駅の側に内科か外科があったはず」

龍一がまたゆっくりと車を発進させた。セレクトレバーを握る手を見つめると身体が熱を持つ。彼に触れられるレバーの黒革が自分の肌であればいいのにと望む。左手に小さな駅と個人病院、その先にレンタカーの看板も見える。駅前の商店で飲み物を買いましょう、と彼に言われて、一緒に車内でお茶できるんですね、と浮き立った声で応えた。

車を降りて腕を絡めると男が髪に口づけをした。初めてのドライブなのに何も準備していなくてごめん、と詫びる男に肩を抱かれ、静花は店に入って行った。

「中止だ」駅裏の駐車場に停めたレンタカーの中で村崎が言い放った。

「中止って、何よ今さら！」後部座席から起き上がった葵が気色ばんだ。

「尾行がばれてる。彼氏は勘が良いよ。一本道じゃつけるのは難しいだろう？」

「張りつくのは得意なんじゃないの？」

「守備範囲は市街地だ。今日は田舎の一本道を追尾する装備がない」

「何それ？　準備不足じゃない！」

「彼氏のマンション周辺は駐停車違反に厳しいんだ。移動手段が車か電車かは予測不可能だった。だから七つ道具を搭載した自分の車で張り込めなくて、彼氏が使ったコインパーキングでカーシェアの車を調達するしかなかった。そこ、理解してるよね？」

　駅裏の巨大な駐車場は国道からは見えない。けれどもサイドミラーには駅前の売店に停まる四輪駆動車が小さく映っている。

「ばれそうな時は潔く諦める主義だ。いとこさんの服装と荷物だと日帰りのはずだ。俺の顔が割れたらこの先、探るのは難しくなる。無理強い（むりじ）いするなら降りる」

　自分が歯ぎしりするのがわかる。サイドミラーの片隅には寄り添って売店に入る二人が映っている。焦げるような怒りが突き上げるけれど声だけは冷静に保った。

「ねえ、村崎さん、スクープを売る仕事したいんでしょ？」

「は？　何を急に？　いくら美男でも彼氏は芸能人じゃないよ」

「彼、十代の女の子を連れ込んでるって言ったよね。髪飾りが回収されてないって」

「一般人の援助交際一件じゃ記事になんないよ。彼が犯罪者だったら通報して手を引く。刑事事件の調査報道は一人じゃしんどいし、コストパフォーマンスが悪い」

「静花が被害者になるかも知れないいじゃない」

「彼が連れ込んでた子は十代だ。悪いがいとこさんは歳を喰い過ぎてる」

「ねえ、こうは考えられない？」言ってみたものの次を考えていない。けれども言葉を途切れさせたら追跡も終わる。「ええと、そうだ！　もし静花が共犯者だったら？」

出まかせもはなはだしい。その突飛さに自分自身があきれた。

「はあ？　共犯？　何の？」

「連続少女誘拐監禁事件……」

村崎があきれ果てた顔で少しの間、黙り込んだ。

「いきなりぶっ飛んだ発想だね？　根拠は？」

「うん、ええと……」言葉を必死に捜す。「彼は女の子をマンションに連れ込んでる。女の子は翌日いっぱい過ぎても出て来ない。つまり監禁の可能性がある。で、静花がその子を売り飛ばして。そうだよ！　だから変な通信手段を使って……」

「すばらしい発想だけど、根拠が弱い。スクープに値する監禁事件はそうごろごろ転がっちゃいないよ。人身売買は独自ルートを持つプロじゃなきゃ無理な商売だ」

「じゃ今回のを事件じゃないとする根拠は？」

「事件と断定する証拠がない。確率的に非常に低い」

「確率は非常に低いけどゼロじゃないもん！　もし事件なら大スクープだよ！　なんか臭いのよ」ここで何が臭いのかと突っ込まれたら言葉に詰まるだろう。「もし当たったら成功報酬どころじゃない富と名声だよ？　カムバック通り越して大躍進。外しても浮気調査の失敗ってだけ。さらに経費はあたし持ち。やらない理由がないじゃない」

「ずいぶん強引だね」

「やばかったら逃げればいいだけ。乱闘になっても龍一さんは弱っちいし、静花は非力。村崎さん、合気道やってたんなら強いんでしょ？　顔がばれたらあたしに経費を請求して、そこで降りても遅くない。リスクはゼロ！　悪い話じゃないよ！」

口達者な男がたじたじとしている。ずっとサイドミラーを凝視しているけれど、まだ二人は出て来ない。けれどもそれほど長くここにいるとは思えない。

「こんなうまい話を断ってしっぽ巻いて逃げる気？　そんな弱気じゃリハビリなんて無理だよ。暴く快感を得たいんだよね？　今、その欲求を満たさなくていいわけ？」

「葵さん、あんたの暴きたい欲求もかなりのもんだね」

「あたしのは婚活。これはリサーチ。協力してよ。出張手当二万を追加するから」

村崎はくすくすと笑い、ジャケットを脱いで裏返してベージュの裏地を表にした。

「リバーシブルを裏返してキャップと黒マスクで遠目には別人に見える。出張手当プラス昼飯で手を打ってやる」

彼は片唇だけをつり上げながら言い、車内で歓声を上げる葵に指示を出した。

「レンタカーがあるから車を変える。運転はできるよな？　まずそこの文具店で瞬間接着剤を買う。それから金か銀の容器の缶コーヒーをあるだけ買ってレジ袋に入れる」

「あたし、缶コーヒーよりプーアル茶が飲みたいんだけど」

「ならそれも買えよ。理由は後で説明する。二人が出て来る前に急いで」

早口で指示を出し終えた村崎はベージュのジャケットをひらめかせてレンタカーの看板の下へと走って行った。

通る車も人影も何もない長い、長い田舎の道を自動車で走り抜ける。時おり田園や畑を背後に流しながら、山中に猛々(たけだけ)しく茂る樹々の中へと分け入った。長くくねった一本道のはるか後ろに茶色い乗用車とバイクが米粒のように小さく見える。

遠くに雷にも似た鳴動が響き、龍一が静花の手をそっと持ち上げて口づけした。

「ハッカの香りがする」

「龍一さんにもらったパウダーを少しずつ使っています。他の容器に移し替えて」

「皮膚の奥に香りが染み込んで、肌の匂いと混じっている」

　手の甲から指先に唇が這い、掻き平の縁を舌がなぞった。幸福と悦楽に小さなため息が漏れる。自分が艶めき、華やぐのがわかる。

　遠くにまた雷めいた響きが聞こえた。

「雷の音が続くけど、夕立になるんでしょうか？」

「あれはダイナマイトの音ともろくなった地面が崩れる振動。道路を造るために山向こうから爆破されて切り崩されているんです。そして時々、余波で山や畑が崩落します」

「村を埋めてしまうんですね」

「花園と氷室を見るのは今が最後の機会になるんです」

　周囲に人影もない。すれ違う車の一台もない。外は凶暴なほどの緑色が満ちるだけだ。休憩を取らなくていいの？　と聞いたら、静花さんはお休みしたい？　とたずね返された。あなたが疲れていなければ休まなくていいと答えてから考える。できるなら永遠に停まって欲しくない、この閉じられた空間を開け放って欲しくない。

　散らばった集落を抜け、蔓草に巻かれたバス停の横を通って、山に続く脇道へと曲がり入る。四輪駆動車がゆっくりと草の茂った細道を踏みしだくとシート越しに整地されていない道の凹凸が伝わった。周囲に植物の密度が増し、うっそうとした繁りを抜けたところに小さな村の名残が広がっていた。所々にこんもりした緑の小山。それが濃緑の植物に覆われた廃屋だと教えられなければわからなかったに違いない。

辿りついた山の麓でドアが開け放たれ、車内に濃厚な夏草の匂いがなだれ込んだ。

「村の入り口で車を降りたかったけど」龍一がハッカの香りの防虫スプレーを渡して語る。「あまり歩かせたくないから山の麓まで入って来ました」

「ここが白姫澤ですね？　氷室があった場所？」

「氷室はもっと山の中。少し歩くけど急な山道じゃないから」

車の側に赤黒い実がたわわになった木が立っていた。これは夏グミ、と彼が教える。甘くて皮が柔らかいから帰りに摘んで食べましょう、と吐息に似た声が続いた。木の根元には池が広がっている。緑に覆われた地面に不似合いな泥じみた茶色の池だった。

「この池は昔はなかった水たまり」

龍一が寂しげにささやいた。爆破解体の振動で地下の空洞が崩れて穴になり、そこに雨水が溜まるのだと、村に次々と泥の池が生まれているのだと知らされた。

「じきになくなるはかない池です。魚や水神様が棲みつく前に重機が潰す池です」

「池の端が崩れたりしないのかしら？」

「崩れて車が沈んだら、夏グミを食べながら村が消えるまでここに住みますか？」

冗談とも本気ともつかない誘いに静花は薄く笑う。龍一もひっそりと笑い返す。

西に移りかけた太陽が雲をまとってかげり、村の緑の辺縁が空の青さに溶けている。

遠くからまた低い地鳴りにも似た不穏な響きが伝わって来た。

「前に近くまで来た時はあんな地響きは聞こえませんでした」

手をつないで歩きながら静花は口にする。

「いつ来たんですか？」

「つい最近、この近くまで、いとこと一緒に」

「いとこの方と？」

「私達の曽祖母が住んでいたから。いとこの恋人の祖先も住んでいたとかで」

「それは偶然ですね」男がとても、とても不安な震え声を出した。「静花さんは……、いとこの方の恋人の顔を見たり、名前を聞いたりしたことは？」

「そう言えば名前を聞いてません。どんな人か良く知らないし仕事もわかりません」

葵の彼氏について、年収だとか、借金がないかとか、養育費の支払いがないといった条件面以外、ほとんど何も聞いていないのだと今さらながら気がついた。

「絵が上手ないとこが彼氏の似顔絵を描いてくれました」

「似顔絵を？　どんな顔の人でしたか？」

「太ってなくて髪が薄くないということしか……」

それしか知らないのですね、と龍一が静かに繰り返した。草を踏みしだき、道にもならないような道を導かれて行く。雑草に埋もれているけれどその根元には一本、確かな道が続いているのだと靴底の感触が告げていた。

「どこまで歩くの？」

「ほんの少し山に入った所、老人や子供でも苦労せずに行ける場所」

「花絵記に美しい、美しい絵が描かれていました。仙女様の前に白い花がたくさん咲いていて、花は切り取られた人の手の形をして」

「怖くはなかったのですか？」

「とても怖かったけど、あまりにもきれいで。目を背けたいのに惹かれました」

「遠くで育ってもここの人なのですね。手も心も白姫澤の血を色濃く受け継いで」

足元の斜面が少し急になり、細道を足先で探る龍一が手を引いてくれた。登る傍らに苔だらけの四角い石群が立っていて、それらは弔う人のいなくなった山墓だと教えられた。草を踏み分けて辿り着いたのはほんの少しだけ道幅の広がった場所。周囲には樹が茂り、片側には急斜面がなだれ落ちている。崖面にはみっしりと草が生えて蔓草が絡む。耳をすますと微かなせせらぎの音も聞こえる。山肌に絡まる蔓を龍一がかきよせるとそこにぽっかりと黒い洞窟が姿を現した。

「この中に仙女の壁画と白い花畑があります。暗い場所だから怖かったら引き返してもかまいません」

「怖くなんかない。私にも花園や仙女を見せて欲しい」

漆黒の半円の中から手を差し伸べる男。それは昏い半月の前に立つ美しい男神の姿のようだった。禍々しい絵の世界がこの奥に広がっている。恐ろしくないのは黒々とした闇の中に浮かぶ男の姿が美しいから。そして見つめる瞳がとてもかなしく懐かしく、そして慈しみに満ちていたから。

黄泉路にも似た漆黒の中から男が招く。踏み込んだらもう二度と元の自分には戻れない。かまわない。そこに暗く冷たい至福があるはずだから。

手を取られ、肩を抱かれて丸い闇に踏み入った時、樹々のさざめきとセミの声が距離感を狂わせてよろめいた。龍一が身体を支え鼻先がシャツに触れる。懐かしい匂い。それはほのかに汗を含む男の体臭。そして自分が贈った匂い袋の香り。

漆黒に浸りかけながら口づけを交わした。滑らかな唇の感触。絡まる舌先のぬめり。ハッカの香りが肌の周囲で混じり合う。広葉樹がさざめき、蔓草がぞよめき、セミの声が降りしきる中、山の草葉が、がさり、と重量感のある音をたてた。

「静花！」

何かが勢い良く飛び出して、甲高い女の声が張り上げられた。誰の声かすぐにはわからなかった。視線を巡らせてそこにいとこが立っていることに気がついた。

「葵ちゃん……？」

声は出ても思考が伴わなかった。美しく廃れた村と黄泉に続く洞窟に都会の女がそぐわない。彼女がここに現れる理由もわからない。

「静花！　龍一さん！　あなた達、何してんのよ、こそこそと！」

それだけ叫んで、多弁ないとこが絶句した。街歩き用のスニーカーにグレーのサマーニットにUV帽子。少なくとも山歩きを想定した服装ではない。

「葵さん、まだ出ちゃだめなのに」

背後に現れた男は誰だろう。葵と何やら盛んに言いあっている。太い眉、日焼けした顔、少し崩れた鋭い目つき。思い出した。あの紺色の自動車を運転していた男だ。

「葵さん」

洞窟の漆黒に半身を浸した龍一がいとこの名を呼んだ。

「葵ちゃんとも、知り合い、だったの？」

半円の闇の前に立つ愛しい男に聞く声は気の抜けた、かすれたものだった。

「静花、この人は私とつきあっているの。何度も話したでしょう？　一緒に旅行に行ったのも知ってるよね？　横取りするなんて思わなかった！」

葵が甲高い声で叫んだ。心がずるずると現実に引きずり戻される。身体の周囲を浸す甘い闇がはぎ取られて行くかのようだ。

龍一がゆるく静花の手を引いた。身体がゆっくりと黒い洞窟に引き込まれる。光に馴れた瞳が暗がりに視界を失い、男の手の温みだけが明瞭になる。

「危ない！」

光の中に現れた男の声が響き、外界からもう片手が強く引かれた。何が起っているのかがわからない。逆らうこともできず、ずるり、と木洩れ日の降りしきる山中に引きずり出されたのだった。

十一　白姫澤　万緑

「話した通りとてもきれいな廃村だろう？」

　上背のある男を見上げて語りかけると初夏の陽光がちりちりと瞳の奥を刺した。

「本当に美しいです。村を植物が覆って見渡す限り緑で……」がっしりとした首筋の汗をぬぐい、まばらなあご髭の男が感嘆した。「『オズの魔法使い』に出て来るエメラルドの都のような。いや、鉱物とは違いますね。もっと柔らかくてしっとりして」

「木と茅とトタンでできた民家だから宝石のようにきらきらじゃないよ」

　長髪の男を見上げると陽が瞳孔を直射し、眼球からこめかみに細い痛みが突き抜けた。自分は少しふらついたようだ。横に立った男が筋肉質の腕で支え、おずおずと深緑のハンドタオルを差し出したのだから。

「大丈夫ですか？　良かったらこれを。あの、今日まだ使ってないから」

　網膜をいたぶる陽光を遮りたくて受け取った。濃色のタオルを額にかざすと生地に埋もれた刺繍が指に触れる。目立たない紺の糸で縫われた文字はTakeshi. A。

「あ、そこに彼女が俺の名前を刺繍して……」頭痛で物音が遠くなり語尾を聞き漏らす。

「頭、痛いですか？　しんどかったら車に戻りましょう」

「太陽が眩しくてふらついただけだ。心配ないよ」

細いヘアバンドで止められた髪が太いうなじに揺れている。実直で心優しい男。飛び抜けた美男子ではないけれど丈夫で誠実で、女が連れ添うのに適した男。彼のタオルに名前を縫い入れたのは大人に育ったひらこ娘だ。

「彼女は器用なんだね。もしかして手先を使う仕事？」

女の職業などとうに知っている。それでも話の接ぎ穂に聞いてみる。

「刺繍とエナメルアートが趣味なんですよ。大手企業の美術館に勤務してたけど、不景気で……。今は住宅街の小さい美術館に契約で勤めてます」

「もしかして正社員だったのに契約社員になった？」

「ええ、一年更新だから来年のことはわからないんです。経理も押しつけられて忙しいのにボーナスもなくて。だから俺が仕事をうんと増やすつもりです」

良い男だと思う。若くて健康で向上心も思いやりもある。静花という名のひらこ女の恋人としても、掻き平の赤ん坊を殖やす配偶者としても文句はない。彼は巨大なカメラバッグを背負って生い茂る草道を軽々と漕ぎ歩いて来た。学生時代は長身を活かしてバレーをやっていたとか。足腰は強靭なはずだ。野山を歩くのにも馴れている。

「この村はかなり前に無人になって」話題をそっと村のことに戻す。「お寺や神社も崩れかけて家の中も草だらけ。遠目にはきれいでも側で見ると無残だよ」

「寄棟造と切妻造が混在していますね。古民家の観光地にできそうなのに。屋内に草が生えてたら復元や移築は難しいのかな」

「この村を思い出のまま残せたら良いんだろうけど」

そして、それは無理、とまたあきらめる。残せば氷室が人目に触れないとも限らない。人々の視線に陵辱されれば白い花は神聖さを失うだろう。終焉を思うとまた眼球の奥を違和感が貫き、視界の揺らぎに立ち位置を見失った。男ががっしりと肩を支える。肉厚の手に触れられると自分がひらこ娘になった気がして体重を預けてしまう。

「龍一さん、細いですね。もっと食べた方がいいですよ」

「岳志君はお母さんみたいなことを言うね」

「俺、お母さんですか？　まいったなあ。彼女にも同じことを言われますよ。やせてるからもっと食べろって言ったら『岳志はお母さんみたいでうるさい』って」

同じ男に同じことを言われ、同じ感想を返している。その繋がりが嬉しくて支える腕を握りしめると男が戸惑い声で、めまい、ひどいですか？　と尋ねた。

「ごめん、ごめん。あの、軟弱で恥ずかしい。もう大丈夫。撮影場所に行こう」

「お願いします。龍一さんが無理のない範囲で」

「じゃあ村全体が見渡せる場所に。白いクサフジに埋まった六地蔵もある」

　後ろを歩く若くたくましい男。知り合うのも親しくなるのも難しくなかった。謝恩会や企業の記念式典にプロのカメラマンが呼ばれることは多い。彼が行く場を洗い上げて招待状を入手すればいい。撮影の合間に名刺を交換し、「朝峰岳志さん？　写真集『山と村の風景』を出された方？」などと言えば距離は縮む。撮影を依頼したいと持ちかけ、悪くないギャランティを提示し、酒を飲みながら世間話をした。ひらこ娘、あるいは彼女が産むだろう子から花を摘みたくて近づいた。被写体など何でも良かったはずだ。なのになぜ彼をこの村に連れて来たのかと自問すれば哀しい答えが見えて来る。

「死んだ時に消えるもんではないんだや」

「人に忘れられる時が消える時だや」

　オガァがけぶる中で聞いた祖父の言葉。村は消える。花園は葬られる。けれどもほんの少し、わずか一世代に満たない時間でも忘却を引き延ばせないだろうか。この好ましい男に花の姿を伝え、ひっそりと記憶を継いでもらえないだろうか。

「うわあ、すごい景色だ！　撮影してもいいですか？　家の屋根のてっぺんに黄色い花が咲いてる！　ああ、そうか、花は屋根を補強するための植栽だ」

　村を見渡す六地蔵の丘で男が高ぶった声をあげ、風に濃密な汗の匂いを含ませた。静花も同じ匂いを嗅ぐのかと考えると、そわり、と背筋を微熱が駆け上がる。

「手伝えることがあったら言ってくれ。念押しするようで悪いけど撮ってもらうのはプライベートな写真。画像は非公開。ここに来ていることも伏せてるよね？」

「工事予定の県有地に無断で入っちゃってますしね」

「将来、公開を許可しても何も知らずに踏み込んだ山のどこかってことにして」

発表してもいいんですか？　と岳志が勢い込んで聞くから、まだ決めてないけど、と曖昧に応えた。地名は伏せたまま？　うん、永久に地名は出さずに。何度か繰り返された会話だ。結婚写真や家族写真のような私的な記念撮影として契約した。相場以上の報酬も約束している。けれども風景写真家の男は発表の望みを捨て切れない。

「ここからは全景とそれぞれの家を……、あれ？」三脚を据えながら岳志が怪訝な声を上げた。「屋根に雪が積もってる。え、初雪？　まだ夏前なのに？」

「あれは雪じゃなく白いイチハツの花。あの家の屋根に春から初夏にかけて咲く。夏には萎れるけど、盆が過ぎると今度は白いリンドウが咲く」

「ああ、確かに白い花だ！　遠目には局地的な積雪に見えますよ。万緑の村に雪の屋根って幻想的だなあ。白い花はあの家だけ？　他の家はお日様の光みたいな黄色なのに」

「白い花は一軒だけ。あれは氷室守りの家。だから区別していたらしい」

「氷室って氷を貯蔵する？　夏の氷は貴重だったから尊い職業ということか」

太い眉毛の下の目が職業人としての熱を帯びていた。草木に呑まれた廃村にシャッターの人工音が響き始め、側にいるだけで男の没入感が伝わって来る。

「こういう風景がなくなるって悲しいですね。建物も、歴史も消えるだけなんて」

岳志が言葉を発したのはどれほど時間が経った頃だったろうか。

「消える時代になったから消えるだけだ。山の神様も、家や井戸の神様も……、きっと仙女も祀られずに残るより消えることを望むだろう」

「龍一さん、神様を信じているんですか？」

「神様というより村の人達の念か信仰心くらいの意味だよ」

「僕は無宗教だけど、ここでは山にも木にも家にも神様が宿ってる気がします。偉い神様っていうよりは、隣んちの住民、みたいな身近で素朴な神様」

良い男だ、と再び思う。人当たりが良くて心根が素直で頭も悪くない。

最初は肩近くまでの長髪が軽薄に思えた。見た目は無骨だけれど話してみるととても温和で、生身の仙女の相手としては気弱すぎる気すらした。そして考えた。ならばどんな男が可憐なひらこ娘にふさわしいのか、と。少なくとも薄汚れた自分ではないのだと、健康で温厚な若い男がより好ましいのだと思い至るのだった。

印象が一変したのは木陰で口づけする静花と岳志を盗み見た時だ。彼は不自然なほど背中を丸め、小柄な女は足首がまっすぐになるほど伸び上がっていた。その姿に心の奥底で埋み火が爆ぜた。引き裂かれた少女と唇を交える時、自分も大きくかがんでいた。

幼い恋人は爪先が浮くほど背伸びしていたに違いない。岳志と静花が自分と少女に重なった時に考えた。この若い男に氷室の記憶を伝えられないものだろうか、と。

「空気がおいしい。ここで飲むと普通のお茶でもすごくうまいですね！」

大きな喉仏が上下して汗が日焼けした首筋を伝う。見つめると視線に気づいた岳志が目を伏せて、こんな感じになりますね、とモニターの中に重なる純白の花を示した。

「ああ、きれいだ。頼んで良かった。こうして見ると本当の花園によく似ている」

「本当の花園？」

「浄土花と呼ばれる白い花の群生地があるんだ。真夏でも一面の降雪のような。一番、撮影してもらいたい場所。そこには次回、梅雨が明けたら案内するよ」

「ぜひお願いします！　その景色が楽しみで身震いしますよ」

「一段落したら昼食にしようか。ボリュームのある弁当を持って来たから」

「おおっ、ありがとうございます！」

腹の底からの朗らかな声にまた微笑む。丈夫な男は好ましい。記憶を継がせるにしても、掻き平を殖やすにしても、若く健康な男が理想的だ。

昼食は古い釣瓶（つるべ）井戸の脇、錆びたトタンの井戸屋根の下に腰をおろす。木製の井筒は苔に覆われ、釣瓶には蔓草が巻きついている。澄んだ水はもう湧かない。井戸の底にはゆるい泥流（でいりゅう）が渦巻き、以前に捨てた少女達が呑まれているだけだ。

麦茶にひとつまみの塩を落とすのを岳志が不思議そうに見つめながら聞いた。

「ねえ龍一さん、なんでこんなに良くしてくれるんですか？　撮影場所に案内してくれて飯まで持って来てくれて」

「え？　だってそういう契約だろう？　何か疑問でも？」

「腕の良いやつなんていくらでもいるのに、なんで俺なんだろうって」

「岳志君の写真集が好きだから。腕が良くてこの村を好きになってくれそうなカメラマンに故郷を撮影してもらいたかった」

弁当とウエットティッシュを手渡すと無骨な太い指に自分の手が触れた。

「龍一さん、色、白いですね」

「歳を取ると日焼けしにくくなる家系らしい。子供の頃はすぐ真っ黒になってたよ」

「へえ、そういう体質もあるんですね」

「祖父も畑仕事をしても黒くならなかったなあ。ところで彼女は色白？」

「そう言えば一日ずっと外にいた時、俺だけ焼けて彼女は白いまんまだったな」

良いことだ。ひらこ女は生きている時も白肌がいい。摘んだ花から血を抜けばさらに白く清浄になるに違いない。

上空をヒバリが飛び、瑠璃(るり)色のイトトンボが草先を揺らす。隣では若い男が健康そうな咀嚼(そしゃく)を見せている。これだけでいい、と思う。氷室の技は継げず、花園は潰される。

自分は脳に血腫を抱え、祖父は八寒地獄で凍てている。けれども生きた証に氷室の記憶を少しだけ先に繋げそうだ。かわいいひらこも摘めそうだ。そして死後は祖父の住む地獄に迎え入れられるに違いない。

「ここが花園？　この中に？」

崖面にぽっかりと開いた洞窟を見て岳志が怪訝そうに聞いた。梅雨が明け、夏の樹々が頭上を覆う。散り落ちる木洩れ日が頼りない。黒々とした穴から、ひょう、と冷風が吹き、屈強な男が不安をあらわにした。獣道の片側は樹木の生い茂る崖だ。足を踏み外したら遥か下まで滑落するだろう。

「ここを抜けたところに白い浄土花が一面に咲いている」

「ええと、今から洞穴に？　こういう場所に入る時はそれなりの装備とか……」

「いらない」男の肩に手を置いて耳元で言った。「子供の頃、シャツと半ズボンで出入りした。中の道は単純で子供でも迷わない」

「滑ったりしたら……、その、失礼ですけど崩れたりは……」

風に流された自分の前髪が男の耳たぶを撫でた。だから毛先の擦過に混ぜるように小声で聞いてみる。「怖い？」と。

「あ、はい、もちろん怖いです」

体格の良い男の素直な怯懦が微笑ましい。この正直さ、虚勢のなさも好ましい。

「怖いなら浄土花の撮影はあきらめよう」男の目に狼狽が走ったから畳みかける。「すまない。確かにいきなり入るのは嫌なはずだ。岳志君はこの村の人じゃないからね。花と仙女の撮影は中止。もちろん報酬を減らしたりはしないから安心して欲しい」

男の表情がわかりやすかった。金額が同じでもプロとして撮影は断念したくない。夏の積雪にも似た花畑を撮りたい。いつか発表の機会を得られないとも限らない。

「龍一さん、待ってください」洞窟を蔓で隠そうとするときっぱりとした声がかけられた。「俺、やります。そこを隠さないでください」

「無理はしないでくれ。中は暗いし、確かに狭くて滑る場所もある」

「怖くないと言えば嘘になるけど……。でも俺、撮影はやり遂げたいんですよ」

「いいのか？　複雑な道じゃないけど中で僕の手を放したら危ないし」

「手を放さないでください。ここでやめるなんて俺は嫌だ」

道しるべの窪みのことは教えない。好ましい男だけれど一人で踏み入らせはしない。もし不要になったら奥深い地底湖に導き落とすつもりなのだから。

最初に村に招いた初夏の日の後、雑談に交えて切り出した。岳志君の風景写真以外の作品も見たい、できれば差し支えない範囲でプライベートのものも、と。彼は疑いもせず指定されたデータ共有サイトに大量の画像を置いてくれた。中に一枚、女の小さな立ち姿が紛れていたからさりげなく尋ねた。この人は岳志君の彼女？　可憐な人だね、と。照れる彼に切々と語った。見られて良かった。撮影者の美意識がわかる清楚で知的な女性だ。できるならもっと彼女の写真が見たい。あ、誤解しないでくれ。岳志君の女性観を知りたいだけで嫌らしい好奇心じゃないから。

甘言を弄して、と言っていいだろう。自分は生まれつき耳触りの良い声と口調をしている。酒場をさまよううち身についた話術もある。男は照れながらもすぐに静花のスナップ写真を見せてくれた。マフラーとミトンをつけてクリスマスツリーの前で微笑む姿、岳志に肩を抱かれたバストショット、それらを見てとてもお似合いだと褒めたのは心からの賛辞だった。求められるまま岳志が恋人のことを書き綴るようになるまで時間はかからなかった。のろけを書けば羨ましがり、愚痴を言えば軽い共感を示す。恋人が撮影先の農場で買ったカミツレオイルを気に入って使い、冷え性に悩み、ベランダでハーブを育てる。そんな女の日常は無味乾燥な報告書からは知り得なかったことだ。

男の手を引いて洞窟の暗がりを進むと懐中電灯が歩調につれてゆらゆらと丸く揺らぐ。白姫の洞を過ぎ、練り華の洞の脇を通って闇の奥へと進む。

「静花……」

銀泥の洞を抜けて丸く照らされた仙女を眺めた時、岳志が発した言葉がそれだった。彼は四つん這いのまま、声は俗世の塵芥が抜けたような少しほうけたものだった。

「やっぱりそう思う？　岳志君の彼女にとても似てるよね？」

「ええ。ええ、わかりますよ。顔の輪郭とか目の形とか、あと手の感じとか……」

「彼女はこの土地の係累だと思うよ。だから同じような水掻きの指をして」

照らすのは漆黒の中空に浮く仙女だけ。花々と祖父はとっぷりとした闇の中だ。

「撮れそう？」

脇に屈み込んで尋ねると、こくり、と犬の姿勢で男がうなずいた。

「撮影はできます。でも懐中電灯だけじゃ暗過ぎてぼんやりとしか映りませんよ。フラッシュを使わないと補整してもきれいには出ないと思います」

「光は必要ない。ぼんやり映っていればいいから」

「紫外線や赤外線による変色が気になるなら吸収フィルムを使いますけど」

「もともと暗い場所に描かれた壁画だ。わざわざ光を当てて欲しくない」

やってみます、と応じる声は一人の職業人のものだった。硬質なシャッター音が滴る石灰石の音色に絡み出す。発光する液晶をのぞかせてもらうと、闇に溶けそうな仙女が微かに写し取られていた。

「これでじゅうぶん。補整も長時間露光も不要。僕が見た仙女を残したいだけだから」

岳志が、わかりました、と応えた。その声に不満がにじむのを聞き逃さなかった。

花はどこかと聞かれたから仙女の裳裾（もすそ）の辺りだけを照らした。丸灯りに浮かぶのは古い時代の花だけだ。長い年月の間、石灰水に濡らされて形を曖昧にしている。指先の爪も関節の皺も埋められ、茎も葉も蕊もない五弁の花により近い。

「花、ですか……？　これが……？」

「仙女に捧げられた浄土花だ。季節に関係なく咲き続けて来た。これをきれいだと思ってもらえればいいんだけど」

「きれいだと、思います。神秘的で素朴で、確かに白いリンドウに見えて……」

鉄琴にも似た滴下音に乾いたシャッター音が交じり始める。無粋な機械音のはずなのに、男の恍惚を吸った響きは有機的にすら感じられた。

「この花は仙女に救いを求める衆生の手のようですね」岳志がつぶやく。「もしかして村の地蔵尊やお寺の荼吉尼天を彫った仏師かその弟子の作？」

「仏師？　地蔵尊や荼吉尼天？」

「ええ、村のあちこちにあった石像と雰囲気が似ているから」

男の純朴さが微笑ましい。確かに古い花は白々とした石像に見えないこともない。

「石の花じゃない。生きていた花だ。村の女から摘んでここに植えられて、何代も何代も守り継がれて来たんだ」

水琴の音に絡めるようにして男の耳に吹き込んだ。氷室守りと呼ばれる男達がいたこと。極貧の村に彼らが富をもたらしたこと。羨望と蔑みの狭間で刑吏の役も担ったこと。

「古い風習だから新しくても百年以上前のもの」最後に少しばかり嘘を交える。「氷室が使われなくなった後、氷室守りの子孫がそっと祀って来た花だ」

「つまり、これは、湿地遺体かミイラのような……？」

その例えに少し嗤う。間違ってはいないけれど世俗的な言葉が馴染まない。けれども、確かに共通しているね、と静かに答えてやった。

「あの、だとしたら……、すごい文化遺産では？　多分、管轄は警察署で……」

ありきたりな発想が哀しい。世俗の決めごとなど持ち出さなくてもいいのに。

「村の人は浄土花の存在なんか忘れて土地を手放した。今さら知られても誰も喜ばないだろう。だから私的な写真として依頼したんだ」

卵黄にも似た丸灯りが仙女と足元の花々を照らし、石灰水が鍾乳石からくるくると巻き落ちて花弁を濡らす。奏でられる滴下音に交えて最後を結ぶ。

「岳志君なら理解した上で撮影してくれると踏んだ。村の画像はいずれ発表を許可できたらと思う。でも花と仙女だけは公開してもらいたくない」

「でも……、こんなすごいものを……、埋蔵文化財として届け出ては……？」

「そんなことを言うのなら……」地底湖に導き落とす、とは教えない。「そうだね、義務という意味では考えてみた方がいいのかな」

足元に祖父の気配を感じる。ここは八寒地獄に凍てる者の墓所。暴くなら継がせない。

「わかりました。俺、ここのことを人に言う気はないですから」

きっぱりとした声だった。ただ、そこには恍惚も確固とした意志も聞き取れなかった。けれども気づかないふりをして嬉しげな声を出す。

「良かった。わかってくれる人だと思って依頼したんだ。僕の信頼に間違いはなかった。ありがとう。本当にありがとう」

「いえ、龍一さんが前に言ってたことの意味が……。神様も仙女も人に祀られずに残るより消えることを望むって言ってた意味はこれだったのかな、と」

男の思考が手に取るようにわかる。届け出を主張すれば二度とここに案内されないかも知れない。他にも被写体がある可能性が高いのに。村の風景の発表許可だけでも取りつけたい。この先、男の気持ちはどう動くのだろう。花と仙女を愛でて恋人を差し出すほどに心酔してくれる？　それとも文化財の届け出とやらを主張する？　前者なら氷室の記憶の跡継ぎに、後者なら地底湖の奥底に。

あや、ほそこいゆびこだなや……、あや、うすこいひらこだなや……

あや、しろこいゆびこだなや……、あや、やわこいひらこだなや……

素朴な唄がつらら石の天井に広がった。我知らず口ずさんだのはここに参る時の癖だからなのか、それとも男の忠心を求める祈りだったのか。

不思議な曲ですね、と岳志がつぶやくまで、自分が唄っていたことに気づかなかった。

村に伝わる古い唄、と教えたら、俺もおぼえました、と一緒に唄ってくれた。

あや、ほそこいゆびこだなや……、あや、うすこいひらこだなや……

あや、しろこいゆびこだなや……、あや、やわこいひらこだなや……

続きまでは教えない。忠実な後継者になるなら聞かせよう。

俺、仙女と浄土花の秘密は絶対に守ります。だから撮影は続けさせてください。唄の終わりに男が懇願したから、僕が見込んだ通りの人で良かった、と喜びを含ませた声で応えた。洞窟の中には、ぽぅ、ぽぅ、ころり、ころり、と水琴の調べだけが響く。少し時間を与えよう。すぐには馴染めないのは俗世に育ったせいだろう。親和するなら教えて、導いて、一緒に花を摘む男にしてやろう。滴下音が響く。石灰水が蔦に似た螺旋で滴る。花は男の視線を受けて白さとぬめりを増しているかのように見えていた。


送られて来た写真は鮮明で美しかった。村を呑み尽くす植物が故郷の墓標であるかのような、夏草に蝕まれた屋根に白い雪が積もっているかのような幻想的な風景が写し取られていた。撮影者が抱いた村落への哀惜と郷愁も痛いほどに伝わる。発表したら朽ちた山郷の原風景として評価され、岳志の名を高めるに違いない。それに対して氷室の画像は暗すぎた。暗闇で素人がやみくもにシャッターを切った程度にしか見えない。かまわない。写真などは単なる取りかかりなのだから。

三度目に村に行ったのは八月の中旬、イチハツの花が萎み、リンドウの蕾（つぼみ）がまだ固い頃だった。今回は氷室の奥で電灯を固定して仙女だけが下方から照らされるように設え（しつら）た。岳志は口数を減らし、前回のような没頭は見せていない。気持ちは理解できる。条件が悪過ぎる。光も機材も足りない状態では腕を発揮できないだろう。

村に向かう車中で、新しいカメラを持って来ました、と岳志が張り切っていた。暗い場所に強いカメラを持参しました、長時間露光に最適なカメラもあって、と言い連ねる彼に言い放った。

「持ち込むのは前に使った一台だけだよ。あとは車に置いて行ってもらいたい」

少しでも鮮明にするべきで、きれいに写ったものの方が後々のために、と主張が続いたけれどきっぱりと拒絶した。

「ねえ龍一さん、なんで俺を雇ったんですか？」

丸灯りの中にレンズを向けながら岳志が尋ねた。

「岳志君の写真集が好きだから。前にも言った通りだ」

「俺を雇ったのは実は静花が目当て。違いますか？」

「なんでそう思うんだ？　確かに彼女は仙女に似ている。気づいたのは岳志君と知り合った後、写真を見せてもらった時だけど？」

「前にここに来た時に言いましたよね。彼女はこの土地の係累なんじゃないか、だから同じように水掻きの指をして、って」

「それが何か？」

「俺、静花の手の写真、見せてないですよ。バストショットと手が小さくしか写っていない全身のとミトンをつけた写真だけだ。何で静花の手の特徴を知っていたんですか？」

些細なしくじりをしたようだ。けれども淡々と嘘を言う。

「顔や首の形が仙女とそっくりだったから手も似ていると思い込んだんだ。偶然かも知れないけど静花さんみたいな女性と交際しているカメラマンにであえて幸運だと思っていたんだけどなあ」

「目的は何なんでしょう？　わざわざ高い金を提示して露光不足の写真を撮らせるなんて不自然だ。龍一さんは俺を介して静花に近づきたかったんじゃないですか。想像もしたくないけれど、ここの花を新しく……」

まさか、と声だけで否定する。次に、そんな突拍子もない想像をするなんて、と絶句してみせる。顔に浮かんでいた失望は暗闇が隠してくれたに違いない。

「俺は龍一さんに満足してもらえるように撮影に取り組みました。けれどもぼやけた画像で済ますのはプロとして悔しい。それに俺を雇った理由がまるでわからない」

「だから静花さん目当てとまで考えた……？」

そんなことだったのか。プロのプライドとやらのために明瞭な画像を撮らせてもいい。

けれどももう遅い。この男には氷室を継がせない。なぜなら裏切ろうとしたのだから。

「クラッカーから報告が来ました。ご確認ください」

葵と静花を探し出した調査会社からメッセージが来たのはつい昨日のことだ。直後に送られて来たファイルは岳志がアクセスしたサイト一覧、そして通販の注文リストだ。目を通すうち重い失望にとらわれた。彼は市町村の文化財保護課のサイトに複数回アクセスしていた。埋蔵文化財申請用紙もダウンロードしていた。そして通販サイトの購入履歴には赤外線照射機能搭載カメラ、つまり暗闇でも撮影可能なカメラが残されていた。それは記念写真にも芸術写真にも適さない記録用のカメラだった。

「俺の腕やら感性やらはどうでも良かったんですよね」岳志が問い詰めた。

「そんなことはない、絶対にない」強い声で否定した。

心から大切に思っていた。氷室の後継にしたいと切望していた。けれどもその想いを今さら言葉にしない。しょせんは俗世の男だったのだ。

「だったら何であんなぼやけた、素人みたいな写真を撮らせるんですか？　目当ては何ですか？　やっぱり静花ですか？」

何かを掛け違えたような哀しさに軽くこめかみが痛む。岳志がにじり寄り、肩がぶつかって足がよろめいた。足が小さな三脚を蹴り、固定した光源がころころと転げ、卵黄にも似た灯が間近の花々と横たわる祖父を照らし上げた。

白い横顔、銀の髪、細い鼻筋と閉じたまぶたがほの灯りに揺れる。隣に他人を置いて見る祖父は、いつも感じるよりずっと自分に似ているように思われた。

「龍一さん、それは……?」男の声が低く響いた。「それは、もしかして人間の死体? いつから? 誰がこんなことを? 新しいものなら警察に……」

死体やら警察やらという無味乾燥な言葉が悲しかった。後継にと思った男は氷室の幽玄に馴染まなかった。どうあがいても現世から抜け切れない者だったのだ。

「僕にそっくりだろう?」ひざまずいて祖父を抱いた時、自分は泣き出しそうな顔をしていたはずだ。「この人は最後の氷室守り。ありふれた墓に入ったりしないで吹雪の中を仙女の足元に這って来て花に囲まれて息絶えたんだ」

石灰水に濡れた頬は今日も冷たくなめらかだ。岳志の視線の中で祖父を抱いて背や髪を撫でる。見つめる目は自分の心に親和しない。今さら失望するのも愚かしい。どこからともなく見つめるのはいつも異質な者のまなざしだったのだから。

「龍一さん、あんたが本当に必要としていたのは、俺じゃなく、静花ですらなくて」朦朧(もうろう)とした声が闇の中から聞こえる。「龍一さんにとってその死体が一番に大切な……? そっくりな、双子のような……」

「死体なんて呼ばないでくれ。双子じゃない。切り離された半身だ」

淡い拡散光が岳志の双眸(そうぼう)に反射した。虚ろな黒目がふるふると恐怖に震え始めた。

「氷室守りは凍りついた地獄に堕ちる。裸で吹雪に当てられたり氷湖に沈められたりするらしい。僕も冷たい地獄に堕ちて未来永劫この人と一緒に責め苦を受ける」

岳志は何も言わない。瞬きすらしない。ふたつの目が無機的に灯を跳ね返すだけだ。

「あの時も見られていた」自分のつぶやきが水琴に絡む。「いつも、どこからともなく見られていた。よくわかるよ。今も全部、全部、見られているんだ……」

見られているんですか？　と岳志が聞いた。だから答えた。全て見られているんだよ、と。誰がどこから見ているんですか？　と聞き返す声の震えが哀れだった。思いつきを口にしたのは彼を地底湖に沈めたくなかったから。なぜなら男を失って嘆くひらこ女を見たくなかったから。

「仙女の眷属が見ているんだ。ここを人目に晒したら罰を当てるために」

「神仏の罰なんて、あるわけが……」

「あるんだよ。氷室守りを貶めた者、罰当たりな者は消しに来る」

消されるってどうやって？　心もとない声が聞くから、眷属がその者にあった消し方を選ぶだろう、と答える。保二さんやフミ子さんの最期を思い出しながら言葉をつなぐ。可能なら白姫澤の村民の死に様を調べてみるといい、氷室守りを絶やした者達に眷属が与えた罰がわかるはずだから、と。

俺は消されるんですか？　岳志が震え声で聞いたから、消されるおぼえがある？　と聞き返した。おぼえなんかありません、と答えた時、彼の声も視線も虚ろに揺れていた。

男は仙女を崇めてはくれなかった。俗世の塵にまみれ過ぎて氷室の記憶も継げなかった。せめて現世でひらこ女を庇護し続けて欲しい。あの可憐な掻き平がなめらかであるように、花を咲かせるかわいい赤児を殖やせるように。

「全部、見られている。普段の生活も、考えることも。裏切ると眷属に消されるよ」

言い切った声に男が空気に伝わるほどに身をすくませた。

「ここは人目に触れず消える場所。村のことも、氷室も仙女も全て忘れて、撮影したものは全部、明日中に消去してくれ。それで終わりだ。口外は許さない」

「それを、それを守らなかったら……？　せめて村の写真だけでも……」

発表させて欲しい、と言いたかったのか、手もとに残したい、とせがみたかったのかは興味もない。

「画像を残したり口外したりしたら眷属が罰を当てに来るよ。静花さんを末永く大切にするように。できるなら子供をたくさん作って。仙女も眷属もそれを望んでいる」

男が、わかりました、とつぶやいた。闇に光る瞳は魂を抜かれたかのように虚ろだった。

無言になった岳志を連れて氷室を立ち去った。村のはずれで車に乗せ、彼の家の近くまで言葉を交わさなかった。静花さんと末永く連れ添って欲しい、彼女を幸せにしてもらいたい、と最後に懇願を込めて言い添える。わかりました、と彼は活力の失せた声で応えて住宅街の細道を歩き去って行った。

岳志が延々とひらこ女との日々を書き綴って来るようになった。

それは報酬を振り込んだ後も終わらなかった。静花と肉を交える様やら、彼女の身体つきやら、些細な指の動きやら、風呂の入り方までも微細に、執拗に伝えられる。外部からは知り得ないことが、手に取るようにわかる。例えば乳の先端が淡い紅茶色をしているだとか、裸で眠る時も肩だけは夜具で覆うとか。露出的な文面の中、静花を守りたい、悲しませたくない、と折に触れて男は繰り返していた。それは仙女の眷属を畏れたせいなのかも知れない。

あれほど念押ししたのに彼は約束を守らなかった。氷室や村の写真を消しはせず、A2パネルに出力までしていたのだから。公開への淡い期待でもあったのか、力作を消すに忍びなかったのか。だから全てのデータを消し去った。見張っていたのも、手を下したのも仙女の眷属などではない。自分に雇われたクラッカーだ。バックアップも含め全てのデータが忽然(こつぜん)と消えた直後から、岳志は露出的に日常を書き綴るようになった。くり返し静花との生活を知らせることで正直者であることを示そうとでもしたのか。あるいは女を愛でてみせて罰から免れようとしただけなのか。わからない。氷室を継がない男に興味などない。

わかるのは彼が白姫澤の村民の集団死を伝える地方新聞に辿りついたらしいこと、そしてその後、男の精神から隠し立てという概念がごっそりと欠落したことだけだ。気力を失い、仕事もせずに引きこもり、静花を悩ませ始めているらしい。彼女を嘆かせたくないから地底湖に沈めなかったのに。ひらこ女を庇護して欲しかったのに。

無職になった男を抱えて女が窮乏し、生活に倦み始めるのに時間はかからなかった。静花が俺を汚物を見るような目で見る……。愛したはずの女の蔑みを受けて俺はどんどん腐って行く……。追い出すのならここから飛び降りて死ぬと言ったら静花は顔を般若のような形相に歪めた……。

好ましくない。女の肌は敏感だ。鬱屈を溜めれば薄皮が傷む。男を疎めば子など殖やせない。いずれ排除するしかないだろう。部屋から出ることもなく、呼びかけに応えることもないけれど動向だけは知れる。待てば機会は来るだろう。

もう何も撮る気がしない……。村を滅ぼした眷属に俺も消されてしまう……。静花が俺を汚らわしがって、そのうち害虫をたたき潰すように殺すに違いない……。

女の日常を書き綴る文面に泣き言が増えて行き、やがて途絶える日がやってきた。

静花が夜桜を見ようと誘って来た……。笑顔が不気味にかわいい……。俺が明日になって何も書かなかったら警察に届けてください……。

季節はもう春。咲いた桜をなごり雪がいたぶり、室内にもしんしんと寒気が沁みていた。ブラインドの隙間から外を見ると、舞い落ちる雪粒が膨れ上がって巨大なぼたん雪に変わっている。着替えながら男が誘い出された公園脇の古いビジネスホテルを予約した。はめ殺しの小さな窓から桜並木を見下ろす部屋がある。花に隠れて細部までは見えなくても、悪天候にそぞろあるく男女の行方は見届けられることだろう。

氷室守りの記憶を継げなかった男。地底湖に眠ることもできなかった下僕。今夜、神聖なひらこ女に消されるのならその最期を見届けよう。手癖女の末裔が犯す罪を眺めよう。女がやり損ねたら自分がとどめを刺せばいい。

冷気がつんとした刺激に変わって痛覚を刺す。すぐに自分を殺しはしない痛み。けれどもいつ血腫が毀れるかわからない。アスピリンを噛み潰し、着替えをすませて外に出ると灰色の雪雲がいっそう低くたれ込めていた。夜半には雪が積もるだろう。あの村はまだ深く重たい根雪の奥に沈んでいるはずだ。

中空に白い花びらが散り、肌に触れて雫に変わる。舞い落ちる白い小花の中、向かう先にはひらこ女が来るはずだ。彼女を求めよう。花を摘んで祖父に捧げよう。身震いをしたのは寒さのせいなのか、それとも手首にほとばしる液の甘さを思ったからなのか自分でもわからなかった。

十二　白姫澤　蔦葛

「静花！　龍一さん！　あなた達、何してんのよ、こそこそと！」

　自分の金切り声がうっそうとした山の中に響く。目の前では恋人といとこが口づけを交わしていた。面識などなかったはずの二人が仲睦まじくドライブに出かけ、洞窟の前でいちゃついているのだ。巨木の陰からなりゆきを見届けようと思っていた。けれども抱き合う姿を見て理性がはじけ飛んだ。

「葵さん、まだ出ちゃだめなのに」背後で村崎が舌打ちする。「証拠をつかむ前に出て行っちゃって。あんだけ強引に依頼したんだから調査を継続させてよ」

　怒りが噴き上がる。手も震えている。なんなのよ、この四流ドラマみたいな展開は。

「キスだけじゃ浮気って確定できないの。証拠にするならせめてホテル……」

　後ろで村崎がぼやくから「黙って！」と言い放ったら静まった。

「葵さん」と龍一が呼ぶ。

「葵ちゃんとも、知り合い、だったの？」と静花も声を漏らす。

二人の声に昏い既視感がはじけた。見たことがある。こんな二人を見たことがある。自分は目の前の男の人、いや、違う。目の前の、男の子が、好き。けれども男の子は側にいる女、違う、女の子？　それも違う、まだ幼児までも育っていない、物も言えない、伝い歩きがやっとの赤ん坊に目を吸い寄せられている。

何だろう、この記憶は。あの時と同じ。資料館で整った顔立ちの、美しい老人の写真を見た時に身体が思い出した痛みと同じ。笹の葉形の目、端整な目もと、そして淡い茶色に松葉に似た虹彩紋が散る瞳。

自分が甲高い声で何やらわめいている。頭に血が上り、くらり、と足元がよろめいた。

「葵さん、危ない。道のこっち側は崖だから足元に気をつけろって言ったでしょ」

支えた村崎の声が妙に淡々としているのが苛立たしい。山にぱらぱらと小さな夏の花が咲いている。ネジバナの赤紫、ツユクサの青、ホタルブクロの薄紫、色彩が夏の深緑の中に揺れる。黒々とした洞窟の脇に小さな湧き水が垂れ、ちょろちょろと鳴る水音に記憶が再び弾けた。あれは痛み。掻き平を切り裂かれた遠い昔の激痛。

金の光が銀の川面に散らばる夏の日だった。どこからが空なのか、どこからが川なのかすら曖昧な午後だった。獰猛に茂る草の中、驚くほどきれいな顔をした男の子が自分の指の股を裂いて鮮血が夏草の上に落ちていた。同じ男の子が自分の顔を殴った。歯が折れて白く散っていた。次に背中が川面を打ち、眼前に水滴が跳ね、そして、その後のことはおぼえていない。

「静花、そいつから離れて！」叫びが山中に響く種々のさざめきをつんざいた。「一緒にいたら殺される！　そこから離れるのよ！」

龍一の側で鼓動が跳ね上がる理由は、きっとこれ。鳥肌が立つような、身震いするような感覚は恋にとても近いけれど決定的に違う。あれは子供の頃に掻き平を裂かれた激痛と恐怖の疼き。その戦慄を恋愛の高ぶりと誤認識していたのだ。

白いヤマアジサイが揺れ、零れ花がほろほろと雪粒のように流れた。白い小花の散らばりを見た静花がひどく怯えた顔をして、黒々とした洞窟の中に立つ龍一が背後からそっと、この上なく優しく彼女を抱いた。その手つきは自分には一度も見せたことがない慈愛と官能のにじむものだった。

「静花、あたしの言うことが聞けないの？　こっちに来なさいよ！」

「浮気疑惑の男を責めるより恋敵の確保が先？」村崎が後ろでぼそぼそと何か言うから

「うるさい！」と再び怒鳴りつけた。

「葵ちゃん……」

静花がいつもと同じ自信に欠ける声で言った。

「人殺し！」それは時を経て出た悲鳴だった。「子供の手を切り裂いて、血だらけにして！　川に突き落として大怪我をさせて！」

洞窟の暗がりを背負って龍一の美しい顔が少し歪んだ。額にこぼれて目の上に揺れる髪の毛とこめかみにあてがわれる指が苛立つほどなまめかしい。

「静花、こっち来なさい！」目の前のいとこは動こうとしない。「そいつはあんたの手も切るつもりなんだよ！　逃げてよ！」

「声、でかい」後ろからまた村崎の声がする。「そんなわめいたら彼女が怯えるよ」

「彼はね、昔、子供だったあたしの手を切り裂いたんだよ！　傷害罪を犯してる！」

「犯罪要素は最初っから教えてよ。そうなると警察の管轄だし」

「あたし、子供だったからおぼえてなかったのよ！」

前を向いたまま言い放つと村崎は「まるで意味わかんねえ」とぼやいて沈黙した。

「何が悪い？」背後から静花の耳たぶに口づけしながら龍一が呟いた。「美しいひらこのかわいい手を愛でることの何が悪い？」

「手を切るのは犯罪なのよ！」

「犯罪？　今の法律に触れることは何もかもが悪？」

病んでいる、と思う。それでも彼の眼差しはとても蠱惑的(こわくてき)だ。額と眉に降りこぼれる黒髪。焦げ茶の瞳をけぶらせるまつ毛と憂いを含む淡い隈。彼の肌はここにいる誰よりも白く、誰もよりもきめ細かい。

「罪なんて人が決めるだけ。今の習慣が数十年後には罪になることもあるし、今は罪とされてしまった昔の風習もある。犯罪を犯しても守りたいものがあるのなら、その気持ちこそが普遍的な正義」

洞窟の闇に半身を浸した男の声は愛をささやくかのように密やかだった。龍一と静花の後れ毛が背後からの風に揺れて混じり合う。それがどうしようもなく腹立たしい。

「ねえ、静花さん、法の定めなんて消し飛ぶこともあるよね？」

背後から抱きしめられて、こくり、と静花が迷うこともなくうなずいた。顔に浮かぶのは白姫澤で見た表情。憑かれたような所作に熱を帯びて濡れた瞳だ。

胸の中を焦がしたのは、明確な妬みだった。一瞬の後にまた悟る。自分は静花に嫉妬していたのだと。容貌も成績も自分より下で口べたで地味。なのに自分にはない淑やかさを持っている。だから彼女の前では必要以上に明るく振る舞っていた。それは見とれるほどきれいな顔をした男の子が、おしゃまでかわいいと言われていた自分ではなく、ものも言わない赤ん坊を熱く見つめ続けていたからだ。

いとこが頰を染めている。肌が桜色を帯びてこれまで見たこともないほど美しい。

「静花！　危ないから来なさい！　犯罪に加担したらだめ！」声が裏返って行く。「言うこと聞いてよ！　こっち来て！　あたし、冷えた飲み物も持って来たから！」

後ろで村崎が、こりゃ収拾つかねえな、とこぼしている。自分の叫びに脈絡がないことなどわかっている。けれども止まらない。

龍一が背後から静花の手を引いて洞窟に誘った。彼女は逆らうこともなく常闇の中に踏み込もうとしている。連れて行ってしまう。大好きだったきれいな男の子が、自分ではなく華のないいとこを選んで知らない世界に消えてしまう。

立ちすくむ側を村崎が走った。龍一の手をつかんでひねり上げ、闇に引かれかけた静花をこちら側に引き戻したのだ。

「彼を捕まえて！　警察に突き出して！」

「警察沙汰は無理」村崎が相変わらず淡々と言う。「子供の頃に手を切ったとしても時効。いとこさんが来たのは合意の上。現状じゃ犯罪要素がない」

頭ではわかっている。でも捕まえて問い詰めたい。自分を騙し、いとこをここに連れて来た理由を聞き出さなくては納まらない。

次の瞬間、静花が動いた。力をこめて村崎をつきとばし、流れる空気のように龍一の胸に飛び込んだのだ。彼女の細い身体を抱いて男が漆黒の洞穴に踏み出し、消えて行こうとした。

村崎が体勢を崩したのは一瞬だけだった。彼はそのまま地面についた片手を軸にして、低い位置に伸ばした片足を洞窟内に滑らせた。思いのほか身軽に彼の足が跳ね上げられ、洞窟の漆黒に消えかけた静花が足を払われて崩れる。村崎が跳ぶように立ち上がり、倒れかけた女の身体を抱き取って洞窟の外に引き出した。

静花が丸い闇に向かって掻き平のひらめく片手を差し出し、龍一も引き裂かれた恋人を求めて漆黒の洞穴から片腕を差し出した。

二人の指先が触れる前に、くるり、と静花を抱いた村崎が半回転して彼女の手を龍一の指からもぎ離した。

洞窟からの風がゆるく吹いた。闇に溶けかけた男の身体が揺れる。女の指を求めるように光の側に半身を乗り出し、そのまま自分のこめかみを押さえてよろめいた。

遠い彼方からまた遠雷にも似た響きが伝わる。ひときわ大きな鳴動が地面を震わせて足元の土がぽろぽろと下方の崖にこぼれ落ちて行った。

「龍一さん！」

静花が村崎の腕の中でもがく。その声をめざす龍一の足取りがおぼつかない。指が青白いこめかみを押さえているのは偏頭痛のせいに違いない。彼が身体を支えるように洞窟の入り口に手を触れるとなぜかざっくりと皮膚が切れて赤い血が岩を染めた。

雷めいたとどろきに空気が震えて樹々が大きく揺れる。獣道の端が、ぼこり、と崖にこぼれ落ち、ふらついた龍一の足がずるずると斜面を滑り落ちた。

男の身体が崖に繁茂する緑に吸われる。斜面を覆う草木の中にシャツの色が沈んで行く。村崎の腕にいましめられたまま静花が怪鳥のように叫び、崖下から吹き上げる淡い山風に声が抜けて行った。

「どうやって捜す？」

「龍一さん、落ちちゃった」自分の声が震えていた。

「この斜面じゃ捜すのは無理だ」

村崎が言い捨てるとその腕の中で静花が力を失ってむせび泣き始めた。足元の土塊が崩れ続け、遠くからひときわ太い地鳴りが響いて来た。

「呼びながら捜そうよ。呼んでも返事してくれないかな」

「山の斜面を侮っちゃだめだ。装備も知識もない素人が捜索するのは危険だよ。さっきから地震も続いてるしさ、この道が崩れたら俺達も遭難者になっちまうぞ」

「じゃどうすればいいのよ」

「まず山を降りて電波の通じるところで通報。でもあの彼氏はかなり山に馴れてる感じだから無事かもよ。山の麓に車がなかったら逃げたと判断して通報はとりやめ」

山壁に開いた丸い暗闇から湿った冷風が足元を舐めるように流れ出た。

「それにしてもこの洞窟、気持ち悪いなあ。中にクマとか住んでない？」

「こんな冷える穴じゃ獣はいないんじゃない？　いるならコウモリとか？」

「この奥に何かあるんだよ。静花、この中ってどうなってるの？」泣きじゃくるいとこに聞いても応えはしない。「知ってるんでしょ？　聞いてない？」

「今、尋問する時じゃない。いろいろ聞くのは山を降りてから」

「尋問って何よその言い方？　質問してるだけじゃない？」

「わかった、わかった。まず山を降りる。電波は通じないから目印に置いて来たきらきらの缶コーヒーを辿ろう。ぼやぼやしてたらそれこそクマが出るぞ」

泣きながら放心する静花を村崎が背負った。足元の崖がまた崩れる。山にゴミを残してはいけないと思うけれど缶コーヒーを拾う余裕などない。それでも来る時より楽だ。気配を隠すよう気を遣うこともない。二人の細い踏み跡を辿るより、四人分の足跡を踏む方が歩きやすい。

斜面がなだらかに変わり、村の痕跡を抜けると眼前に巨大な泥の池が広がった。ほとりにあった四輪駆動車は見当たらない。泥池の岸から少し離れた場所に巨大な木が沈みかけ、梢（こずえ）に実る紅色の実が茶色い水面に揺れている。

「こんなにでかい池だったっけ？　道のあっち側に岸があった気がするんだが」

静花を背負った村崎が心底、疲れ切った声を出した。

「池の位置なんてそうかんたんに変わるわけないでしょ。それより早く行こうよ。余った缶コーヒーが重くて」

「いや重いっていうなら俺の方が……」言いかけて止めたのは背負ったのが女性だったからだろう。「彼氏の車は見当たらないね。さっさと出発したんだな」

「帰ったらパーティの主催会社にクレーム入れてやる」

汗だくになってふらつく村崎が、だから二股だと確定する証拠が脆弱で、と言うから睨んだら黙り込んだ。

また彼方から地響きが伝わり、池のほとりを、たぷり、と濁った水が浸食した。足元がぬかるんで靴が濡れそうだ。汗が身体を冷やし、山からの風が肌に刺さる。疲れた、足がふらつく、腰が痛い、汗が目に入る、早く座りたい、と村崎が弱音を吐き続けるからその場を離れてレンタカーを隠した場所に向かった。

帰りは自分が一人で運転することになるのだろう。レンタカー代やら出張手当やら予想外の出費になったけれど結論は出た。これで別れられる。猜疑心とも不穏な動悸とも無縁になれる。世間知らずのいとこを女たらしから救い出すこともできた。あの男はそ知らぬ顔をして逃げた。またどこかで女を漁るのだろう。

戻る車窓には様々な色調の緑が流れて行った。目の前の未舗装道の向こうに橙色に膨らんだ夕陽がとろとろと沈みかけている。後部座席には泣き疲れた静花が横たわり、助手席では汗だくの村崎がうたたねを始めている。戻ったらまた日常が始まる。限りなく恋に近いときめきが終わった。悲しくはない。むしろ安堵している。あとで静花から龍一のことを聞き出そう。細かな砂ぼこりを巻き上げながら巨大な夕陽に向かって葵は車を走らせて行った。

身体が斜面を滑る。生い茂る木にぶつかるたびに速度が落ちる。

ゆるい滑落感の中、自分はしくじったのだと龍一は思い知る。ひらこの花を摘めなかった。氷室を継ぐ男も失った。女達が殖えても花を差し出させるのは難しいだろう。いいんだや、ユウ坊はがんばったや……、氷室は潰されるのがまっとうなんだや……。草葉のそよぎに祖父の声を聞いた気がした。眼前に蔓が揺れ、山野草がそよぐ。頬を土臭い空気が撫でる。この斜面の下には小さなせせらぎがある。それは棉糸川に繋がる流れだから、辿れば白姫澤に着く。もうじき村が消え失せる。花も岩窟の仙女も埋められる。自分は白い花を増やすことも供えることもできなかったのだ。

ひっそりと諦念を抱いた時、滑落する顎に太い蔓草が触れた。丸くたわんだ蔓が首にかかり、がくり、と頸椎が自重に軋む。引力に頸骨がぎりぎりと引き伸ばされて、ごきり、と首が折れる音が頭蓋に響き渡った。

途切れる前の意識が、瞬間の悦楽に波打った。氷室を継げなかったけれど八寒地獄に堕ちることはできるだろう。冷たい地獄で祖父と一緒に凍てられるに違いない。吹雪と氷柱の奥底で二人で肌をよせ合うことができるのだ。

眼前に白い花園が浮かぶ。消されても、潰されても、この世に女の手がある限り誰かが華を見出すに違いない。草がぞよめき、蔓がうねり、木洩れ陽の金色が暗転し、たれ込めた漆黒の中、白い、白い花園も薄れて行った。

十三　花刈り

街路のイチョウが絶え間なく黄金の葉を散らす。もうじき冬が来る。年明けに海外赴任する夫について行くことになった。三月には甥が上京してここに住み始める。

家具の処分業者を呼ぶ前に、解錠業者を呼んだのはそこに住ませていた男、自分が「お兄ちゃん」と呼んで慕っていた男が不審だったからだ。一人暮らしの人間が部屋に鍵などつけるだろうか。人に見せられないものがあると考えるのは当たり前だ。

繭実は人の気配のない室内を眺める。しばらく使われた様子がない。夏以降、トイレットペーパーが減っていない。クッションの場所もテーブルに放り出されたペンの位置も変わっていない。

「ずいぶん厳重ですねえ」呼ばれた解錠業者はあきれ声を出している。「屋内にディンプルキーって初めてですよ。しかも指紋認証まで。こりゃ現代の開かずの間ですね」

好奇心を隠さない男は軽口をたたきながらも数分で鍵を壊してくれた。ドアを開け放そうとするのを制止して、中を見せることなく金を払って帰らせた。

　お兄ちゃん、私から何を隠したかったの？　繭実は不在のままの住人にたずねてみる。もちろん答えなど返って来るはずはないけれど。踏み入った部屋は分厚い遮光カーテンが閉じられ、つけっ放しのエアコンに冷やされていた。空気が湿っているのは床にびっしりと並べられた自動給水機とペーパー式の気化熱加湿器があるからだ。花を模した白いペーパーからかすかにハッカの香りが漂う。どっしりとした白い箱が壁際にあり、ラベルに業務用の冷凍庫と書かれていた。

「お兄ちゃん」。幼い自分がそう呼んで恋した男。二十年余の時を経て巡り会ったその人は病的な憂いを増していたものの、ほとんど見た目が変わっていなかった。それでも内面の変貌に気づき、失望するのに時間はかからなかったと思う。

　貸した部屋には時々、女の痕跡があった。排水口のゴミ受けに貼りついたカラーコンタクト、クッションに付着した安っぽいマスカラの滓。シールを剝がすために買った除光液は不自然に減り、バスルームの天井に小さな血痕を見たこともある。

　見切りをつけたのは仲良くなったばかりの友人に口づけする姿を見た時だ。静花という質素な女の手に唇を触れる彼は、「お兄ちゃん」だった頃の無垢で熱っぽい瞳をしていた。あの刹那、思い知った。彼が求めていたのは自分などではなかったのだと。

「かわいい繭実。仙女様にそっくりの繭実」

「ふっくらしたほっぺと小さな手、仙女様に良く似た女の子」

美しい廃村での睦言をおぼえている。彼が欲したのはどこぞの仙女に似た女。細い身体と丸い頬をした一重の女。自分が静花に親近感を持った理由、龍一が彼女を口説いた訳、どちらも今ならはっきりとわかる。静花は十三歳の頃の自分に似ているのだ。もし自分が胸や腰に重たい肉をつけずやせっぽちのまま大人になっていたら、手の込んだ化粧をせず髪を栗色に染めて巻いていなかったら、きっと静花ととても良く似た見た目になっていたはずだ。

あの夏の月曜日から「お兄ちゃん」は部屋に戻って来ない。静花との連絡も絶えた。季節が移り街路のイチョウが黄色に変わり、専用庭の雑草が薄茶に枯れた。夫の海外赴任が内定している。郷里の父がこの部屋を進学する甥に使わせるのだと言っている。潮時だ。「お兄ちゃん」など卒業し、貞淑な妻として異国に住もう。住人の行方が知れないなら力ずくでここを空き家にするだけだ。

「お兄ちゃん」をここに住ませる時、契約書を取り交わしている。立ち退きの合意を得てから四ヶ月近くが過ぎている。連絡も取れない。結婚するまで弁護士秘書をしていたから、ここを空き家にする法的手続きくらいはおぼえている。同時に何ヶ月も消息不明の借り主が戻ることなどほとんどないことも知っている。残された荷物を保管するには金がかかるから無断で家財道具を処分する大家は少なくない。けれどもトラブルになるケースはごく稀だ。万一、「お兄ちゃん」が戻ってもどこか浮世離れした彼は現世のいざこざになど関わらないに違いない。

　冷凍庫の前にいると得体の知れない不快感に皮膚がそそけ立つ。中にまともなものがあるとは思えない。けれども、と繭実は覚悟を決める。怖れなど踏み越えてやる。美しい廃村から引きずり出され、恥辱の底から這い上がった自分にできないはずがない。

　意を決して白い扉を開くと黄色い庫内灯が白い五弁花を浮かび上がらせた。少なくとも最初はそう見えた。葉も茎もない花の切り口は太く、花びらは細長い。その先端が内側に丸まる様子が萎んだ朝顔に似ている。しげしげと眺め、おそるおそる指を触れた時、細長い花弁の先端に人間の爪を見つけたのだった。

　喉に胃液がせり上がり、口を押さえて外に出たところまではおぼえている。キッチンでシンクに手をついた瞬間、吐瀉物が飛び散って意識が遠のいた。


　がつり、がつり、と繭実は凍結した人間の手をハンマーで砕く。単調な響きが催眠作用をもたらしてくれる。恐怖もおぞましさも繰り返せば摩耗する。凍った人の手をたたき潰すなど冷凍した食用肉を切るのと変わりはない。通報などしない。正義だの良心だのをふりかざしてどうなるの？　人並みの生活が失われるだけじゃない？

　異形の花々は厚手のビニール袋に詰めてシーツで包み、欠片が飛び散らないようにしてからハンマーで砕き、少しずつトイレに流す。吐き気がする。けれども嫌悪など呑み込んでやる。自分は十三歳の時に地獄を味わった。世の常識から外れるとどれほどの代償を支払わされるのか身をもって知った。平穏なくらしを守るため見知らぬ者達の手を潰すくらいはやり遂げられるのだ。

　エアコンが冷たい空気を吐く。脂汗に濡れた頬を風が撫でると遠い昔の楽園を思い出す。隠れ住んだのは美しい廃村だった。十三歳の自分。側には美しい顔の王子様。平凡な日常から連れ出され、小さな王国を育むはずの場所だった。

　思い出して嗤う。あの甘さ、稚拙さ、幼さには嘲笑しか出て来ない。子供だった自分。世間知らずだった王子様。楽園はあっさりと崩壊し、大人達の手が二人を引き裂いて、地獄が待ち受ける現世へと連れ戻した。恋心などあれ以来、感じたことはない。心の喜びも身体の悦びも十三歳の春に失った。「お兄ちゃん」と再会して心の奥にも身体の芯にも甘い灯がともったけれど、それらはすぐに消え果てて重い倦怠をもたらしただけだった。

　分厚いビニール袋がハンマーの縁で破け、飛び散った肉が口元に飛んだ。軍手を外してぬぐうのも面倒だから舌先でそれを舐め取って唾液と共に吐き出した。肉片はひんやりしていた。口の中には塩と鉄の味と肉の生臭さが残された。自分は狂っている？　いいえ、狂ってなんかいない。普通のくらしを守るためにやっているだけ。この肉塊を消さなければ世間の人々に狂うまで痛めつけられるのが目に見えている。

　悪目立ちは二度とごめんだ。過酷なつま弾きならじゅうぶんされて来た。白々とした花を砕きながら喉の奥で嗤う。美しい楽園の黴臭い廃屋の中、昼も夜も王子様と肉を交えて過ごした。腹に子供がいると知れたのは引き裂かれた後だった。産みたいと泣きわめいても叶うはずがなく、保険証に記録も残さず堕胎させられた場所は父の友人の産科医の処置室だった。広げられた股に冷たい金属棒を挿し入れたのは幼い頃から、おじちゃん、と呼んで懐いていた医師だった。押さえつけられて注射を打たれ、目がさめたのは胎内から恋の残滓をさらい出された後だった。あの時、腹に巣食った胎児とともに様々な感情も掻き出されてしまったに違いない。

　全て忘れようとしても世間が許すはずもない。どこからともなく噂が漏れ、戻った中学で「好き者」「早熟」と嘲られた。身体目当ての男子生徒につけまわされ、女子生徒に病原体のように扱われた。教科書を破られるのも、上履きが失くなるのも日常茶飯事だった。女子更衣室で下着を毟り取られて恥ずかしめを受けたこともあるし、不良と呼ばれる男子達によってたかって犯されたこともある。高校には行っていない。十代の数年間を自室から出ることもなく生きたのだから。

　両親は形ばかりの離婚をして、自分が母方の姓を名乗れるようにしてくれた。姓を変え、東京の予備校から大学入学のための資格検定にパスし、お嬢様校と言われる女子大に入学した。以来、常識を外れないよう生きて来た。目立たないように、流行に遅れないように、年代にあった生活をするように。服も化粧も趣味も一般的に。常識から外れてはいけない。人に弾かれないようにしなければいけない。人並みにふるまって、好きになってもいい人の中から夫を選んで、やっと屈辱のない人生を手に入れたというのに。

男と交わって子供を身ごもるのは大人になればもてはやされる。十三歳の時は忌まれ、隠され、葬られたというのに。自分の思考など十三歳の春にさらい出されてしまった。今さら元には戻れない。これからも目立たず、人に劣らず、一般的で常識的に生きて行くだけだ。

汗まみれの身体を流すのはバスルームだ。死体から手首が切り離されたかも知れない場所でもかまわない。汗まみれの顔で人前に出るくらいなら人殺しの現場でシャワーを浴びてやる。ぬるい湯で身体をほぐしながら考える。大型の家具以外は全て自分で処分しよう。大丈夫。いつもの家事と同じ。規則に沿って分別し、収集日を守って少しずつ捨てる。部屋が空になったらフルリフォームして甥を呼ぶ。ただそれだけだ。

バスタオルで全身を包んで、もう一度トイレに水を流す。問題はない。逆流などしていない。砕かれた花は全て黄泉路にも似た排水口に呑まれた。来年からは真面目なサラリーマンの妻となり遠い外国でくらすだけなのだ。

十四　華狩り

「今度のパーティはちょっと参加費が高いんだけどさ」目の前で葵が喋る。「高収入の男性限定だからがんばって元を取らなきゃ」

艶やかに塗られた丸い唇がぱくぱくと開閉して意味をなさない言葉を紡ぎ出していた。

「自分より低収入はだめ。養ってもらおうとは思わないけど割り勘は嫌」

「うん、いい人に巡り会えるといいね」

静花は今夜も感情の抜けたあいづちを打つ。白姫澤で愛しい人と引き剝がされて数ヶ月が過ぎた。あっという間に恋に落ち、短い道程の中で離れられない感情にまで深まった。漆黒の洞窟に誘われて、ひいやりとした黄泉路を進むはずだったのに、ふいに現れた男女が現世に引きずり戻した。愛しい人は草木の生い茂る崖に滑り落ち、自分を乗せて来た白い車は跡形もなく消えていた。

「村崎さんってね、いくつも携帯持ってるんだよ」葵が得意そうに話し続ける。「電話受け専用のって家族割りをうまく使うと格安で持てるんだって。それをあの女ったらしの車に瞬間接着剤で貼って追跡したんだよ」

愛しい人の四輪駆動車の底にGPS発信機能のある携帯電話が貼りつけられていた。だから美しい黄泉路の入り口で現世の男女に捕まった。その後、電波は消え、車の位置を割り出すことはできていないといとこが続ける。自分だけがおぼえている。彼が車を停めたすぐ横に巨大なグミの木が赤黒い実をたわわに揺らしていたことを。見知らぬ男に背負われて山から降りた時、泥色の池が広がってグミのなる木がゆらゆらと沈みかけていたことを。

彼の車はグミの木と一緒に池の中。愛しい人は崖の下。その後のことはわからない。けれども理性とは異なる何かが知覚する。彼は氷室と共にこの世から消えてしまったに違いない、と。

「彼ったら十代の女の子と援助交際してたかも知れないんだ」執心のかけらも見せずに葵が恨みつらみを述べる。「静花まで口説くなんて最悪ね。子供の頃、あたしを大怪我させた犯人だったんだよ。まだ掻き平に跡が残ってる！」

あの日、放心したまま連れ帰られ、一人にして欲しいと懇願して二人を追い払った。以来、人の言葉は意味をなさない音になってさらさらと耳元を流れるだけだ。

漆黒の洞窟に彼は誘ってくれた。中には白い花園と自分にそっくりな仙女の絵があると言っていた。何が待ち受けていたかを知っている。岳志の部屋の白い花が何なのか今ならよくわかる。洞窟の奥深くひっそりと咲く華になれたはずなのに。現世では冴えない自分が仙女に捧げられて華になったはずなのに。水晶のような刃先が手首に喰い込む悦楽を味わいたかった。懐かしい瞳の男に愛でられ、祀られたかった。たとえあの場所が埋められても、一瞬の鮮烈な愛を受けられるのなら迷わない。理性が芽吹くはるか昔に見つめていた目を知っている。はしばみ色の瞳に松葉散しの虹彩紋が散っていた。思慕をこめたまなざしが意識の深層に刻まれて今も微熱を放つのだ。

「でね、村崎さんが言うにはね」葵が陽気な声をあげた。「そんな喋ってばっかりじゃ結婚できないぞって。男は馬鹿だから『そうですね』『すてきですね』『知りませんでした』を繰り返してりゃ騙せるんだって」

村崎の名前に指が、ひくり、と震えた。美しい黄泉路から引きずり出した男。氷室守りからもぎ離した男。あの男は葵を失ったら悲嘆にくれるのだろうか。

いとこが喋り続ける。村崎さんがね、今度、俺と飲みに行くのはどう？　って。おごってくれるって。話し相手としてはおもしろいけど男としてはちょっとね。収入が不安定だしスクープ狙いの記者って人に言いにくくない？　太りやすい仕事だし、時間が不規則だし、健康管理が難しそうだし、もっと身長も欲しいし。

そうだね、すてきだね、と棒読みめいた言葉が口から漏れた。

嫌だよ。もうちょっとハンサムがいい。でも見た目に騙されるのは懲りたわ。女たらしと関わるのって人生で二度目だよ。さすがのあたしも学習したわ。

陽気な葵が喋りながら冷えたグラスを持ち上げた。ガラスに白い指が触れ、羽根のようなひらこに水滴がつるつると滑り落ちる。美しい、と思う。細こい指こ。柔こいひらこ。薄こいひらこの咲く指こ。氷室守りの末裔も愛でていた。摘んで、凍てつかせ、永劫に祀りたいと願っていた。

「先週、村崎さんが白姫澤まで連れて行ってくれたよ。交通費は請求されたけど」

「白姫澤?」問い返す声に初めて感情が交じる。「あの村、どうなったの?」

「工事が始まって立ち入り禁止。村崎さんが『この辺に住んでた者なんですが』って工事の人に話しかけたら、もう大半が潰されたって」

予想していたことだ。あの美しい村はもうない。自分が迎えられようとした氷室も土に埋もれているのだろう。

かさかさ、かさかさ……、かたかた、かたかた……

開かずの間の物音が蘇る。それはもう忌まわしい音ではない。愛しい、懐かしい響きだ。白い花の飾られた暗がりでくつろぐのが心地よい。白い花のパネルに囲まれ、花絵記を辿り、年老いた男の顔を眺める。消えた男と滅んだ村と埋もれた氷室を想い、白姫澤で得た品々の香りに包まれて短い道中を懐かしむ。

目の前で葵の白い指が黒い箸をつまむ。薄い掻き平が誘うように開いては閉じ、ひらめいては縮む。ひらこに走る桃色の筋は幼い龍一がこの華に刻み込んだ美しい紋様だ。

　この手首に銀の刃物を挿し入れたら快いだろうか。白い華。昏く冷たい場に咲く華。龍一が愛で続けた華。ならば氷室守りの心を自分が……。

「ねえ、葵ちゃん、まだ私の家に来たこと、なかったよね？」

「うん、ない。古くて安いマンションだから恥ずかしいって呼んでくれないじゃない」

「あのね、突然だけど、今日これから、うちに、来ない？」

「静花の家に？　なんでまた急に？」

「明日、お休みだよね？　一緒に夜中までね、お喋りね、したくなったんだ。私がどうして白姫澤まで行ったのか、何も話してないもん。急にね、聞いて欲しくなって」

「話す気になったの？　それは聞きたいわ。堅物の静花がなんであの男についていったのか、どういうふうに口説かれたか、教えてよ！」

「うん、聞いて。だからこれから、家に、一緒に、来て……」

　自分の口調が棒読みめいている。けれども陽気な葵は気にしない。

「やっと静花から聞ける！　聞きたくてうずうずしてたんだ。でも村崎さんがね、いとこさんの気持ちの整理がつくまで尋問はやめろって。尋問って失礼じゃない？　今夜、静花とあうって教えたらさ、まだ余計な詮索はするなってしつこく言うんだよ！　詮索って何よ。いちいち言い方がひどいよね！」

「うん、ひどい」浮かぶ笑顔は岳志を夜桜に誘った時と同じもの。「作り置きのおつまみ、あるよ。アンズやクコの果実酒も、たくさん、たくさん、あるよ」

「静花は料理好きだもんね。たまにもらうジャムやピクルス、すごくおいしいし」

そう、自分は料理好き。それは岳志も同じ。彼が買い込んだ鋭利な肉切り包丁がある。あれを使えば非力な自分も楽々とスペアリブを切り刻むことができたのに気がついたら錆びて、鈍っていた。だから、日ごと、夜ごと、研いでいる。しょりしょり、しょりしょり、と灰色の砥石の上を滑らせている。冷たく濡れた刃先を自分の手首にあてがうと喘ぎが漏れる。鋭い先端が肉や骨に割り入ったら恍惚で気を失うに違いない。いつもそこで思う。自分で自分を斬るのは物足りない。甘い痛みも絶頂には至らない。刃を入れて欲しいのはあの笹の葉形の瞳の人、ただ一人。きっともういない。けれども渇望が鎮まらない。自分が入れてもらえないのなら、誰かに入れてあげることはできないかしら。華やかなひらこの手に、そっと甘い刃物を挿し入れてあげられないかしら。

喜んで手を打つ葵の掻き平が白い。そのなまめきに目が眩む。ふくよかな腕、柔らかそうな手首にしなやかな指。そして、ひらひらと咲くひらこの華。

龍一さん、と静花は唇の動きだけで呼ぶ。あなたの求めたものを私が作り続けていいかしら。絶えてしまった氷室を私が辿り続けてもいいかしら。

「じゃあ早く行こう。おつまみとお酒を買ってお土産にするよ」

「気を遣わなくていいよ。甘い果実酒がね、飲み頃だから」

心の中で言い添える。岳志に与えた睡眠導入剤もたっぷりと残っているよ、と。

「果実酒だと太るからワインとジャスミン茶も欲しい。途中でおつまみも買うよ」

龍一などいなかったかのように話す女。あっという間に過ぎた男を切り捨てる女。それでも彼女の掻き平だけは妖しく、悩ましく、そして華やかだ。

夜の街をゆっくりと駅に向かう。家には鋭利な刃物と強い薬と濃い味の酒。明日には二輪の華を摘む。開かずの間のパネルと村の絵記を模して、辿って、自分が氷室守りの役を継ぐ。

黒い街路にイチョウが黄金の葉を散らす。街の灯の遥か上にうるんだ満月が浮く。しんしんと静まる夜道を静花は葵を伴ってひっそりと歩んで行った。

この作品はフィクションです。
実在の人物、団体、風習等とは一切関係ありません。

氷室(ひむろ)の華(はな)　朝日文庫

2021年3月30日　第1刷発行

著　者　篠(しの)たまき

発行者　三宮博信
発行所　朝日新聞出版
〒104-8011　東京都中央区築地5-3-2
電話　03-5541-8832（編集）
　　　03-5540-7793（販売）
印刷製本　大日本印刷株式会社

Published in Japan by Asahi Shimbun Publications Inc.
定価はカバーに表示してあります

ISBN978-4-02-264960-7